舒妍

Yinhe Jie
Shi Ri Tan

银河街
十日谈

著

百花洲文艺出版社
BAIHUAZHOU LITERATURE AND ART PRESS

图书在版编目（CIP）数据

银河街十日谈 / 舒妍著 . - 南昌 ： 百花洲文艺出版社， 2019.6（2021.4 重印）

ISBN 978-7-5500-3270-5

Ⅰ．①银… Ⅱ．①舒… Ⅲ．①长篇小说－中国－当代 Ⅳ．① I247.5

中国版本图书馆 CIP 数据核字 (2019) 第 100062 号

银河街十日谈

舒妍 著

特约策划	肖　恋	
责任编辑	袁　蓉	
出版发行	百花洲文艺出版社	
社　　址	南昌市红谷滩新区世贸路 898 号博能中心一期 A 座 20 楼	
邮　　编	330038	
经　　销	全国新华书店	
印　　刷	三河市嵩川印刷有限公司	
开　　本	880mm×1230mm　1/32	
印　　张	9	
版　　次	2019 年 7 月第 1 版　2021 年 4 月第 2 次印刷	
字　　数	200 千字	
书　　号	ISBN 978-7-5500-3270-5	
定　　价	38.00 元	

赣版权登字 05-2019-123

邮购联系　0791-86895108
网　　址　http://www.bhzwy.com
图书若有印装错误，影响阅读，可向承印厂联系调换。

目 录

楔子

"初夏去银河街听老故事，是我今年做过最浪漫的事。"

我坐在窗前的沙发上往外看：茂密的梧桐树叶将天上的大日头遮得严严实实，只剩稀疏斑驳的光影倒映在街道上。对面一排白墙黛瓦的二层小楼皆被护在这壮实的树干下，四周的一切都显得平和而宁静。

这是农历的五月初，南江将热未热。但中午十一点，却已很有一些夏日的气氛。

一慧挂了电话，过来拉我："走，吃饭去。"

我懒洋洋地从沙发上站起来，同她踩着木质的梯子下了楼。

屋前的人行道有些狭窄，仅能容两个人并肩通过，再往外就是树了。街道倒是四车道，只是也逼仄得很，仿佛平行的两辆车随时会擦到对方反光镜。我跟着一慧走了几步，瞧见路牌上写着"银河街"三个字，便忍不住揶揄："银河街？就这种宽度吗？"

"你是不晓得。"一慧说，"这条街一百多年前就有了，树、房子，全都是那时传下来的。二十世纪九十年代政府说要拆迁，还是一个华侨建筑师力争留下的。只是路太窄，前几年把树往里挪了几米，才勉强辟出四车道来。"

她边说边带我拐进屋后的小巷子去取车，刚要拐进弄堂时遇上一个六十来岁的中年妇女，衣着不算多考究，但气质倒是少见的平和。一慧见了她便招呼道："谭阿姨，巧呀。又来打扫卫生？不是半个月一趟么，你上个礼拜刚刚来过呀。"

谭阿姨立定了笑："齐老先生今朝就要回来了，我先来通一通风……哎哟！说曹操曹操就到了嗒。"她小跑了两步迎上去。

我和一慧回过头去看，瞧见一辆沃尔沃SUV停在路边，一个二十多岁的男子从驾驶室下来，绕过车尾，拉开副驾后面的车门。那是个八九十岁的老先生，身形挺拔，白肤鹤发，穿着西裤配衬衫，外罩一件马甲，挺括得老远一看就知是顶级的质料与手工。

那年轻男子拉了车门边要伸手去扶，老先生早已迈步下了车，一手撑住精细的手杖，一手轻轻往下压了压："吾可以咯。"是一口软糯的吴语腔。

谭阿姨急了："齐叔，吾鞭炮还没放了呀！侬哪能先下来了？"

老先生笑："阿梅，啥年代了，好省么省了呀。现在不是人人关心PM2.5了么？"

"哎哟。"我听到此处侧头悄声同一慧讲，"这位老先生看起来像是个有钱的知识分子啊，派头太足了。"

一慧瞄我一眼："还'像是'呢，摆明了就是啊！"她拉我，"走吧！午饭还吃不吃了，我都快饿扁了。"

两人吃过午饭又就近找了家咖啡店。

一慧问我："接下来呢，你打算怎么办？"

我据实以告："能怎么办，又不是家财万贯，总归休息个把月，回去再找个工作。"我新近辞了工，一慧知晓后立即打电话给我，叫我来散几日心，我也就不客气，乘了半小时高铁来这里。

"小说呢，还写不写？"

"当然要写，人生理想嘛。"

她笑起来："那就好。"

杯中美式咖啡饮尽的时候，两个人站起来，照旧驾车回银河路。

一慧开了家软装工作室，客户多是预约上门，因此有空在午后陪我三个钟头。

我坐在副驾上，不必再忧心街道宽窄，只觉得银河街真是出奇的美。道路两旁的梧桐树长成拱形，包裹住整条街道，往前望去，一片碧绿好似没有尽头。路的两旁开着形形色色的小店，无一不雅致安静，这个点，行人不多，麻雀闲散地站在枝头叽叽喳喳，小猫咪慵懒地躺在石板路上。我忍不住感叹："一慧你真是会挑地方。"

"那当然。"她说着将车拐进小巷口，又把我先放下来，"里面位置窄，不能从车门出来。"

"那你呢？"

她指了指天窗。

我笑得直不起腰："你真是一如既往好身手啊！"

在巷子口等一慧，仍然是遇见谭阿姨的那个地方。

此刻这里停了两辆面包车，两个穿工装服的中年人正把一个个纸箱搬进屋子里。我百无聊赖，便站着看。孰料"哗啦"一声，那纸箱底裂开，里面的书籍散了一地。

搬箱人"哎哟"一声，屋里即刻冲出来一个年轻男人，正是上午见过的那辆SUV的车主。他扫了一眼地上的场景，当即捂脸吸了口冷气，做了个"噤声"的手势，蹲下来就捡。搬货人见状也七手八脚就抓。

"轻点。"年轻男人开了口，声音圆润平和，朝气十足，倒是与长相成正比。

地上散着一堆书，远望似乎还是古籍，微风一吹，纸页哗哗作响，我心疼得紧，看不过眼只好凑上去一起捡。年轻男子愣了一下，随即朝我露出微笑："谢谢。"

我合上手中书籍的封面，正要应声，低头却赫然看到手中是一册刻本《史姓韵编》，品相一流，摆印精准，绝非当代仿本。我心下一惊，细细端详了两眼，忍不住夸："好书啊！"

"是。"有人这样回答，音色苍老而沉稳，我抬起头来看，是中午被谭阿姨唤作"齐叔"的那位老先生，他拄着拐杖向前走了两步，站直了笑，"小姑娘识货的，这版的《史姓韵编》可是内聚珍。"

他这样一讲，我手上不由愈加慎重，轻掸了灰尘，小心翼翼地码进箱子里，又一一去捡地上的书，都是古籍，《庄子集释》《文心雕龙》《胡子衡齐》，不一而足。

将一本半旧的线装书从背面翻过来的时候，我难抑激动地"呀"一声："汲古阁的《六十种曲》上百年前就几乎已经绝版了！"

"是。"老先生声音里有一点或者称得上欣慰的笑意。我抬头看他，在黄花梨手杖的支撑下，他脊背挺直，逆光而立，宛如一棵老松，顽强得足以刺破时光，似有无尽力量。

一慧从巷子里停了车出来，老远嚷嚷："阿砚，干吗呢？"

书已捡尽，我站起来，等她走近。

正要告辞，老先生忽然笑道："小姑娘，要是不忙，进来吃杯茶好哇？我们怀信泡茶一流。"他换成普通话，仍略带一点沪语腔。

我和一慧正面面相觑，被叫作"怀信"的年轻男子已接过话头，捧着纸箱笑眯眯道："两位请。"

推辞似乎已经不礼貌了，我们应一句"叨扰了"便转过屋角进了门。

屋子进深比开间要大一些，物件不多，但古色古香，左侧是一排高大的书架立在墙边，即便认不出木质，但看一眼色泽也知价值不菲。书桌圈椅摆在书架前，笔墨纸砚样样齐全，老式唱片机搁在博古架上。右侧是一张长约二米的茶桌，做旧的样式，看样子是新置的，桌上摆着整套的茶具，壶与杯都是紫砂质地。紧邻着的窗边摆着绿植，水仙开得正好，睡莲也枝繁叶茂。一张躺椅静静倚在窗下。

整洁得堪称一尘不染，但却并没有故意的陈设感，熨帖且自然，老先生进屋来悠悠地坐到茶桌前，那种放松欣慰的姿态仿佛一下子让整间屋子鲜活起来，那是深情的主人才能有的神情，客居者是培养不出来的。

他坐在太师椅上唤年轻男子："怀信，你去里屋把第二格抽屉里那块普洱拿出来。"

男人应声进去，少顷拿一块茶饼出来，撕开纸，细细掰碎放进茶壶里。

谭阿姨戴着围裙从里屋出来，手上端着一个果盘，摆着红豆酥和杏仁饼，笑眯眯地招呼我们："别客气，多吃点。"

老先生坐在我对面："小姑娘，现在像你这样懂古籍的不多了噢。"

"略知皮毛。我爷爷爱藏书，耳濡目染的。他找了半辈子刻本《史姓韵编》都没找到，所以我印象格外深刻。"

老先生笑道："那回头你替我把这本带给他，宝剑赠英雄。"

我摆手："不不，不敢夺您所爱，况且他老人家已经过世。"

"这样啊……"老先生像有点喟叹的样子，但神色如常，并不能瞧出情绪，"物是人非啊。"他忽然说，"眨眼雁宁也走了一年了。"

年轻男人替我们倒过茶，伸手轻拍老先生背："阿爷……"安慰声轻轻，似哄孩子。

老先生倒笑起来了："今朝刚回来，难免睹物思人。"

男人来了兴致："阿爷，我老早听奶奶讲，你们第一次见面的时候差点打起来？"

"伊个能讲个么？明明是伊差点打吾。"老先生讲起从前，眉眼都带了笑意。

"那您给我讲讲，我给您'拨乱反正'。"

"客人还在，讲老里八早的事体岂不是扫兴。"

"不不，您讲。"我和一慧异口同声，"再感兴趣没有？"

"既然这样……"老先生端起茶杯，抿一口……

Day 1

"我们的远东号，在红海沉了。"

你我脚下这颗蓝色星球，从人类诞生以来，战争便从未断绝。

诸华国自华历元年嬴王朝统一车书以来，两千余年历多朝、数百帝王。地大物博、钟灵毓秀。

谁知前朝闭关锁国错失两次工业革命，曾万国来朝的诸华国由此日渐羸弱，终至割地赔款，沦落为半殖民地。

群情激奋，前朝被摧枯拉朽地推翻，诸华国终结封建王朝。建立了本国数千年来第一个代议政体，年号宗山。

与此同时，远隔大洋的盎格鲁、日耳曼等诸多帝国势力不断扩张，纷争迭起，对诸华国虎视眈眈，隔海相望的扶桑国更是狼子野心，企图一步步蚕食诸华。

全球舳舻千里、旌旗蔽空；国内军阀混战，傀儡政权迭出。值此国难当头之际，诸华上下举国一心、同仇敌忾；仁人志士无不舍生忘死、救亡图存。

华历2162年12月1日中午　12点15分

这是宗山三十年的冬天。

兴隆饭店的雅间里，齐知礼脱了他那身英纺羊毛的法式西装，露出里头同款的背心与精致衬衣。

他轻挽了袖口，朝对面的女士做了个"请"的姿势："密斯许，尝尝这'起司炸蟹盖'，全海城的西式食品里，恐怕再也找不出比它更好的了。"

对面的许小姐穿了一身天鹅绒的斜襟串珠边旗袍，耳上两颗硕大的珍珠熠熠生辉，此刻听见他这样讲，不由微微侧了头，娇俏地笑："知礼哥的品味，我向来是信的。但吃之前，倒要讨教讨教这菜色是怎么个与众不同法，竟这样得你青睐。"

齐知礼用纱巾擦了擦指尖，娓娓道来："这清水大闸蟹是清澄湖的，蒸好后剔起蟹膏蟹肉填进蟹盖中，撒上一层起司粉，进烤箱……"

他正要再说，包间门忽然被人自外"砰"的一声推开，桌旁两人都吓了一跳，同时侧过头去望。来人是谭为鸣，此刻他喘着粗气，脸色煞白。

齐知礼脸上有几分不满，沉着嗓音问："为鸣，你几时这样不成体统了！要是吓到许小姐可如何是好，还不快赔不是。"

谭为鸣虽然年纪尚轻，但也算是自小跟着齐知礼的，见是当下情境，当即朝许印娜鞠了个躬："惊着许小姐了，为鸣给您赔不是。"他说完倒了几步退出门外，掩上门复又再敲："少爷。我有事要向您禀报。"

"进来。"

谭为鸣得了应允，这才轻推了门进去。弯腰附在齐知礼耳边讲："我们的'远东号'……"他说到此处斟酌了一下，似是有些难以启齿。

齐知礼回头看了他一眼，他才长吸了口气说："在红海沉了。"

齐知礼脸上一僵，只觉得背上冰凉，周身汗毛都立了起来。但他仍算镇静："也不是什么大事，回去再说吧。"

许印娜深表关切："知礼哥，怎么了？"

齐知礼脸上早已舒展开来了："都是小事。下人嘛，什么都怕。"他说到这里，回头瞪了谭为鸣一眼，"遇事咋咋呼呼的，你是今天才跟我吗？"

谭为鸣退后两步，恭敬立在齐知礼身后："是，少爷。我冒失了。"

齐知礼沉着脸："既然知道冒失了，还站在这里干什么？还不出去！"

"少爷，您还没有定夺，为鸣不敢私自决定。"

齐知礼瞪他一眼，任由他在自己身后立着，并不再搭理了。

许印娜出身富庶，父母老来得女甚是宠爱，上头又有个兄长，简直是蜜罐里泡大的，故此难免有点我行我素的大小姐脾气，但不食人间烟火的好处是，万事皆不挂心。此刻见齐知礼似有要事，也不在乎彼此是久别经年的重逢，金口一开："知礼哥你有事就先走吧，下次再约。"算是放人。

齐知礼笑眯眯："那怎么行，好不容易与密斯许吃个饭，就算再大的生意我也不能撇下你啊，否则密斯许你要是觉得我毫无信义，那可怎么办？"

许印娜放下餐具，敛起脸上的笑意："密斯特齐，说了别再叫我密斯许了。多生疏！还和以前一样，你是知礼哥，我是印娜妹妹。"

"好好好，印娜妹妹。"

"喏，既然是妹妹，就不用客气。"许印娜坐直了看他，"如果真有事，不必陪我，可以改日再约。我还要在这里住上一阵才走。"

"既然这样……那我陪你吃完下一道'金必多汤'就先告辞了。改天等忙完手头的活，带你去英国餐厅'沙利文'尝尝他们的'波尔多红酒原盅焖子鸡'。"

"知礼哥可不许逗我，你要是拖上个十天八天的，我说不定就没机会吃了。"

齐知礼笑道："怎么，这回来海城，难道只打算住十天半个月不成？"

"我马上要去盎格鲁了。"许印娜语调轻快，但脸上仍有点闷闷不乐，"我是不想出去的，到了外国举目无亲，有什么好的！可惜我爹爹非要我去盎格鲁，他本意是更中意花旗国，说上回打仗花旗国得了不少好处，白银风潮过后花旗币贸易区又扩大，取代盎格鲁恐怕只是时间问题，不过因为《排华法案》的缘故，只好让我去盎格鲁留学。"

齐知礼甚是不解："盎格鲁这时候也是战事吃紧，回国的学生不少，怎么许伯父反其道而行。"

许印娜耸了耸肩："我也想知道。不过也好，再在家里待下去，恐怕他们要给我说亲了，还不如念书来得好。"

说话间服务生端了"金必多汤"上来，鱼翅鸡茸加奶油调制而成的，仿佛更合旧派缙绅口味一些。齐知礼吃在嘴里，只觉得食之无味。

又和许印娜繁复地招呼过一轮，齐知礼才气哼哼地带着谭为鸣下了楼。

谭为鸣早把车停在饭店楼下等着了，他恭敬地替齐知礼拉开车门伺候这位金贵的齐家大少爷坐进去。

汽车行驶在人来人往的马路上，齐知礼在后座坐着，脸上那股子骄矜的少爷气已全然退了，他扯开领带，声音几乎有丝颤抖："为鸣，船上载了多少东西？"

"十吨棉纱，二十吨绸缎。"

齐知礼略舒一口气："还好……"但随即又疑道，"怎么会只有这点东西？不对！船是怎么沉的？"

谭为鸣没有回头："恐怕不止这点东西。我们快一点，老爷还在家里等你。"

车刚在齐公馆前停住，黄管家就疾步迎上来："少爷，老爷在书房等你很久了。"

齐知礼难掩忧心忡忡，和谭为鸣交换了一个眼神，吩咐道："去门口候着，务必拦住闲杂人等。"言罢踏上楼梯，匆匆敲响书房门："父亲。"

里头的声音透着几分疲惫："进来。"

齐知礼推门进去，其父齐树新正坐在硕大的办公桌前翻着什么文件，见他进来，放下手里的东西，正要开口，但齐知礼话已抢在前头："我听为鸣说，我们的船沉了？"他脸上有不可置信的悲怆。

齐树新端坐在桌上，只说："是。"

"我们亏了多少？"

"将近三百万。"

齐知礼大惊失色："那批棉纱绸缎，不过五六十万上下。怎么会……有三百万之多？"

"我走私了一箱前朝宫廷瓷器，还有明朝珐琅钟。价值约合两百万。"

饶是深秋，齐知礼背上业已湿透，他捏紧拳头恨恨叹了一声："父亲！您怎会这样糊涂！"他苍白着脸，"阿姐呢！阿姐几时从盎格鲁回来？看日子该到了，她一贯是有办法的！"

齐树新那皱纹深重的脸忽然颤抖起来，紧接着他捂住了脸，闷声说："知慧被人绑架了，那些古董钱……本是赎金。限期还有五天，凑不齐就说要撕票。"

晴天霹雳。齐知礼大骇之下只觉浑身的气力仿佛都叫人抽走了，一下瘫在座位上，心乱如麻，脑子里却是空白的，只有眼泪扑簌簌地落下来。

屋里的气氛静得可怕，齐树新颤抖着手抽出一根雪茄，闷声说"我本以为东西安全到达，结了款项这事会有些转机，谁知道……"

齐知礼谨慎起来："父亲，您想过吗，如果他们收了钱却不放阿姐继续敲诈怎么办？甚至收了钱下狠手又怎么办！我以为不给赎金尚且还能拖一拖时间，一给就全无主动权了。"

齐树新狠抽了一口烟："你以为我不晓得吗。只是他们差普通市民来送信，调查难度非常大，似乎每日都不在相同地点。五日之内要想查清……难呐！只能尽力拖时间，只是一旦拖到无法再拖，三百万的赎金仍是分文差不得。"他满脸愁容，"不管怎样，始终是要做两手打算的。钱要是凑不齐，万一你姐有个三长两短，我是……我是一辈子都不能原谅自己了。"说到最后，眼眶里全是泪水。

齐知礼看着父亲：他纵横商场几十年，手段强硬，铮铮铁骨，几时有过这样的神色。齐知礼眼里酸涩，转过头去擦了擦眼角，坐直身子尽力平静道："那眼下呢？眼下您打算如何凑齐这三百万？"

齐树新正要答话，楼下忽然吵嚷起来。黄管家竭力劝道："陈老板，我们老爷真的不在家。"

"骗赤佬呢！我刚刚看到汽车开进来！"

齐知礼起身，悄悄掀开窗帘一角往楼下望，城东代加工纱厂的陈炳光带了两个壮汉堵在大门口。

齐树新按着太阳穴："你看到没有，三百万是不够的。"他叹了口气，"棉纺一厂卖了大概有九十万，二厂有七十万，缫丝厂可值一百万……"

他话说到此处，齐知礼已然不忍听下去，疾步返身，站到齐树新面前，痛心疾首："父亲！不能卖！这可是我们齐家在海城的立身之本啊！"

齐树新深深叹气："我又何尝不知！但眼下最要紧的是知慧没事。"

齐知礼想起来："父亲，我今日见着许印娜了。"

齐树新并不讶异："她父亲给我打过电话了，说印娜过几日从海城出发去花旗国，托我照应一些。照理本该是接她来宅上住的，但眼下出了这种事，实在是分不出精力招待她。我已经叫陈妈送了些吃喝用度的东西过去了。"

齐知礼却转了话题："既然许家伯伯托你照顾印娜，便是说彼此交情不浅，何不跟他借些钱周转呢？犯不着就此拖垮家里的生意。"

"许令藩这个人，和你吃饭喝酒时自然是朋友，兄弟长兄弟短，嘴上再活络没有，但真的说到钱……"齐树新牵着嘴角哼了一声，

"铁公鸡。"

"大伯呢，他手头松动些没有？"

"你大伯近年来生意清淡你也是晓得的，又花大价钱给政府，捐了个有名无实的官。哪里还拿得出闲钱。"

"阿姐的事情他们知道了吗？"

"知道了，你大伯拿了十万出来，又嘱了部下留心，但毕竟他实权不大，这事又不能大张旗鼓地查，唯恐激怒了绑匪，所以到现在一直都还没什么消息。知廉从他爹那儿听了消息，前两天给我打了个电话，寄了两万块来，说人在部队不方便，前线还在打仗……"

"父亲。"齐知礼打断话头，"不如这样。西楚的煤矿不是许家伯伯占一半，您和大伯又分占剩下的一半吗，我记得早两年许家伯伯就要跟您和大伯买股权，不如趁此机会把您那半卖给他算了。反正我们也没时间时时去西楚看着矿上的情况。"

"你懂什么！"齐树新瞪他一眼，厉声道，"你以为纺织生意真的那么好做？蚕茧年年价格不一样，收早了风险大，收晚了没有货。不说轻抛货占地方，光是缫丝，就要争分夺秒，晚了蚕茧便是一堆废物。眼下时局又不稳，要货的客户今天还腰缠万贯，明天就可能身无分文，连胡雪岩那么大身家，一趟押错宝便一败涂地。"他叹口气，"知礼，我们齐家，说起来是海城纺织业大户，其实是靠煤矿立身的。"他一字一句道，"你，记，住！只有煤矿，才是不论经济和政治风向，不论市场和环境变动，随时随地，人人离不开的。"

齐知礼大学方毕业，生意上的事一向是由父亲和阿姐打理的，此刻齐树新这样说，他亦只是似懂非懂。

不料齐树新又道："况且，宗山二十七年西楚沦陷，多少煤矿都一夜之间落到倭寇手里，我们幸得请了日耳曼最大的洋行以债权人的身份接管煤矿，天上挂了日耳曼旗，地上铺了画日耳曼旗的铁板，才在烽火里勉强保住了煤矿不被倭寇侵占。此刻不说股权方不方便转，就说当下形势，煤矿也是一点风吹草动都经不起的。退一步讲，即便煤矿此刻便停工，再无一丝收入，我和你大伯也绝不会将它拱手让人。我们已经保不住土地了，不能连土地下面的东西都让倭寇夺了去！"

齐知礼竟觉动容。

齐树新讲完大段话，人亦渐渐冷静下来，平静道："知礼，你记住，煤矿是万万不能卖的。"

齐知礼点了点头。

父子俩一时思绪万千，相对无言。

屋里静得骇人，石英钟骤然"铛"了一声。已然是午后一点三十分了。

楼下陈炳光扯着喉咙："齐老板半个月前就允我结账的，谁晓得拖到今朝还不给钱。世道艰难，工人们哪个不要养家糊口！"

齐树新长长吁出一口气，骤然握住电话机给楼下拨号。齐知礼知他欲要给陈炳光结账，不由猛然起身，急唤了一声："父亲！"

齐树新顿住手上动作，抬头望了儿子一眼，眼里的冲动和决绝骤然散了，苦笑了一声，人愈发显得脱力与疲惫。

齐知礼深吸了两口气，撑住桌子，脸上有一丝冲破绝望的谨慎的欣喜："父亲！我忽然想起，去年有个公平洋行的买办来找您谈过要买银河街的事。不如，将他寻回来，认真谈一次？"

齐树新眼神亮了一下，随即又暗下去："但那是你爷爷留下来的，他最看中银河街，即便一生那样多风雨，即便是再艰难的境地，也始终不舍得卖。"

齐知礼努力扯出嘴角笑了一下："我想，比起银河街，爷爷一定更看中他的大孙女。"

齐树新沉默了许久，直到眼眶潮湿，终于说："你说得对。"他深吸一口气，拍了拍儿子的肩。

齐知礼站着，竭力微笑："那您联系那位买办吧。"

齐树新找出联络簿，顺着电话拨回去，那头笑声无比爽朗，也肯给现钱，但开出的价钱却比去年少了整整四分之一。

人为刀俎我为鱼肉，齐树新此刻也只能放任对方趁火打劫。好歹钱到手，女儿齐知慧才有获救机会。

正要应承，孰料对方干咳一声："不过，齐老板，我有个要求。"

齐树新愣了一下，随即沉声道："您讲。"

对方轻笑了一声："我希望，我们成交的时候，银河街那些住户，都已经……清出场地了。你知道的，我要的不是人，是地。"

"这未免太仓促了。"

"我不急啊齐老板，一个礼拜，两个礼拜，一个月，两个月，我都可以等啊。"那头笑得非常笃定。

齐树新知他这样讲定是摸准了自己急需用钱，女儿生死未卜，他没有讨价还价的余地，只含恨挤出笑来："那么至多三天，还请您准备好现钱。"

"自然。"

齐知礼在旁边听得一清二楚："要让银河街的人全搬走？"

齐树新叹了口气："是……那儿住的可许多都是你爷爷认识的老街坊。"

齐知礼站起来："您放心，我去。绝不会出岔子。"他疾步迈出书房。

齐树新望着儿子的背影，竟觉他仿佛瞬间长大了，他起身站到窗前撩开窗帘往楼下望，陈炳光还站在楼下，他踱回书桌前，给楼下拨了个电话："阿黄，你上来拿支票，差陈老板回去吧。"

华历2162年12月1日上午　10点15分

高卢租界，爱多亚路亭子间。

江志高提了个行李箱进屋，妻子董心兰很快迎上来："箱子借到了？"

"嗯。"他应了一声，打开箱子搭扣，把桌上零零碎碎的东西往里塞，边塞边说，"姆妈，不是讲好这些东西不带了吗，怎么临时又变卦。"

"想想还是不舍得。"老太太应儿子，"这些都是跟了我几十年的东西，哪能说丢就丢……"她还想再说，但嗓音很快沙哑起来，伴着沉重的喘息声。

江志高嘱她："您喝点水。"

董心兰在一旁听得母子俩对话，不由揶揄起丈夫来："还好意思说妈，你也不是临时变卦，讲好等雁宁放了假一起回去，哪里晓得脑子一热，说走就走。"

"不是说了有公司聘我嘛，可不得早点回去。"他应得很敷衍，随即转头拔高嗓门喊了一声，"雁宁，你好了没有？"

"好了好了！"帘子被人从里间掀开，紧接着出来一个二十岁上下的女孩子，一身校服加上齐肩的短平的学生头，眉清目秀，活力十足的样子。

女孩子哼哧哼哧地从里间拎一个大包出来，江志高皱了皱眉头："你拿它干什么？"

小姑娘笑眯眯："跟你们一起回去一趟呀。"

江志高还没来得及开口，董心兰已经扯着嗓门喊："哎哟雁宁，我的小祖宗，好好的学你不去上你跟我们回家？你要气死我是不是！"

江雁宁站在门口撅嘴："又不是赖学，请一两天假呀。我都好久没回去了。"

"请什么假，这都十二月了，不消一个月你们学校就得放假，到时候再回来也不迟。"

江雁宁不依，又一时找不到理由反驳，只好耍赖，瘪着嘴一脸委屈："不行，我得送奶奶，我不舍得奶奶。"

她话一出口，老太太就泪眼婆娑："我们小雁宁长到这么大，几时离开我那么久噢。"她边说边抹眼角，"心兰，她要送一送就让她送一送吧。"

董心兰看着这感情丰沛演技高超的祖孙俩不由怒向两边生："妈，她就是给你这样惯坏了！还想逃学？"她狠狠瞪了一眼女儿，"考试考不好看我怎么收拾你！"

理完箱子的江志高这回终于抽出空来，下了个结论："行行，请一天假吧，快去给你们老师打电话。"

"OK! Thank you, Dad! "

江志高朝她挥了挥手："Not at all! "

江雁宁一溜烟飞奔到楼下去打电话，留三个大人在屋里做最后的打点。

董心兰有点埋怨丈夫："学期都要结束了，关键时候你怎么能让她请假！"

"你还不知道她？要是不让她回去一次，她就算坐在教室里也是身在曹营心在汉。况且……"

董心兰没什么好气："况且什么？"

江志高回头瞄了一眼母亲，老太太正坐在椅子里打盹，他压低了声音说："依着点母亲也未尝不可。早上我替她去医院拿报告，医生说极有可能是肺结核。"

董心兰霎时僵住，惊恐之中瞳孔都有些放大，尽力压低声音："是说不能医了？"

江志高叹了口气。

"这病要过人的呀！哎哟哎哟，要命了哎哟哎哟！雁宁还和她上下床睡！"

江志高拍拍妻子的肩膀："肺痨是飞沫传播的，我们一早分开饮食，不会传染的。"

董心兰舒了口气，拍了拍丈夫手背，没有再说话。

江雁宁很快从楼下跑上来，一脸欢天喜地："汪老师准假了！"

搭楼下阿黄头的车回南江市，行李箱也是跟他家借的。阿黄头在一家缫丝厂做货车司机，碰巧这两日都是空车去南江载货，江家素来邻里关系不错，跟黄家打了个招呼，送了只蹄髈过去，阿黄头二话没说就答应了。

江家住的房子是早几年江志高刚来海城做账房时顶下的，二房东是个高卢人，不知何故急着回国，故此顶费低廉，帮江家省下不小一笔资金。只是如今租赁合约到期，物价又日益增长，要想再在租界生活下去，房费将是一笔巨大开销。江志高本来还犹疑不定，想着女儿还在大同大学读书，不如再找间房子顶几年，但他供职的公司报社运营不善，财政连年赤字，物价飞涨，法币飞速贬值，员工薪资却一整年原地踏步了。江母又在这紧要关头犯了病，资金上实在无以为继，只能搬回南江市的老家。女儿雁宁可以申请校舍，住处不是问题。

一家人搬着行李下楼，阿黄头已经坐在车里等着了。

老太太疑似得了肺结核的事阿黄头并不知道，江志高也没有说，他担心一提，对方很可能不肯载他们了，但也不能因为阿黄头不知道就可以连累他。故此江志高让女儿和太太坐进驾驶室，接着把老太太扶进后车厢，随后自己也坐进去陪母亲。

老家南江离海城并不远，两个多小时的车程，加上市内道路，三个小时亦足矣。

比起在租界的屋子，银河街的房子才称得上是家。江家世代居于此，银河街15号，是天地间，他们最熟悉最亲切最有归属感的地方。

江雁宁吵着要回来，大概正是思乡情绪的作祟。

地方是老地方，但房子并不算太旧。

华历2128年银河街初建，迄今34年，虽偶有修补，但砖石建筑相当坚固，仍是风雨年月中的坚固庇护。

江家一家坐着阿黄头的卡车回来，甫一到门口，四邻八舍都从屋里出来露了面，一个个热情洋溢，七嘴八舌地上来搭话。

"听说海城黄头发的外国人很多？"

"大世界里杂技团演得好哇？"

"志高肯定是发了财回来的。"

"可不是，你看看心兰这棉袄就知道，海城货！多漂亮！"

"雁宁也回来啦！海城学堂里这么早就放假了？"

江雁宁怕这话落在父母耳里又免不得要挨训，连忙摆手："不是的不是的，请假的，后天就回学堂上课。"

江志高趁着这当口把老母亲搀进屋里，倒了水开始忙活着掸烟尘。屋里长久不住，有种潮湿的阴冷。老太太坐在窗口，手里握一杯茶，外面的梧桐树叶显出一种枯萎的黄，午后的日光照进来，空气里细微的尘埃都无所遁形。她忽然说："志高，你老老实实讲，我是不是得了要死的病？"

江志高手里的动作霎时顿住了，很快，他笑起来："妈你说什么呢？"

"我是不是就快要死了？"

"当然不是！"

"你说实话，我生的孩子，瞒不了我。"

江志高长叹一口气，扔了手里的鸡毛掸子，走过来坐到老母亲对面："没有那么严重，只是肺结核。我听说外国人已经造出来一个叫什么'盘尼西林'的药，将来可以根治肺结核。"

江母闭上眼睛缓缓地吁出一口气："肺痨哪还能治啊，别哄我了。"她侧过身没有再对着儿子，"你离我远一点吧。"

江志高站着没动，良久挤出笑来："行了妈，你别瞎想了。我去买点菜，今晚还不知道吃什么呢。"他经由热闹非凡的门口拐出街口。

屋外睽违良久的邻居正亲热地叙着旧。

隔壁李奶奶拉着雁宁的手："真是好久没见到我们小雁宁了，怎么样，晚上来李奶奶家吃饭吧，我炖了你最喜欢的鱼汤。"

江雁宁有点心动，回头看母亲董心兰一眼："妈……"

董心兰擦着门框斥她："你怎么一回来就想去叨扰李奶奶。"

李奶奶笑呵呵："她不是来叨扰我，是陪我。小雁宁你说是吧……"

江雁宁正要说话，街口忽然驶进来一辆汽车，车身黑得发亮，一看就是富人坐的车。聚在一起的邻里们都好奇地望过去。

车愈驶愈近，最终在江家门口停了下来，人群里有声音说："心兰啊，是不是你家有钱亲戚来了！"

"我家哪有什么有钱亲戚……"董心兰正要再说，车门忽然被人从里推开。

一个龙章凤姿的年轻男子从后座出来，站直了，象征性地理一理格子西装的衣襟，四周环顾了一遍，脸上表情庄重："街坊们，大家好，趁着人多，借用大家一点时间，说个事。"

大家面面相觑。

这人继续说："我叫齐知礼，齐立德是在下的祖父。华历2128年银河街始建，他老人家允诺将银河街免费借给诸位居住，但如今祖父已过世多年，我们齐家决定收回银河街的地块与房产。愧对各位，还请诸位三日之内搬离此处，谢谢大家配合。"

人群即刻陷入寂静。

随后有人叫起来："齐老板当年亲口允诺的，说是我们可以永远住在这里。怎么，他老人家一走，你们子孙后代就不认账了？"

群情激奋："对！齐老板亲口说的！"

"海城这么大老板说话不算话吗！"

"真是养出来逆子！"

"反正不搬！"

"怎么相貌堂堂，良心倒这样坏！"

谭为鸣听不下去，冲过来喝一声："说什么呢！真是无理取闹！"

人群里跳出来一个中年男子，穿一件坎肩，膀大腰圆："什么'说什么'！莫名其妙来收房子，背信弃义不说，谁知道你们是不是骗子！"

众人齐响应："对！对！"

谭为鸣自西服口袋中摸出房地契，展开任由众人过目："大家看清楚，这可都是真凭实据，有道台印为证，造不得假。银河街从来就是齐家的产业！"

中年男子说："那齐老板当年金口玉言允诺的永租权就作不得数了吗！我们一众街坊难道是无凭无据就住到这里来的吗！我们当年是和齐老板谈的合约，今天要搬，让齐老板来说，我们保证二话不说马上走！"

齐知礼一早知道劝搬这事不容易，但没想到难到这种地步，一众街坊再胡搅蛮缠没有。

他忍住没有发作，但谭为鸣向来冲动，把房地契一卷，喝道："你说的这是什么话！明知我们老太爷过世多年，你现如今要他来和你谈？"

人群里稀稀拉拉的几声笑。

谭为鸣怒火中烧，冲上前一步："还有脸笑？"

齐知礼及时伸手拦住他，照旧立得笔直，脸上仍尽力舒缓，几乎算是陪着笑了："我知道这事为难大家了，但我们也是迫不得已，还请诸位多多担待。"他说到这里顿了一顿，脸上的笑霎时敛住了，"如果诸位实在有困难，三日之后，我会请人来搬。"

这是威胁了。

人群寂静无声。

齐知礼转身，往车边走去。谭为鸣快步跟上，往驾驶室去。

身后忽然"砰"一声，像是什么撞在石板砖上的声音。紧接着江雁宁骤然叫起来："李奶奶！李奶奶！"声音里充满惊惶。

齐知礼顿住脚步，他甚至懒得回头看，只冷笑了一声便继续往前。年轻的女声还在喊，撕心裂肺，人群骚动起来，七嘴八舌的，有人说："掐人中，掐人中！"

齐知礼扶住车门的手僵了僵，无奈地叹了口气，然后拉开车门，对跟在身后的人道："为鸣，你去看看怎么回事。"自己照旧轻巧笃定地坐进车里。

谭为鸣返身，快步扒开人群，然后迅速跑回来汇报："一个老太太昏倒，掐了人中醒过来了，但脸色发青，话也不说，恐怕不太好。"

齐知礼双臂叠在胸前，没有看窗外，只说："等一等再回去吧，先送她去医院。"

谭为鸣复又回到人群里："送医院！"话毕，背起老人就跑。

人群安静了下来，彼此面面相觑。江雁宁快步跟上谭为鸣，趁着他把李奶奶塞进后座的当口，拉开门跳进车厢，一副坐定的神情，昂着头说："你们要送她去哪个医院？"

董心兰这下子急坏了，跑着步冲过来，一把拉开车门把江雁宁拽下来："哎哟，小祖宗，你又要干吗去！"

"送李奶奶去医院！"

董心兰压低声音："防人之心不可无。你知道这两个是什么人啊！不清不楚的怎么敢上他们车！"

"我知道啊！就因为防人之心不可无，就因为不知道他们到底是什么人，才不敢随随便便让李奶奶被他们带走啊！"

"你说得也有道理……"董心兰往街道口张望：江志高买菜还没有回来。她迟疑了片刻，叹了一声，随即把围裙解下来塞进女儿手里："我去！"

江雁宁站在门口，堵得车门都关不上，她一脸不情愿："可是李奶奶还要人照顾啊！"

"我来照顾。"

"奶奶也要人照顾。"

"还有你爸。"

"爸不是说有公司聘他了吗？哪还有时间。"

董心兰瞪她一眼，往里挪了挪，江雁宁即刻露出笑脸，但随即又垮下来："妈，你说李奶奶不会有什么事吧？"

董心兰伸手拍了拍她臂膀。

谭为鸣转过头来："可以走了吧。"

车驶向圣玛丽医院，谭为鸣照旧背着李奶奶下了车，急匆匆地要找医生，谁料护士头也没抬："先交押金。五百元，多退少补。"

江雁宁母女一路跟随，此刻听到押金数目不由一愣：此前江志高在《大陆报》做会计，一月薪金不过五百余元，收入已算不错，但一家四口吃喝用度下来，也所剩无多。何况如今江志高又离了职，一家人正吃着老本过日子，哪样不要精打细算。如今李奶奶一入院，就要整整五百块，着实把母女俩吓得不轻。

董心兰硬着头皮问护士："您看我们这身上也没带那么多钱，能不能先看病，看了再结？"

护士头也没抬："你说呢！看好了你们跑了我找谁去！"

江雁宁听得恼火："我们堂堂正正的人，怎会做这种'下三滥'的事！"

护士抬了头，嗤笑一声："那可说不准。"

江雁宁忍不住要与她理论，幸得董心兰一把拉住。

正当此时，楼梯上下来一个人，穿着白大褂，小护士坐直了招呼道："马医生。"

那马医生抬头"嗯"了一声，眼神随意扫过江雁宁母女，最后在谭为鸣身上停住，认了几秒，喜道："谭先生？"

谭为鸣一看，不由得笑道："马医生几时来了这里了？"

"来了半年有余了。谭先生怎么了，身体不适？"

"不，是这位老太太。"他伸手引马医生往长椅上看。

马医生三步并作两步，上前掀开李奶奶眼皮一瞧，即刻唤那护士："快，快送进去！"

护士有点为难："可他们……"

马医生打断她："别'可是'了，快！"

李奶奶被送进去，用电筒照着眼珠，再然后又用布裹住臂膀，医生戴着听诊器挤压着一个橡胶球，总之用各种奇奇怪怪的方法给李奶奶检查，最后肌注了两支药水，叫护士把李奶奶送进病房。

江雁宁母女留在诊室，问马医生："李奶奶到底得了什么病？"

"心脏病发，血压飙高，有中风先兆。病人是不是受了什么刺激？"

"可不是！刺激受大了！"江雁宁狠狠剜了谭为鸣一眼。

谭为鸣站得笔直没有说话。

"病人尚未脱离危险，留院观察几天吧。"马医生说完这句，转头问谭为鸣，"齐少爷呢，一同来了吗？"

"在车里呢。"

"走，带我去见见。"

母女俩眼见着二人走远，想起押金与医药费来，不由得头痛。李奶奶独居，老伴过世，唯一的儿子本在燕京经商，但自四年前扶桑军炮轰宛平城后便失去联系。她仅靠着做一点零活为生，哪有看病的钱。街坊邻居呢，他们认定江志高这样上过学堂的在海城发了财了，想也知道是不肯凑钱的，如此一来，这笔医药费就免不得要落到江家头上。

母女俩在走廊里长吁短叹了片刻，决定还是先去看看李奶奶。

李奶奶躺在床上脸色好了不少，见了江家母女俩挣扎着坐起来道谢："心兰，这回可多亏了你们了。"

董心兰过去拍拍李奶奶的手："李婶，你看你说的。我们往昔受您的照顾还少吗？"

"还不都是些鸡毛蒜皮的事——对了。"李奶奶下床欲要穿鞋，"我们快回去吧，再不走天都要黑了。"

"不行不行！"江雁宁跳起来，"医生说了，您得留院观察。"

"观察什么！"李奶奶举了举胳膊，"我这不好好的。家里还炖着鱼汤呢。"

董心兰想起医生那句"尚未脱离危险"，不由得劝道："李婶，你还是先住两天吧。身子骨得养好啊，这可马虎不得！"

"我这不挺好的。家里门还没关呢。"

"我替您关。"董心兰说，"您得再住两天，不替自己也替国梁想想，万一哪天他回来……"她没有再说下去。

李奶奶愣了一下，缓缓吁出一口气："好吧，我住两天。你们回去吧，我没事的。"

"那怎么行！"江雁宁去开水房打了瓶开水，"您现在可不能乱动，得好好养着。我就在这儿陪您给您解闷了。"她抬头看了眼母亲："妈，你回去吧。"

董心兰不肯："你一个小孩子哪会照顾人，我来。"

"我回了学堂还不是得您来照顾李奶奶，连着熬夜怎么行呢，您快回去吧，改天再来。"

董心兰被她说动，更何况刚搬回来，家里还一团乱，她不能丢下不管："也好，那我改天来。李婶，您保重。"

她说完正要走，谭为鸣忽然进门来："我家少爷让我来问问，你们谁要回去的，我们顺路送一程。"

董心兰本想拒绝，但窗外天色渐渐黑下来，路程也并不近，她只好道了谢跟上谭为鸣。

车轧过石板砖，轧过沥青路，一路七拐八弯，走了老远，车厢里都是安静的。

还是谭为鸣先开了口："伯母，你放心，医生说了，李奶奶没有大碍。"

董心兰点了点头，想起他坐在前座看不见，复又开了口："谢谢。"

"举手之劳。"

话题断了，车厢里又回复寂静。董心兰斟酌了一下，终于还是说："我知道这话可能不该讲。但……我们在银河街住了几十年，突然说三日之内要搬……"她没有再说下去。

谭为鸣叹了口气："您不知道，我们也是迫不得已啊……"

副驾上的齐知礼喝住他："为鸣！"随即他转过头来看向董心兰："您怎么称呼？"

"夫家姓江。"

"好，江太太。务必请您转告银河街各位街坊邻居，我齐家对给各位造成的不便感到非常抱歉，他日若有机会定会补偿诸位，但眼下，三日之内请务必搬出银河街。"他说完这句话，又回过头去，靠在椅背上，不再说话了。

董心兰看着这年轻人的侧脸，俊朗疲惫。她心下觉得烦躁，但一时倒也对这两个年轻人厌恶不起来。

车驶回银河街，谭为鸣送董心兰到家门口，随即调转头沿着来路而返——原来并非顺路。

董心兰刚从车上跨下来，街头裁缝铺的佟掌柜就扯着嗓子喊："江家姆妈，正好正好，快，凤平电话！"

Day 2

"船泊九龙码头，齐小姐再没有回来。"

华历2162年12月2日上午　7点15分

医院病房。

江雁宁半梦半醒间听见窸窸窣窣的声音，挣扎着抬起头来，瞧见李奶奶正轻手轻脚地掀开被子要起床。

她强睁开眼，倦意浓重："李奶奶你要去哪？"

"起来洗个脸——小雁宁啊，你来床上睡会儿，趴了一夜也怪累的。"

江雁宁揉着眼睛慢腾腾地站起来："您躺着，我给您打水去。"

李奶奶忍不住笑："我自己去吧，这都一夜了，我不得去方便方便啊！"

江雁宁被这么一逗，困意消了大半，陪着李奶奶洗漱过一遍，复才回了病房。

李奶奶脸上有深重的忧虑与不安："小雁宁啊，你问过这里的医生没，住一天要花多少钱？"

江雁宁摇摇头："不知道。"话一出口又急道，"李奶奶你别怕，有我爸妈呢！"

李奶奶伸手拍了拍江雁宁脑袋："小丫头真是……有这份心我就满足啦。哪有要你们破费的道理。"她细细地端详腕上那只金镯子，"照理说，我本不该在这住着浪费钱，可是小雁宁，你国梁叔叔没回来，我哪能就死呢！"她说到后头，声音哽咽。

江雁宁伸手去拍她背，这时候她语言匮乏起来，只道："李奶奶，你放宽心，我相信国梁叔叔会平安的！"这些安慰之辞讲过千百遍,到此刻哪还有什么说服力。

李奶奶叹口气:"小雁宁,你可真会哄我。我也知道,国梁未必还……还……但我总盼着还有个万一,万一他回来……我总要等着他啊!"她说到这里抹了抹眼角,"可现如今,齐家人又要叫我们搬走。搬去哪?搬了国梁回来他哪还找得到家!"她说到这里呜呜咽咽地哭起来。

江雁宁拍着李奶奶的背,安慰道:"不搬!说什么咱们也不搬!明明是我们住了这么多年的房子!凭什么由得他说风就是雨啊!"

"小雁宁,说来你是不晓得了。这银河街,要追根究底起来,确实是他们齐家的。"

江雁宁又惊又惑:"为什么?明明我奶奶都说住了半辈子了,怎么就是齐家的了!他们用什么手段把大家的房子骗去了?"

"不是骗——说来话长了。"李奶奶的思绪飘回从前,"'银河街'啊,早先叫'饮河巷',因为巷子临水而建嘛。前朝治同年间,街坊日子都过得艰难。大家住着年代久远的木头房子,屋顶上用芦扉茅草盖住,但一落雨,屋里照样噼里啪啦地湿透。"

江雁宁静静听她讲。

"有一天,巷子口忽然多了个小孩子,四五岁上下,操着一口江淮官话,衣服破破烂烂,人又瘦得皮包骨头,也不知道流浪了多久。他白天不见人影,天一黑就裹着条不知从哪捡的破被子缩在巷子口,又冷又饿,不出三天就半死不活了。街坊里有人看不下去,送了个包子给他……这孩子从此就在饮河巷落了脚了,东家吃口汤西家喝碗粥,从巷口吃到巷尾。那年代,谁家富裕啊,没有!但每家都从牙缝间挤出一点儿,硬是把这个不知来路的孩子养活了。"

江雁宁歪着头："这孩子到底是谁？叫什么名字？"

"人人叫他'阿德'，但他大名叫什么，却是谁也不晓得。阿德人很活络，懂礼貌知分寸，才一点点高就会帮着捡柴禾、挑青草，很是招人欢喜。巷里的几个阿伯见他没地方住，就替他搭了间小茅屋，他一个人收拾得干干净净，除了打零工外，他还隔三差五去王秀才家借书看。过了十来年吧，有一天他忽然上街买了锅猪肉，在茅屋里煮了，照人头数给每家送几块。第二天，茅屋门就关了，从此再也没开过。"

江雁宁忍不住问："他这就走了？真的再也没回来过。"

李奶奶摇了摇头："倒也不是再没回来过。几十年后，差不多……前朝绪光31年吧，来了个海城的大老板。坐着锃亮的汽车，呼啦呼啦地开到饮河巷。这个人是海城纺织业大亨——齐立德。就是阿德。也就是昨天那小少爷的爷爷。"

江雁宁目瞪口呆："这么传奇呀——那这和房子有什么关系？"

"阿德说要给巷子里的父老乡亲盖新房，他买下了饮河巷南边的空地，照着原来的排布，又造了一条新的巷子，不过路比从前宽得多了，所以改叫'街'，阿德给新街取了新名，说叫'银河街'，毕竟跟'饮河'听起来差不多嘛。银河街盖了一年多，绪光33年春天正式盖好的辰光，阿德又来了一次，当时那个吹锣打鼓啊，阿德当场就宣布把新街免费借给饮河巷居民。"

"借？"

"对。他亲口应承只要这条街在，饮河巷居民想住多久住多久。"

"这不结了。"江雁宁说，"既然承诺过我们想住多久住多久，现在凭什么要收回去！"

李奶奶叹口气："齐家也不是一点道理都没有。一来阿德作了古，死无对证了；二来，毕竟……地契房契始终是握在齐家手里的。要是闹到衙门去，我们也占不了上风。"

"齐老先生不愧是生意人，可真是老奸巨猾啊！"江雁宁不由感叹，随即又不解，"对了！那饮河巷呢？我从出生起，就记不得有饮河巷啊！"

"唉！说起这个，真是……当年银河街造了一整条砖石大房子，方圆几里都轰动了。阿德很快又在不远处办了一家纺织厂，四下里就逐渐热闹起来了。有几个炒地皮的，看出有好处贪图，要在附近买地盖楼，特别看中饮河巷，派人来谈价钱。老街坊们被钱一哄，哪能不起卖饮河巷宅基地的心，毕竟老房子老历八早烂得不成样子了，何况又在银河街住得安稳了，谁还不想要手头宽松点。阿德知道这事以后，派了两个经理来劝，说是卖不得。啥人肯听啊，一个接一个地卖了宅基地数钱去了。我家的祖宅，也是这时候让我爹爹给卖了的。他因为没有儿子，就靠这银河街的大房子给我招了赘，我就一直住到现在。"

江雁宁斟酌了一下："这样说来，也怪不得齐家啰？"

"人人都晓得，阿德是报恩。照理我也不应该赖着，但老宅早没了，如今搬走，住到哪里去还是小事，最紧要是，万一国梁回来，他哪里还寻得到我？"李奶奶深吸一口气，"所以，小雁宁啊，我是不能走的。哪怕不占理，哪怕死皮赖脸，我都不会搬的！"

江雁宁听得动容："我知道我知道，李奶奶你有苦衷，我都理解的。"

"你理解有什么用，唉！"

江雁宁答不上话来，只好站起来说："我去买早饭。"旋即出了病房。

结果刚走出医院大门，就迎面遇上昨天那两个年轻人。

江雁宁气不打一处来："你们还来干什么！"

谭为鸣瞥了她一眼，举了举手里的油纸包："给你们送早饭。"

江雁宁硬生生把嘴巴里不识好歹的话咽下去，冷淡地道了谢。

谭为鸣把纸包递给她："不然你拿着吧——喏，还有这点水果，我们就不进去了。"

江雁宁没有接："不进去？我还以为你们是来探望李奶奶的呢。"她冷笑了一声，"毕竟她这病都是叫你们气出来的，哦不对，吓出来的！"

"姑娘说的不无道理。为鸣，走，进去望望老人家。"齐知礼站着，单手插在西裤口袋里，尽管语气温和，但仍掩不住那一身居高临下的气势。

江雁宁是受了新式教育的，学堂里教自由、平等、抗争的观念给他们，是以此刻她哪受得了齐知礼那副高高在上的腔调。她快步走到齐知礼面前，拦住他的去路，梗着脖子说："你等一等！我有话要和你说！"

齐知礼没什么表情，倒是谭为鸣先急了："这位小姐，不是我说你啊……"

齐知礼朝他颔首："为鸣你先进去。这位小姐要说什么……我倒很好奇。"他说到后面，声音轻下来，眼神亦已落到江雁宁身上，分明有几分凌厉。

江雁宁也不遮掩，开门见山："李奶奶是让你们给气病的！"

"所以呢？"

"我们不会搬！"

"没关系。"齐知礼笑了一下，"我说过，届时我会找人来给你们搬！"

"你卑鄙！"

"就算我卑鄙好了，你们难道就不无耻吗？"齐知礼直视着她，一字一句道，"银河街，可从来都是齐家的。"

江雁宁沉默地站着，她找不到话来反驳对方。良久才抬起头来，声音低了几个度："不能不搬吗？兵荒马乱的，大家都没有地方去。"

齐知礼脸上那丝冷漠褪了一点，他温和地看着江雁宁："不能。"语气再平和没有。

江雁宁脸上有难掩的失望："李奶奶的儿子，宗山二十六年去燕京做生意，到现在都没有回来，她要留在家里等儿子的。7号里的吴叔叔腿不能走路，一家子都靠吴婶做零活养，你们把他们赶出家门叫他们怎么办？还有11号的……"

齐知礼打断她："我们可以考虑适当给一点遣散费。"

"安身立命之所都没有了，要钱又有什么用。"

"怎么没用，可以去租房子住啊。"

"物价飞涨，粮食欠收，手里的钱不知道什么时候变成废纸，谁还在乎你那点遣散费。大家都只想有间屋子安身立命而已！"她抬头看齐知礼，眼底有些闪亮的东西，"就这样都不行吗？"

"很遗憾。"齐知礼看着她，眼里毫无波澜，"不行。"

江雁宁狠狠瞪了他一眼："为富不仁！"气哼哼地跑回病房。

李奶奶靠坐在床沿，谭为鸣立在一边，柜子上放着水果和早餐。

没有人说话，气氛有点僵，江雁宁一时也不知如何开口。

齐知礼随即也到了病房，上前问候李奶奶："老人家，没有大碍吧？"

李奶奶心中有气："死不了！"

"瞧您说的。"齐知礼脸上带着点谦和的笑，"医药费我已然付过了，您安安心心在这里住几日，养好身体才是最紧要的。"

他只字不提房子的事，也不道歉，分明是要与李奶奶的晕倒脱开干系。江雁宁听在耳里忍不住想：到底商贾人家出来的，心里全是谋算。不过能付账单倒也不算全无良心——不不，连房子都要收回去，只肯拿出些小恩小惠，还真是打得一手好算盘。

但这些小恩小惠足够堵住李奶奶嘴了，她神色柔和了一点，不好再冷脸以对，颔首算是致谢："不过吃的你们拿回去吧。我老太婆也咬不动。"

"您试一试香蕉，南洋出产的，相信您会喜欢。"齐知礼含笑退一步，"我们就不多加打扰了，您好好休息。为鸣，走吧。"

"老太太没事就好，真要有个三长两短，我回去可真不知道该怎么和父亲交代。"

"少爷你是不知道，我刚进去那会儿，老太太瞪着我，那可完全杀气十足啊！说她有事我都不信——这银河街的人，脾气可都不小。"

"怎么讲？"

"就说那姑娘吧……"主仆俩正谈笑着往车边走去，身后忽然有人疾步跑来。

"你们去哪里？"江雁宁喘着气问。

主仆俩相视一笑，说曹操曹操就到。

齐知礼看着她："你希望我们去哪里？"

"我希望有什么用，我还希望你们不赶我们走呢。"

齐知礼瞥了她一眼："上车，送你回去。"

华历2162年12月2日上午　11点20分

海城。

黑色福特由善钟路一径驶向齐宅。

黄管家小跑出来："少爷回来了？"

齐知礼应一声："父亲呢？"

"老爷一早就出门了，去哪倒是没说。"

银河街的嘈杂闹腾已然在耳旁散去了，偌大的屋子安静得出奇，齐知礼心里的沉重感又袭上来："有阿姐的消息吗？"这是他此刻最忧心的事情。

"有有！"管家迅速从柜子里摸出一个信封，"我已经派人去找老爷了。"

齐知礼打开信封，里头掉出一张照片：齐知慧手里拿着一张两天前的《海城报》。另外附着一封信，是打字机打出来的：齐老板，半个月前我们告诉你，筹齐三百万，给你二十天时间，现在还剩五天，到时候还见不到钱别怪我们不客气了！"下附银行账户。

秀春打了盆温水过来："少爷，先洗把脸吧，外面怪冷的。"

齐知礼应了一声，却并不梳洗，转而问黄管家："这是第几封了？"

"第六封了。"黄管家边说边从抽屉里拿出其他几张照片来。

"派出去的人查到什么没？"

"没有。信都是寻常路人送来的，说是有人一手拿钱一手拿信……"

齐知礼忍不住："那还查不到？问谁给的钱和信啊！"

"问了！也找到给钱和信的人了，再一问，还有上家，怕是过了好几道手了。次次送信的人都不一样，又都是路人，实在是连人都找不齐。"

齐知礼听出点什么来："信过了几道手说得过去，钱过了几道手可不容易，就没人私吞？别是送信的人撒了谎。"

"我也这样说。一问才知道，送信的上家还传了话，说是有人一路监视着。我们追到过一个送信人，就是27号送信到家里来那人的上家，见着他的时候他鼻青脸肿，说是当时拿着两份二十块送信费想跑，谁晓得半路被车拦住，下来个大块头，吃了好一顿生活。"

"这大块头长什么样问了吗？"

"问了，说是个光头。但也就这点信息，没什么用。"

齐知礼不再说话了，对方布置精密，不是轻而易举就能摸出蛛丝马迹的。他手握着照片细细端详，阿姐手握报纸，遮住脖子只露出脸，看不出是坐着还是站着，背后的墙壁上有一些斑驳的痕迹——想来阿姐此刻还是安全的，但定然受了许多苦楚。齐知礼心里一阵酸涩。

他把照片放下，和从前那几张叠在一起，但目光扫过上一张照片时，眼前骤然一闪，他看出了些微差别：虽然是同样的动作，但阿姐明显是坐着的，从她身后木质线条来看，她应该是坐在一张官帽椅上，背景同样是墙，但墙壁显然要比最新一张照片干净得多。

两张照片应该不是在同一个地方拍的！

齐知礼意识到这一点后，迅速把所有照片过目一遍，结论是显而易见的：阿姐的所在地被转移了，最新一张照片之前，她都是在同一个地方！

齐知礼有点激动："黄伯，你仔细想想，这回送信的和从前有没有什么区别。"

"区别……"黄伯摇摇头，"没有。都一样。我再想想……"他陷入回忆。"对对！"他们从前要我们把钱存进汇丰银行，现在却要我们存进花旗银行。"他翻出前几封信件，果然，银行名称变了。

"少爷，你说这个是为啥？"

齐知礼摇了摇头，他说不清楚："一样的价钱，一样的手段，地点和银行却变了……有很多原因，但这都不重要。"他站起来，"重要的是，必须尽快把阿姐找回来。"

他说完这话快步走到门口，但骤然间，步子戛然而止，他不得不颓然地接受现实：对于去何处找阿姐这件事，他毫无头绪。

秀春从厨房里出来："少爷，吃饭了。"

齐知礼站在门口走不了留不得，黄管家开口劝："少爷，先吃饭吧。身体顶要紧，这种紧要关头您可不能垮了。"

齐知礼只好走回餐桌。

秀春端了四菜一汤出来，他望着盘子只觉得心里发颤，往常自己甚少独自吃饭，总是和父亲阿姐亲亲热热地坐在一起，假使他们都不在家，他就去"文艺复兴"吃西菜，往CPC饮咖啡，到"文都拉"买蛋糕，如今却是一点消遣的心情都没有了。

他心不在焉地扒着饭，食不知味，舀汤的时候甚至泼了一桌。

秀春进厨房拿抹布。

电话骤响。

秀春握着抹布小跑出来听电话，应了两声捂住听筒："少爷，汪先生电话。"

齐知礼恹恹地走去接电话："品夫。"他向来情绪控制得不错，但挚友打来电话，他忽然不想再花精力维持表面的笃定与平和。

汪品夫急道："知礼，快！快来学校！"

"出了何事？"齐知礼一时摸不着头脑。

"有人说有令姐消息！"他声音急促，"怎么出了这样大的事你竟不告诉我！"

齐知礼只觉心跳加剧，一时来不及思考，只说："等我，就来！"他抓起外套狂奔出门。

华历2162年12月2日上午　10点50分

银河街15号，江家。

江雁宁从邻居翠翠家回来，欢快地跑进屋子："奶奶，奶奶，看翠翠给我编的手链！"

没有人应她。她冲进里屋，才看见母亲正在灶台边做饭："妈，奶奶呢？"

董心兰转过身来，有点心神不宁的样子："雁宁，你过来。"

江雁宁依言往前走了两步，不解道："怎么了？"

董心兰正在翻炒白菜，手上动作缓了缓，道："以后你少去奶奶那边。"

"为什么？"

"奶奶得了肺痨，要传染的。"

江雁宁愣了一下，嘴角一瘪，"呜"一声就哭出来了："奶奶是不是要死了？"

董心兰心里烦躁得很，江雁宁这一哭，她火气愈盛，正要喝她，却发现女儿眼眶通红，手足无措地站着，小脸上说不尽的委屈难过。她心软下来，放缓了语调，柔声道："胡说什么呢，没有大碍的，你爸正在找医生呢。就是你要离奶奶远一点了，万一你再病了爸妈可真顾不过来了。"

江雁宁渐渐止了哭声，点了点头，抽抽噎噎地问："那我们有钱给奶奶看病吗？"

说话间，江志高跨进门来，董心兰急急回头，见他一脸忧愁未消就知道事情没有办成："不行？"

江志高坐下来抚了一把脸，愁道："老沈说这事归军队管，他说不上话。"

"什么叫说不上话啊！"董心兰急了，"他不是说没他摆不平的事吗！凤平去参军这事不也是他撺掇的吗！噢，现在真的碰到事了，他倒好，推得个一干二净！"

"他讲是讲打听过了，说什么凤平他们那新来了个参谋长，脾气硬得跟茅坑里的石头似的。谁的话也不听，他没办法。"

董心兰不忿："一会儿说归军队管，一会儿说没办法。我看他就是懒得管！"

江雁宁听了一会儿，没理出个头绪，忍不住问："怎么了？是哥哥有什么事吗？"

"凤平被降了级了，本来都快升上士了，这回连降三级，给降成个上等兵！就因为在执行任务的途中救了个老太，被上头说擅离职守了。"董心兰说起这个就来气，"救人有什么错你说，当兵不为民做主，不如回家卖红薯。这不褒奖就算了，还降级你说！"

江志高在旁边叹气："也不能这么说，上头说他差点误了大事，所以这事才不好回旋。"

"拉倒吧！"董心兰气上心头，"本来还指望凤平能多少补贴补贴家里，这回算是别想了。"她把锅里炒的菜盛起来，见女儿还在旁边坐着，不由怒从中来。"雁宁你还坐着干什么？理理东西等下跟着阿黄头的车回海城念书去！"

"我没啥好理的嘛。"

董心兰由得她去，转而对江志高道："对了，我和你讲，李婶这个医药费我们不能付的噢。光押金就要五百块噢！快赶上你一个月工资了。"

江志高有点犹疑："李婶这还躺在医院里呢，咱们要是不管她还有谁肯搭把手的。"

董心兰大概也有点于心不忍："不是不管，关键我们有这个能力吗？你回来的时候骗妈说有公司请你，实际上呢？我看你这几天找不到活你怎么和老太太交待！"

"你看你，说李婶呢，你提这做啥。"

董心兰促狭道："自己都泥菩萨过江，还想兼济天下呢——李婶这医药费就该和齐家要！他们把老太太吓得进了医院，拍拍屁股就想走啊，没有这个道理不是！"

江志高一琢磨："你说得也对啊……"

江雁宁站起来："齐家已经付过医药费了——我去看奶奶。"她有点不高兴，母亲好歹也是念过书的，又一向以温良面目示人，在医院还耐心安慰李奶奶，结果私下里呢，谈到钱马上跳脚。她不喜欢母亲这个样子。

江雁宁上了楼，老太太坐在窗前的躺椅里，见她进来朝她摆摆手："去玩吧，我要睡了。"

"您骗人，您明明不喜欢白天睡觉。"

"奶奶得了肺痨了，你快上别的地方去玩！"

"我不怕！不嫌弃您！"江雁宁跑进屋里，在老太太身旁坐下，"我有话要和您说。"

"那你坐远一点说。"

江雁宁把母亲谈论医药费的话转述一遍，临了忿然道："姆妈为什么说话不算话！"

老太太看着她，并不回答，只说："我们雁宁身上这件驼绒大衣真好看。"

江雁宁来了劲，起身蹦一圈："姆妈带我到霞飞路高卢人开的店里买的，好看吗！"

"好看。不便宜吧？"

"一百块呢要！我第一次穿这么贵的衣服。缠了姆妈好久她才带我去买的。"

"你看。"老太太笑了，"你妈这么舍不得给别人花钱，你才有一百块的洋装穿啊！"

江雁宁撑着头不说话了。

老太太又问："你哥昨天是不是打电话回来了？"

"嗯。"

"讲啥了？"

"问我们安顿得好不好。"

"还有呢？"

江雁宁不知该如何应答："没……没啥。不对，我没接到电话。"

老太太一脸狐疑，正要再问，董心兰在楼下喊："雁宁，你下来……"

江雁宁如蒙大赦，飞快跑下楼。

董心兰正把饭菜装进食盒："我去医院，你回头把菜端上楼给奶奶。自己也赶快吃，吃完跟阿黄头回海城。可不准再半途回来了，听到没？"

"是是是。"

"考试你要是考不好，看我怎么收拾你！"董心兰说着从袋子里摸了一百块出来塞给江雁宁，"自己照顾好自己，别省着，可不能瘦了回来。"

江雁宁眼睛泛了红，嘴上还要嚷："妈你可真是恩威并重。"

吃过午饭，阿黄头果然按时把载着货的卡车开到银河街口，江雁宁提着那只借来的箱子回了海城。

华历2162年12月2日下午 12点50分

新闸路，大同大学。

理学院教师办公室里，一个戴着金丝眼镜的斯文年轻男人正朝门口坐着，对面是一个身影纤细的长发女人，二人正在客套地交谈着些什么。

齐知礼跑到门口时，这女人背对着他，及至他敲门进了屋，才看清这女人的模样——她穿一件浅绿的洋装，挎一个藕色的手提包，一看即知是个新派知识女性。

汪品夫见齐知礼喘着气小跑进来，急急起身："知礼，我给你介绍，这位是苏碧宁苏小姐。"又说，"苏小姐，这便是齐小姐的兄弟齐知礼了。"

齐知礼伸手："苏小姐，幸会。"

"齐先生，幸会。"她上下打量了一番齐知礼，随即开门见山，"齐小姐如今回来了吗？"

"没有。"齐知礼尽力使自己看起来显得冷静。

苏碧宁从提包里拿出一张照片，那是张合影，齐知慧坐着，齐知礼立在一边，两个人都笑脸盈盈。照片是阿姐去盎格鲁前两天二人途经照相馆心血来潮去拍的。齐知礼隔了一周去取，店主说已被照片上的小姐取走了。

原来阿姐把照片带出了国。可是这与阿姐被绑架有何瓜葛？

苏碧宁把照片搁在桌上："这是我从齐小姐行李箱里找到的，既然她随身带着，那对方于她而言，一定是相当重要的人。如今有照片为证，我便可以放心地把来龙去脉与齐先生讲一讲了。"

齐知礼迫不及待："苏小姐请说。"

"今年七月，我乘太古公司的纽卡斯尔号邮船从利物浦出发，买的是二等舱票，舱里另一张铺位空着，只有我一人。船驶了两个月，大约已经在印度洋面的时候，齐小姐忽然从头等舱搬下来，说是隔壁舱声音震天，日日喝酒唱歌，葡萄牙人，又无法沟通，她每天都睡不好。船上十多个华人，除了我俩都住在三等舱。巧的是，我有两个中学同学住在三等舱，我时常下去与他们会面。齐小姐呢，她人虽搬下来住，饭还是在头等吃的，况且她日常只在舱里读书，我俩并不是十分了解。"

齐知礼静静听着没有做声，阿姐虽然在生意上与人沟通游刃有余，但她本质上并不是个爱扎堆凑热闹的人，留在舱里读书确是她的风格。

苏碧宁又说："但齐小姐为人有侠骨，我与隔壁舱的安南人起争执，她第一时间站出来护我，我甚是感激。况且苏小姐人亦很好相处，我们同舱月余相处十分融洽。"

她始终没有说到紧要处，齐知礼不免着急："家姐是何时下船的？"

"船到香岛，傍靠九龙码头。我与同学打算下船聚餐，邀齐小姐同往，她说有些头痛，要歇一歇。我下去找同学，临走前忽然想起钱包落在舱里，回去取，在舱里遇见梅勇宪。他见到我解释说是要下船，特来向齐小姐辞行。"

"梅勇宪？"

"我以为他与齐小姐关系非比寻常。"她说完这句齐知礼不由惊疑，苏碧宁意识到不妥，解释道，"我是说，另一种意义上的非比寻常，无关风月。我遇见过梅勇宪三次，一次是船泊西贡，齐小姐与他在西菜馆吃饭，见我们进去，齐小姐介绍说是她的远房亲戚，我才知梅勇宪姓名；第二次是深夜的甲板，他与齐小姐在聊天，我不好打扰，没有招呼；第三次便是他来辞行。"

"还有梅勇宪的其他信息吗？"

苏碧宁惊了一下，但很快恢复如常："果然不是亲戚吗？"

齐知礼不便隐瞒："不是。我俩父系母系均无梅姓亲戚。"

"这就是了。我看齐小姐仿佛与他有许多话要谈，但万万算不上亲密。"苏碧宁接着说，"第一次见梅勇宪时，他自我介绍是穗州人氏，从谈吐看，应该也是读书人，对了，他是三等舱的票，但听我同学讲，他也未曾与其余华人打成一片，他们在餐室打牌，他从不参与。"

齐知礼尽数听在心里："穗州人，读过书，照理不是大富之家。苏小姐，可是这样？"

"就我所知，正是如此。"苏碧宁颔首，又道，"再说船泊九龙码头当天，我因要聚餐便很快与同学下了船，我走时梅勇宪还留在舱里。"她说到这里吸了一口气，"但稍后我回来，齐小姐人已不在了。我以为她下船散心，但等了两天，船要出发齐小姐都没有再回来，只有行李还留在舱里。梅勇宪这人也是再没有见过了。"

齐知礼一颗心悬到喉咙口。

苏碧宁又说："我着急起来，又安慰自己齐小姐是否遇上什么朋友耽误了发船时间，但又觉得不像，齐小姐不是这样没有分寸的人。一直忧心到下船，齐小姐还是一点消息都没有，也没有人来接船，我没有办法，只好把齐小姐的行李一起搬下船来。心想着齐小姐到了海城，会来联系我取回行李——她是知道我住哪里的。我等了一天没有消息，家中又有事，不得不先回同里老家，只好托门房说如果齐小姐前来务必转交行李，但我昨日老家归来行李仍旧留在门房。齐小姐只讲她住在高卢租界，具体哪里没有提，我只好打开她的行李箱找线索。"她说到这里掏出一本硬面笔记本，上面印着大同大学"进德修业"的校徽，"这本是在齐小姐箱子里找到的，于是我赶到这里来，希望能得到些齐小姐的消息，好将东西物归原主。"

汪品夫接过笔记本，随手一翻，都是些社会学的笔记，用英文写就。

齐知礼立在一旁看，不由喟叹："阿姐是前年春末去盎格鲁留学的，那时候二战还没开始，后面就不成样子了，盎格鲁连遭日耳曼军队轰炸，我们曾劝她回国，她难舍学业，又觉得盎格鲁本土尚算安全，好不容易拿了学位回来……唉，不要去讲。看这笔记本上的东西，想来也提供不了什么线索。"

苏碧宁也应："是啊，这几年世界上是乱成一片了——齐小姐的事，我所知就这些了，如今既然有照片佐证，齐先生差人去我家取行李吧。箱子太大，我不便带在身旁。"

齐知礼出门太急，未及把谭为鸣带在身边，闻言便道："我这就随您去取。"他驾车带上苏碧宁取回齐知慧的行李箱。

自苏家出来，齐知礼直赴家中。

齐父仍未回来，他试探着将电话拨到公司里，所幸父亲在。他三言两语把来龙去脉说一遍，齐父许是在公司的缘故，声音沉稳许多，但语速仍有一丝难掩的急促："你马上去找你汪伯伯，他曾在穗州为官多年。必然有能帮忙之人。"

"好。"齐知礼随即致电汪品夫，"品夫，可有空陪我去见你父亲一趟，穗州的事想托他一托。"

汪品夫一口应下："等我调一下课，就来。"

齐知礼等不及，叫上谭为鸣去大同大学接汪品夫，随即直奔汪家。

汪庚同老先生正在书房办公，汪品夫也不等佣人去禀告，带了齐知礼就去敲门。

汪庚同一见齐知礼便笑："贤侄怎么有空过来，我听品夫说你很快就要去渝州做事了。"

"汪伯父，劳您记挂。家父叫我问候您……"

汪品夫站在一旁听得毫无耐心："什么时候了还说这些！知礼，我来讲——父亲，知慧姐遭人绑架，怀疑绑匪与一个穗州人有关。想你托人查一查。"

汪庚同敛了笑："什么！"他也不多问，"查谁？"

汪品夫粗略将来龙去脉讲一讲，汪庚同即刻翻出电话簿，找到一个叫"封其理"的人，职务是穗州公安局局长，随即拨号过去："老封呀，哎，我是老汪啊！"

一顿寒暄，进入正题："想托你查一个人，姓梅，叫梅勇宪——怎么写？不清楚，只知道是这个发音。穗州当地人，半个月前曾经乘纽卡斯尔号邮轮从九龙下船。"

那边说："没有确切姓名恐怕是要花些力气了。"

"急事，能否帮我一帮。"

那头呵呵笑："汪校长都开口了，我还能说不吗？我尽快，给你找出来。"

"感激之至。"

"自家兄弟，说这些见外了，他日有机会再痛饮一番就当谢我了。"

"自然自然。"

挂了电话，汪庚同把封其理电话给儿子，"你帮知礼催着点，这事不能拖！后续要是有什么要帮忙的，尽管来找我。"

齐知礼再三道谢，又寒暄了一阵，驾车归家。

心事重重，累得全身脱力，什么都不想想，却又忍不住想——不知道阿姐怎么样了，也不知道银河街怎么样了。

Day 3

" 帮、帮帮我！两个扶桑人在追我！"

华历2162年12月3日上午　7点15分

大同大学理学院办公室。

齐知礼已经来了很久了。

汪品夫替他将冷了的普洱换掉，指着掀开的铁盒："你多少吃一点，饿着肚子电话就能来吗？这花旗牛油饼味道不错，你尝一尝。"

齐知礼心不在焉地往嘴里塞了一块："几点了？"

"才七点一刻，要八点，八点他们才上班呢。"

齐知礼不说话了，闷头饮那杯陈年普洱。

两个人相对无言，齐知礼是心事重重，汪品夫亦甚为忧心，彼此坐着静待时间流逝。

好不容易挨到八点，齐知礼即刻起身给穗州警察局打电话。那头懒洋洋一问三不知，任凭你怎样问，对方也懒得回应，最后只扔下一句"等消息吧"。

气得齐知礼几乎拍案而起，要再拨过去却被汪品夫拦住了："封局长可能还没到。他与家父也是老友了，既然应承了便不会失信，不如再等等看。"

果不其然，等到八点半，封其理打电话过来："贤侄。"

"封伯父。"

"令尊所托之事，我已差人替你查过，梅勇宪其人，原是穗州民政部的科员，大半年前去了一次南洋，回来就换了地方做事。"

"几时回来的？"

"确切时间没查到，但他上月15号去民政部辞了职，拿了他们局长的推荐信去钱塘一个新组建的什么民生伦理委员会赴任。

"您方便提供那边的电话吗？"

"我没有。不过你倘若要找梅勇宪，不妨问一问他先前领导，我将电话给你。但切记，莫要提我，我与那姓刘的素来不合。"

"这是自然，有劳封伯父了。"

　　两人得了电话，当即拨号给梅勇宪那位写推荐信的刘局长，对方口气敷衍："不知阁下找梅勇宪所为何事。"

　　齐知礼留了个心眼："我上月高卢回来与梅先生同船，聊得再好没有，说好回来将舍妹介绍给他，如今却是怎么也找不到梅先生了。"

　　那局长一听是这等八卦，不由来了劲："梅勇宪去了钱塘了，你再打电话到这里来自然是找不到的。"

"几时去的？"

"去了个把月了，怎么，你要带着妹妹追到钱塘去啊？哈哈哈哈。"

"舍妹看过梅先生照片甚是欢喜，我想找一找梅先生。"

"他在民生伦理委员会做事，喏，我将电话给你。"他说着报出一串号码，呵呵呵地笑。

"梅先生真的到钱塘了吗？不会半路耽搁吧。万一我带着舍妹白跑一趟……"

"不会的，他前两天还给我打了电话报平安。再说你急啥，先打电话问问他不就成了。"

"是是。叨扰您了。若是成了喜事一定给您包个大红包。"

"说话算数啊呵呵呵。"

"自然自然。"

这边聊完，齐知礼即刻将电话拨往钱塘民生伦理委员会。

响了几声那头接起，齐知礼单刀直入："您好，我找梅勇宪先生。"

"谁？"

"梅勇宪梅先生。"

"打错了。"对方"啪"一声挂了电话。

齐知礼与汪品夫面面相觑。

汪品夫说："莫不是接错线了？"

"会吗？"

"让我来。"汪品夫照着电话号码再拨一遍，这次学乖了，上来问，"您好，请问是钱塘民生伦理委员会吗？"

"什么事？"这样问即是默认。

"麻烦替我找一下梅勇宪梅先生。"

对方一听叫起来："神经病！别说'没先生'，我们这里连'有先生'都没有！别打了！""啪"一声又挂了。

汪品夫握着听筒与齐知礼相对无言。

还是汪品夫先开了口："会不会他还没到钱塘？"

"你忘了，刚才穗州那局长讲梅勇宪前两日已经给他报了平安。"

"那是谁撒谎？"

齐知礼摇了摇头："都不像——可是又都像。"

汪品夫替他出主意："齐伯父在钱塘有可信之人吗？不如请人先

去打探打探。"

"家父早先是有个至交在钱塘，但年头上已经撤到渝州去了。"

"这事不宜大张旗鼓，还是赶紧差个可靠的人去钱塘查清楚。"

两人正说着话呢，门口探出一个脑袋，扬着眉："汪老师……"

汪品夫颔首："江雁宁同学。"

"那个……我想问一下，我的寝室有安排了吗？"江雁宁走进办公室，随意打量了一下四周，最后目光落在齐知礼身上，惊道，"哎，你怎么也在？"

齐知礼哪还有心思搭理她，抬头看了她一眼，懒得应付，心里焦灼成乱七八糟的一团，一颗心砰砰地跳，血液上涌，忍不住站起来道："品夫，我等不及了！与其差人去，不如我亲自去找这姓梅的问清楚！"

汪品夫拉住他："知礼，你冷静一点！再想一想。"

"还想什么，总不能坐以待毙！品夫，你替我和我多说一声，再嘱托为鸣，让他把银河街的事加紧办了！这事不能再拖下去了！"

汪品夫知道劝不住他，只好松了口："行，那你一路小心，有需要随时打电话回来。"

齐知礼点了下头，三两步跨出门口。

江雁宁着了急，也顾不得问寝室的事了，小跑着跟过去。一直追到齐知礼的车前才赶上他的步伐。

她皱着眉头："什么就'把银河街的事情加紧办了'！你怎么自说自话呢！"

齐知礼一把拉开车门，沉声道："我现在没空和你谈这件事，你有什么问题去找谭为鸣协商。"

"你寻我开心是不是！"江雁宁脾气上来了，"谁不知道谭什么的只听你的，你都要他加紧办了，他还能搭理我们？"

齐知礼冷眼看她："你知道就好。"他坐进车里，一把甩上车门。

说时迟那时快，江雁宁眼疾手快，拉开副驾车门，一下子跃进去。

齐知礼拉下脸："下去！"

"就不！"

"下去！"

"除非你答应不拆银河街……"

齐知礼打断她："随你。"他没空再和她纠缠下去，得尽快赶去火车站，坐最早的一班车奔赴钱塘。

华历2162年12月3日上午　9点05分

海城火车站。

售票厅里人声嘈杂，来来往往都是背着沉重行囊的旅客。他们穿着陈旧的棉衣，提着沾满尘土的包裹，脸上写尽奔波的疲乏。

江雁宁跟在齐知礼身后："你要去哪？"

"钱塘。"

她几乎懵了："那我怎么办，我怎么回去？"

"自己想办法。"齐知礼边说边往头等座售票处走去，江雁宁又跟着他走了几步，到门口一看，哗，满屋尽是老爷太太公子小姐，连空气中都弥散着昂贵的香粉味。穿着羊绒大衣的夫人们盘着好看的发髻，穿貂皮的小姐烫着时髦的卷发，西装笔挺的先生们坐着抽雪茄，人人谈笑风生。江雁宁打量了一下自己的学生装，一时觉得自己与里边这些人格格不入，他们精致得过分，仿佛不带烟火气，与她显然不在同一个世界。而江雁宁对这另外的世界并没有太大的兴趣，便目送齐知礼进去，自己则站在门口百无聊赖地打量周围的一切。

远远地，有一个人狂奔过来，离得近了才看清是个女人，她整个人以冲刺的姿态箭一般地往火车站射来，身后两个凶神恶煞的男人穷追不舍。江雁宁避之唯恐不及，连退两步，但仍被这女人狠狠一撞，踉跄了几步才站稳，不由掸了掸袖口，不满地嘟哝："做什么啊，横冲直撞……"

话音戛然而止，她忽然摸到袖口有什么硬硬的东西，掏出来一看，是个球状的纸团——无疑是刚才那个女人趁机塞给她的。江雁宁心里有些犹疑，但思虑再三，还是退到角落小心翼翼地展开纸团，只见上面潦草地写着"救我"两个字。

她哪里见过这等千钧一发的戏剧场面，心里砰砰地跳，将纸条揉回去塞进口袋里，往二、三等的售票厅里找那女人的身影。

战时的火车站格外拥挤，充斥着拖家带口的各式人群，江雁宁草草转了一圈没有看见方才的女人，便复又跑回门口等齐知礼。齐知礼已经买了票，正要验票进月台，江雁宁大急，这才意识到自己没有全程盯住他实是莫大失误，即刻就要飞奔过去。

谁知手臂忽然被人拉住："小姐。"她回头一看，不是方才那女人是谁！

但此刻不是好时机，眼下假使齐知礼走了，她身无分文不知走多久才能回校，但这还是小事，更紧要的是恐怕银河街毫无保住的希望了。

思及如此，她一甩手就要挣脱这女人，但对方握得太紧："小姐，你救一救我！"眼里写满哀求。

江雁宁本想拒绝，但望着她的眼神实在开不了口，无奈道："快说！怎么救你？"

"您是搭这一班火车去钱塘的吧。"江雁宁还来不及否认她已经塞了个信封过来，"替我将这封信交给艾宁西餐厅的沈彩莉，我被人追杀买不了票……"

话还没说完，方才两个凶神恶煞的男人不知从哪冲出来，用扶桑腔的国语喝了一声"你给我站住"就扑过来，那女人脸色一凛，推江雁宁一把："快跑！"

江雁宁悔得肠子都青了：好好的逞什么英雄，这下可闹出大事了！要是她真的被他们追上宰了，那可真是无妄之灾，冤得六月飞雪。这样想着，脚下就像生了风，狂奔向检票口，刹都刹不住，往前一头撞上一个胖先生的背上。胖先生"哎哟"一声，回过头来眼睛瞪得像铜铃："啥人，寻死啊！"

江雁宁连声道歉，人却没有停下来，拼命往前挤，嘴里不忘喊："齐知礼！"

检票人一把拦住她："小姐，出示一下您的车票。"

江雁宁被拦在检票口扯着嗓子喊不远处的人："齐知礼！齐知礼！"

齐知礼终于转过身来，回头一见这情形，不由皱眉，走到她面前，拿出钱包，抽出几张法币："自己叫黄包车，趁早回去上课。"

江雁宁没有接，脸涨得通红，一把拉下齐知礼的衣领，悄声在他耳边说："帮、帮帮我！两个扶桑人在追我！"人都结巴了。

齐知礼变了脸色，站直看眼前的江雁宁，她几乎失控，不像说谎的样子。齐知礼把手里的票递给江雁宁，和检票人打招呼："我的票让给她。"又拍了拍江雁宁的肩膀："去车里等我。"火车马上就要出发，在这几分钟里，只凭两个人就想找到她，可能性显然不大。而留在车站，对方只要守住出口，她就不要妄想平安出去了。

齐知礼回到售票口，趁着还来得及，抓紧时间又买了张车票登上火车。

头等车厢豪华得不像样，宽大的椅子用鹅绒铺着，地上还有花纹繁复的地毯。女士们谈笑着三三两两往小房间走去，江雁宁侧头看才发现那是单独的化妆间。哪里像在坐火车，简直犹如身在咖啡馆。

但好奇心很快散去，她兀自生起气来。

齐知礼饶是心中焦急，但此刻困在行驶的大铁箱里也没有办法，索性暂时将烦忧抛诸脑后。见江雁宁一脸不悦，不由搭讪："怎么，不高兴？"

江雁宁瞪他一眼："有钱坐这样豪华的车厢，却偏偏要银河街所有人无家可归，不是为富不仁是什么！"

齐知礼气极反笑："我还没问你怎么惹上扶桑人，你倒好，质问起我来了！"

江雁宁不说话，撇头撅着嘴。

齐知礼冷笑了一声："我救了你你就这副腔调报答我？"

江雁宁转过头来："要不是为了银河街的事我跟你来这里，我会……"她没再说，沉默了片刻，低下头小了嗓门，"算了，确实是我惹的事，谢谢你。"

齐知礼认识她多日，次次相遇她都一副势不饶人的强硬姿态，这是她第一次显出温和有礼的一面，说来也始终不过是嘴硬心软的小孩子习气。齐知礼生的那点气一时消失殆尽，脸倒还板着："知道就好。等下到了钱塘我给你买张票，你再原样坐回去吧。"

"别呀！我长这么大还没去过钱塘呢。我还想看看白娘娘和许仙相会的断桥是个什么样，西湖又是怎么个比西子法呢。"她说着来了兴致，笑眯眯地问，"齐知礼，你要在钱塘待几天？"

真是小姑娘，刚才还撅着嘴呢，这会儿又笑了。齐知礼忍俊不禁。

"你笑什么，人家问你待几天。"

齐知礼想起此行目的，不由敛起笑意："一天，或者更短。"

"啊？"江雁宁脸上难掩失望，"那我跟你一起回去吧。"

齐知礼点点头，又陷入沉思。

华历2162年12月3日下午　　16点25分

钱塘。

下了火车，齐知礼抽出几张钞票塞到江雁宁手里："你去新泰饭店定两个房间，不要乱走，等我回来带你去吃饭。明天我们回去。"

"啊？"江雁宁一脸失望，"不去看西湖了吗？"

"有机会带你去吧。"齐知礼含含糊糊地应付道。两人这样边走边说出了火车站，等在站门口的黄包车便适时迎了上来，齐知礼叫住一辆车，对江雁宁道："你先去住店吧。"遂付了车资，又嘱托车夫一路小心，自己则坐了车直奔民生伦理委员会。

也不晓得是去得晚了还是衙门关得早，委员会一扇铁门锁得严严实实。他问车夫："确实是这里吗？"

车夫言之凿凿："那还有错！钱塘城还能有我不认识的地方？"

齐知礼不死心："他们一般几点上下班你可晓得？"

"先生，那我就不晓得了。我们拉车的只知道看地，管衙门的事做什么，你说是不是？"

齐知礼知道问不出什么来，便道："既然这样，送我去新泰饭店吧。"

进店，报过姓名，店员交了钥匙，一路领他到二楼客房。粉墙黛瓦雕栏玉砌此刻都没有心思看了，坐在椅子上将明日行程琢磨了一遍才想起小姑娘还在隔壁等着自己，遂过去敲门："江雁宁，出来去吃饭。"

屋里没有声音。

又敲一遍："江雁宁。"

还是无人应答。

反复几次，他心里警钟骤响：这姑娘不是莽莽撞撞去了西湖边吧？天都黑了，这人生地不熟的，又是沦陷区，要是出了个三长两短可如何是好。不说没办法向她父母交代，就是自己心里这关也没法过啊！他心急火燎地跑下楼，问店员："兰字号房间里的姑娘出去没有？"

"她付了房钱就出去了，说是晚一点再回来——对了，她还说，要是竹字号房里的先生问起来，就说她很快会回来的，叫您别担心。"

齐知礼胸口憋着一团火，又不好发作，恨恨然道："别担心？说得倒轻巧！"

　　他冲出店门，在门口张望了片刻，街上只有零星的灯光，别说人影，连猫狗都瞧不见一只。齐知礼叹了口气，下了决心冲进黑暗里，朝着西湖方向一路寻摸过去。

　　路边尚在营业的店铺屈指可数，小饭馆里发出微弱的灯光，齐知礼借着这些微的灯光小跑，看到人影就慢下来瞧仔细，可是遇见的尽数都是结伴而行的，哪里有独身一人的姑娘。

　　真是急煞人。

　　走了大约二十分钟，前面忽然吵嚷成一片，人群里不知何时迎面走来的两个青壮男子摇着头叹气："一个姑娘家家被打成这样，也不知道还能不能活。"

　　齐知礼听得心惊肉跳，狂奔过去拨开人群，只见一个女子仰面躺着，脸上伤痕累累，嘴角还有未干的血迹，睁着一双绝望而无力的眼。齐知礼撇过头去不忍再看，心里泛出一丝凄楚，但又有难以言说的庆幸——不是江雁宁。但江雁宁去了哪里？而自己就放任这女子躺在这里？他站在原地有一刻的手足无措。但很快，他冲出人群：此刻闲事是不能管了，万一耽误了片刻，说不定倒下的就是惹事精江雁宁了。

　　结果跑出去百十米，迎面走过来一个孤身女子，他定睛一看：好嘛，不是江雁宁还能是谁！当下胸中一颗大石落了地，快步上前一把拽住对方："你去哪里了？吓死我了！"

　　"我……"江雁宁磕磕巴巴，"我……走走……到处走走。"

　　齐知礼狐疑地看着眼前这个目光闪躲的人："真的？"

江雁宁小声道："人生地不熟的，我还能去哪里嘛。"

不说还好，一说齐知礼气不打一处来："知道人生地不熟你还到处乱走？有没有考虑过别人会担心！你要是有什么事，我回去怎么和你汪老师交代！你爸妈非得找我算账不可！这么大的人怎么一点……"

江雁宁自知理亏，被他训得说不出话来，真是尴尬透顶，只好伸手拉了拉齐知礼衣角："好了好了，别生气了嘛。是我不对，我太莽撞了。"没有道歉，但肯承认错误，比之初见时的横眉冷对，算是莫大友善了。

齐知礼看她低着头的愧疚样，心里那点怒火不由渐渐熄了。借着一点微弱的光，他发现江雁宁的耳朵通红："是不是冷？"

"还……还好。"

齐知礼伸手用手背触了一下江雁宁的脸颊，只觉手上弹软而冰凉，他叹了口气，解下自己的围巾替江雁宁围上："饭还没吃吧？"

"嗯。"

"走吧，回饭店吃西湖醋鱼。"

"那个……可以选一家便宜点的馆子吗？"

"怎么了？"

江雁宁尴尬地摸了摸脖子："我已经欠了你不少旅费和房费。"

齐知礼啼笑皆非："谁说要你还了。"

"不还不成了白吃白喝的无赖了。"

他揶揄江雁宁："我救人不图回报。"说到这里蓦然想起那挨打的女子，当下江雁宁既已找到，恻隐之心便可落到实处了，打算觅一个车夫送她去医院。思及此处，他快步返回事发处，谁料不知哪里来了两三个壮汉，架起伤者就跑。

齐知礼烦忧未解，再无意招惹闲事了。身处乱世，哪个不是飘零如絮，躲在租界里仿佛这国家仍然歌舞升平，一出来就知道，活着不是易事，生离死别人人见惯，他这一己之力即便救了一个也未必能救一双。要想天下太平，最要紧的是，赶走倭寇光复国家，可当下这时局，已非三五人力可控。

若非要谈救人，他最想救阿姐。

西伯利亚的冷风南下，席卷大半个国家，两个人在冬夜的钱塘街头裹紧外套疾步赶回旅店。

齐知礼嘱后厨上"西湖醋鱼""东坡肉"及"龙井虾仁"："来了钱塘没道理不吃点当地特色美食，你说是吧江雁宁。"

江雁宁却兴致缺缺："你吃吧，我要一碗阳春面就好。"

齐知礼狐疑地看她一眼，这姑娘时时刻刻精神足透，提起看西湖不知何等激动，怎么此刻是这副反应呢？随即又想起她说房费餐费的事，不由哑然失笑，由得她去了。

华历2162年12月3日晚　　18点35分

新泰饭店。

齐知礼在服务台借了电话打给汪品夫，对方急匆匆问他："江雁宁呢，有没有跟你在一起？"

"就是来和你说这个的。你那爱徒可真是能折腾。"齐知礼笑了一声，把事情草草讲了一遍，"那可不是动如脱兔，是动如疯兔啊！"

汪品夫笑出来："小姑娘活泼是活泼点，人还不错，爱憎分明知进退，不算难缠。"又说，"人你是拐出来了，我可千万拜托你，钱塘不比租界，你得多看着点，把人安安全全带回来啊。"

"是是是。我真是造了什么孽哟。"

汪品夫也不多谈闲话，问他正经事："怎么样，梅勇宪那边有消息没？"

"委员会我一来就去过，门关得严严实实的，等明天吧，明天我起早再去。"

"行，有消息随时通知我。"

"好，你先休息吧。"齐知礼挂了电话，转而拨给谭为鸣，问银河街动迁事宜："为鸣，怎么样，他们肯不肯搬？"

"哪里肯。上午我又去了一趟，他们一齐堵住我，真是软硬兼施。"他苦笑一声，"冲出来两个大汉，捋起袖子说若是非要拆银河街就别怪他们动手了。"

齐知礼皱眉怒道："真真是刁民！"

谭为鸣啼笑皆非："刁民倒不算可怕。最怕的是热情的老阿姨。连说带推地拉我去她家里吃饭。"他说到这里叹了口气，"真是家徒四壁，缸里最后一点白米拿出来给我蒸一碗饭，又替我炖颗鸡蛋，再到街口买二两卤肉。自己不吃，就看着我。说家里两个儿子都死在抗倭战场上，消息传来，老头子一口气没上来就走了。小儿子还没结过婚，大儿媳妇改了嫁，留下个四岁的孙子。祖孙俩相依为命，说就靠着这房子遮风挡雨，声泪俱下。"

这话谭为鸣说起来尚算云淡风轻，但齐知礼握着听筒一时无言。

"为鸣。"齐知礼沉声道，"该给的补贴一分都不要少。你是知道的，无论如何，大小姐是一定要救的。"

　　谭为鸣点头称是。世人都要尽一切努力护家人周全，家徒四壁的老太太如是，腰缠万贯的齐家亦如是。对错之分？未必有对错之分。

华历2162年12月3日晚　21点25分

　　夜来无事，二人早早睡下了。

　　只是齐知礼记挂知慧，又不晓得明日一早能否去委员会寻到梅勇宪，即便躺在床上也难以入眠，兀自对着窗外月亮思绪万千，许久才渐渐泛起睡意。

　　半梦半醒间，听见外面走廊嘈杂一片，有扶桑人操着蹩脚的华文嚷嚷："里面的人出来开门！"沉寂了三五秒，骤然"八嘎"一声，紧接着是"砰"，撞击的声音，显然是哪扇门被撞开了。

　　齐知礼一下子睡意全无，不能开门去看，只好走到阳台往楼下张望，看不出什么，还是一模一样的街道，漆黑安静。他不知道这是一次有着确切目标的抓捕行动还是地毯式的搜捕行动，如果是后者，就意味着他们很快会来敲自己的房门。扶桑人从来不是省油的灯，难保届时不会发生什么。

　　他返回到房门口，靠在门上听走廊里的声音，外面有女人的抽泣声，从零零碎碎的对话中他听出来了：扶桑人是来找一个女人的，似乎对单身女性盘查得格外厉害。

　　齐知礼伏在阳台上探出身子去看江雁宁的房间，屋里没有开灯，什么都瞧不清，想来她早已睡了。齐知礼怕她着单衣入睡，稍后扶桑人敲门来不及穿衣开门惹出事来。

但如何才能叫醒江雁宁呢？

齐知礼回头看了一眼屋子，除了床铺和桌椅茶具，还有衣帽架和三个衣架，他快速拿下衣架，跑回阳台，打算将手中物品扔到隔壁间的阳台门上，借此撞击声叫醒江雁宁。

但衣架不听使唤，扔出去的第一个绵软地落在地上，第二个碰在门框上发出轻微得可以忽略的撞击声，最后一个，齐知礼深吸一口气瞄准房门，沉住气加大手上力量，"砰"一声砸在门上。

屋里仍然一片寂静，和先前并没有任何不同。齐知礼站在冬日的夜风中，冷，但剧烈的心跳盖过寒冷带给人的瑟缩，所幸，片刻之后屋里亮起灯来。

屋里的人小心翼翼地揭开一点窗帘，侧着身探出半个头谨慎地向窗外打量，齐知礼借着一点月色对屋里的人挥了挥手。

江雁宁披着外套推门出来，有一点睡意未退的小脾气："怎么了啊？齐大少爷你干吗还不睡。"

齐知礼迅速做了个"嘘声"的手势，趴在栏杆上低声道："快回去穿好衣服，扶桑人正在大搜查，好像在找一个单身女人，应该很快会搜到这里。"

江雁宁一凛："搜单身女人？"

"应该是。"

"搜什么样的单身女人？"

"我哪知道……"齐知礼忽然意识到什么，不由警惕道："你脸色不太对，是不是做了什么？"

江雁宁欲言又止。

"你刚才不是去西湖对不对！你到底去哪了？"

江雁宁抿了抿嘴唇，脸上有一点羞愧的凝重，终于还是开了口："我去找沈彩莉。"

齐知礼简直头大："沈彩莉是谁？"

"火车站那个女人的妹妹。我去咖啡馆找她，谁知道她已经辞了职，店里坐满扶桑人，我没找到人就走了。"

齐知礼听得汗毛直立："有没有人跟踪你？你知道火车站那女人是谁吗！你什么都不知道就莽莽撞撞来人生地不熟的地方帮她找一个不知道什么底细的人？你是不是疯了！"

江雁宁被他骂得说不出话来，眼下的情形让她无从辩驳。外面扶桑人的声音越来越近，也不知道是不是冲自己而来，毕竟在火车站时，那个女人就是让扶桑人抓走的。如果她交给自己的信真的藏着些不可告人的秘密，那么今日，去往咖啡馆找什么沈彩莉，就很可能已经给自己招惹来杀身之祸了。

江雁宁想到这里，背上汗毛根根立起，冷汗涔涔，才切实察觉出怕来："那现在怎么办？"

短暂的气恼无奈褪去，齐知礼很快冷静下来："信呢？"

江雁宁手忙脚乱地把信封从大衣口袋里摸出来："就是这个。"

齐知礼一把夺过。

"喂！干吗！"江雁宁压低声音。

齐知礼做了个噤声的手势，卷起信封，跑进屋里。

很快，他空着手穿上西装走出来。

江雁宁问："信呢？"

"我藏好了。"

"藏哪里啊？安全不安全？"

"别问那么多，你……"话未说完，门口响起急促的敲门声，伴随着耐心尽失的呼喝："皇军查房！"

齐知礼头都不回，径自对江雁宁道："马上去床沿坐着。"

江雁宁点头，迅速回房。齐知礼靠在阳台边上往下望了望，三楼，十多米，说高不高，说矮也绝对不矮。

门外敲门声越来越重，已经容不得多想，他一步迈上阳台，攀住墙体，屏息跨过横亘在两屋间的障碍，即刻进入房间。

坐在床沿的江雁宁被吓了一跳，回首以口型问道："你几时进来的？"

齐知礼扯开西装一把扔在椅背上，解开最上面一粒衬衫纽扣，昂首阔步朝门口走去，仿佛随时准备战斗。随后经过床铺时顺手扯乱棉被，立起身时，对着江雁宁使个眼色，以口型道"准备好"三字，随即拧开门，竟已一脸仿佛强忍慵懒的神态："长官，长官，我就是这间的住户。"他伸手指了指隔壁屋。

扶桑人狐疑地审视着他，用生硬的国语喝到："那你在这里干什么！"

齐知礼满脸写着"难言之隐"四个字，唯唯诺诺："我和、和朋友聊天。"

扶桑人一把推开齐知礼，大喇喇闯进屋来，打量了一下坐在床沿的江雁宁，笑了一声："春宵一刻。"

江雁宁脸色都变了，齐知礼眼神轻扫过她，只一秒，眼底的警示与安慰一览无余。江雁宁于是坐着没动，一言不发，宛如一尊石像。

扶桑军官进屋粗粗打量了一遍，返身回到门口。两人正要松一口气，谁料这扶桑领队手一挥，登时冲进来三四个人，大肆搜查，差点把床都掀了，几乎掘地三尺，一无所获后才扬长而去。

只是二人不敢就此松懈，眼见着扶桑人进隔壁空房间，一片翻箱倒柜声，心都几乎提到嗓子眼，直到他们收了手才略微安了心。

齐知礼掩了门与江雁宁共处一室，一时间，彼此都有些尴尬。

江雁宁仍然披着外套坐在床沿，语气因愧疚而显得艰难："谢谢你。"

齐知礼靠在对面的椅子扶手上，此刻已是好整以暇的样子了，整个人纤长挺拔。英纺法式西装还搭在椅背上，被人翻得仰天，露出内襟左胸袋口用丝线绣着中英文姓名Winston Chyi，此刻他穿着一件厚实拷花开司米，衬衫领口挺括，一双麂皮鞋一尘不染。这身行头，恐怕能抵她全家整年开销。

江雁宁向来不喜有钱人家的公子哥，但此刻打量着齐知礼，却觉得或者该修正一下自己的观念。富家少爷未必就是纨绔子弟，齐知礼冷静沉着，敢为有担当，已然胜过多数男性。

她站起来，提起墙角那只幸免于难的热水瓶，问齐知礼："你要喝点水吗？"

齐知礼想说"不用"，但侧头看江雁宁，对方直视着他，眼神清澈，又是全无戒备的善意，鬼使神差地，他说："好啊，烦劳你了。"

洋瓷杯里水汽氤氲，干燥的冬日里仿佛因此多了些暖意。楼下有一阵短暂的嘈杂，店家虚假的奉承夹杂着一阵步履声。

"是不是他们走了？"江雁宁压低声音，掀开窗帘往外看，果然，扶桑人已经离开饭店顺着街道离开了，并不像有所收获的样子。

齐知礼放下水杯，套上西服急急回房。

江雁宁跟在他身后，迫不及待地问："信呢？信还在不在？"

齐知礼拉上窗帘，放倒衣帽架，费了九牛二虎之力倒出那封信来。

江雁宁赞他："厉害！像做特务的！"

"你不像是在夸我。"

"哪有。"江雁宁笑眯眯地拿起信，"那我先回房睡觉喽。"

"你就打算这么把信拿走？"齐知礼不可置信。

"不然呢？"

"不打开看看吗？这可是搭上性命才保住的信。"

"可这是别人的信啊……"

齐知礼简直头大："刚才的扶桑人很可能就是让这封信招来的！你稀里糊涂帮人家送信你考虑过后果吗？信里要是写点鸡鸣狗盗的事也就罢了，可是如果里面的东西不利国家民族呢？"

"话是这样说……可是这总归是别人的东西。"

"别人的东西你揽上身干什么？"

江雁宁无言以对，齐知礼说得不错，不管是拿到这信的方式，还是送信后的遭遇，都显得太吊诡了。她不能鲁莽地做不明不白的事，万一为虎作伥呢？也不应该不清不楚就把自己置于未可知的危险之中。

"那就看一看吧。"江雁宁下了决心。

齐知礼拿过桌上的洋瓷杯，倒入开水，将烫手的杯底压在信件封口处，少顷移开水杯，粘性并不高的浆糊已经软了下来。他小心翼翼地揭开封口，里面的东西出乎他们的意料——有两封信笺，其中一份居然是日文的。但回过头来想，霎时一切都合情合理了。

因为这是一份日文的信笺，所以火车站那个女人会被扶桑人追，所以她拼了命也要转交这封信，所以今夜扶桑人会来搜查。

意识到这点，两个人顿时面面相觑。

江雁宁一时好奇心盖过恐惧："上面写的啥？"

齐知礼没好气："我怎么知道！"

江雁宁简直后悔，刚刚还想着富家子未必纨绔，现在看吧，大少爷脾气和狐狸尾巴一样，都会马上露出来："我还以为齐家大少很博学呢。"

"怎么，现在觉得我是绣花枕头了？"

江雁宁都给气笑了："要不要脸，是不是还想说自己闭月羞花，是云锦配湘绣的枕头？"

"苏绣。"

"好好好，你说什么枕头就什么枕头吧。"江雁宁甘拜下风，"所以现在这封信怎么办？"

"别急。"齐知礼打开另一封，"先看下这个。"

这一份华文的信折得毫无章法，纸张比之前一封脆薄很多，字迹也相当潦草，看样子是仓促写就的。信上字数不多：

莉：我逃出了摩掌，你千万别回老家，危险！付上山本鬼子叛军的正据，你先代我收好。姐：彩霞

短短三十六个字，有三个错别字之多，看来火车站这位"彩霞"学识有限。但眼下时代，战火纷飞，能读书写字已然不易，想必她出身不至于太差。但既然说了"逃出"二字，那之前就必然是"落入"了魔掌。又说这日文信是"山本鬼子"的叛军证据，想来这魔掌也非等闲。

只不过凭枯想是得不到答案的，齐知礼展开那封日文信，细细端详了一遍，问江雁宁："带纸了吗？"

江雁宁一早在大同大学办公室遇到他的时候，正背着纸笔书籍打算去上课，谁知一跟，竟跟到钱塘来了，提包自然也跟着一起到了此地。

她跑回房间，拿了纸笔过来。

齐知礼却只接过纸，江雁宁拿笔的手还停滞半空，他却径自从衬衫胸袋里摸出一只金光闪闪的钢笔："我有笔。"

江雁宁涌起一阵翻白眼的冲动，随口说："用什么笔还不是一样，怎么没让扶桑人把你这支了不起的金笔搜了去！"她往日并不是这样刻薄，但对着齐知礼，不知为何，却总想抬杠。

齐知礼也一愣：对啊……刚才的扶桑人如果是查信，为什么没搜身？

来不及细想，他照着那封扶桑文信笺，一笔一划临摹出了副本。

Day 4

"有没有可能……此时的绑匪，已不是当时的绑匪？"

华历2162年12月4日上午　7点05分

新泰饭店。

江雁宁混混沌沌地醒过来，厚实的窗帘遮得严严实实，屋里是一片静谧的昏暗。她料想时间还早，但她一贯没有赖床的习惯，况且眼下还有要事需办，她精神百倍地从床上翻起来，穿戴整齐。

结果一拉窗帘，霎时傻了眼：外面阳光普照大地，起码七点钟光景。她跳起来，拉开门往走廊看了看，空无一人，隔壁纨绔子弟的门也关着，不知起床没有。她此刻蓬头垢面的，也不适宜去敲，让对方看见自己这个样子岂不糟糕——她被自己这个念头吓了一跳，赶紧甩了甩头，缩回屋里。

贵的饭店就是高级，屋里还有卫生间，根本不用出去挤公共水房。莫说洗脸盆了，连马桶都雪雪白，赛过穷人家饭碗。"朱门酒肉臭"啊！江雁宁摇摇头，内心谴责了一下这种纸醉金迷的奢侈生活，但很快"噗嗤"一声笑出来：这里的一切都好干净好高级，真令人喜欢。怎么办？好像有点开心呢。

洗漱完后，她去敲齐知礼的门，并没有人应答——也算意料之中。她下楼去找店小二：竹字房的先生出去了吗？

"出去了。说让您别乱跑，在店里等他。"

江雁宁撇了一下嘴，显然并不打算听他的。

"先生还说了，让您别忘了吃早饭。"

江雁宁赶紧摆手："不吃不吃，我没有吃早饭的习惯。"

店员仿佛没听见她说话似的："小姐您喜欢中式还是西式？我们这里的三明治非常出名哦。"

　　"谢谢，我不吃。"

　　"不要钱，算在房费里的哦。"

　　江雁宁"哦"了一声："那给我一个三明治，谢谢。"

　　小二转身进厨房，和洗着抹布的大妈说："那先生真是讲得一点没错，兰字房的丫头骗她不要钱才肯点个三明治吃。"又扯着嗓子喊，"大李，一个最贵的三明治。哦对，再加杯牛奶。"反正那个小少爷把哄那丫头吃饭的任务交给他们了，多给她点一些也不算宰客。

　　江雁宁吃过早餐，决定再去找一找沈彩莉，昨天咖啡馆说她跑了，自己见有扶桑人在没顾上多问，今天不如再去打探打探她的住址。

　　"早知道这事这么麻烦，就不该管！"她无奈地想，但当时沈彩霞托她这事是拼了命的，江雁宁自问既然接了手就不能背信弃义不管了。

　　她顺着昨天的路半走半跑地到了咖啡馆，还是昨天那个店员，梳着马尾，年纪恐怕比自己还轻上一些。

　　江雁宁问她："不好意思，我想……"

　　店员认出江雁宁来，一把拽过她，压低声音："你怎么又来了！"力气大得出奇。

　　江雁宁有点懵，对方态度竟然如此不友好，但她瞬间意识到一些什么，也跟着压低了声音："我只是想来问一下，你们有没有沈彩莉的住址？"

"没有没有！不要再来问她了！"店员皱着眉，"看到角落那两个扶桑人了吗？他们也在找她呢！"她语气甚是不耐，但也始终难掩某种惊恐。

江雁宁没敢朝角落瞥，换了平素的语气说："那就算了，我走了。"她竭力克制住心中的畏惧，面无表情地走出咖啡店。

拐角是一家西式蛋糕房，香气扑鼻，江雁宁闻得饥肠辘辘，已把方才的心惊抛诸脑后，心想：果然三明治牛奶是吃不饱的。只这么念头一闪间，斜刺里就冲出来一个人，"砰"一声撞上来。江雁宁来不及闪躲，"哎哟"一声，揉着额角抬头看清了来人。

那是个浓妆艳抹的女人，穿着件江雁宁辨不出好坏的貂皮大衣，烫着一头时髦的长卷发，脸煞煞白，嘴倒血血红。一张口就恶人先告状："怎么回事啊！眼睛不长的啊！"

"小姐，实事求是好吧！是你冲出来的！"江雁宁一贯不是个好性子，这种气是不能忍的。尽管穿着学生服，她仍然不输气势地盯着对方，但越看越不对劲，她开始觉得对方相当眼熟，那样尖的瓜子脸，那样细长的身条，那样大过寻常却不显突兀的嘴，都仿佛曾在哪里见过……

"沈彩霞！她像沈彩霞！"江雁宁内心霎时洪炉点雪，在这个离咖啡馆这么近的地方，面前的人又和沈彩霞有七分相似，江雁宁忍不住问："你是要去咖啡馆吗？"

女人盯着她："怎么说？"

江雁宁见她不否认，气焰也敛了一些，知道八九不离十了："你还敢去？你不知道扶桑人都在找你吗！"她决定再探一探更保险。

女人脸上闪过一丝惊恐："你到底是谁！"

"我是沈彩霞。"江雁宁耐心几乎耗尽,没什么好气道。她都快气死了,冒着生命危险来给这沈彩莉送信,结果对方就这副腔调。

"你把她怎么样了!"女人一把抓住她的胳膊,恶狠狠道。

江雁宁大力扒下她的手:"就说你是谁吧。不说我可走了。"

女人白了她一眼:"沈彩霞是我姐,我是沈彩莉,怎么着吧!"

江雁宁真是被她这态度气昏过去:"我在火车站遇到你姐,她托我转交封信给你。"

沈彩莉嗤笑了一声:"还以为她怎么了呢,原来就是封信而已。"她歪着身子朝江雁宁伸出掌心,"信呢?"

江雁宁正要掏信,忽然想起齐知礼说自己什么都不知道就莽莽撞撞送信,不由开口问:"为什么扶桑人要抓你?"

沈彩莉靠在墙上,摸出一根烟:"我刺伤了个小鬼子呗。"

江雁宁被她吓一跳,一把将她拽进巷子里:"那你还敢大而化之走在街上?"

沈彩莉翻了个白眼:"我不得去咖啡馆拿工资啊,我不能白干哪!"

江雁宁比她更想翻白眼:"你去吧!你一进去就得让人逮起来!我就好奇,你到底为啥要刺他?"

"还不是那个臭流氓想摸我!我长得漂亮就活该给他摸?捅他一刀算少的!"

江雁宁扶额,深觉此地不可久留:"信给你,你快找个地方躲起来吧!"她不打算说沈彩霞的处境给她听。沈彩莉若是在乎,也只是无能为力徒增烦恼;若是不在乎,就更不必讲了。

她加紧脚步往回赶,要趁齐知礼回饭店前佯装自己根本未曾出过门。他是对的，瞧瞧沈彩莉那幅腔调！自己根本不该稀里糊涂地招惹麻烦。

华历2162年12月4日上午　7点50分

钱塘民生伦理委员会门口。

齐知礼已经在院子前等了快一个小时了，铁门锁得严严实实，里面的二层小楼静得一点人声都没有，他又一次愤恨无望地推了推铁门，院子里仍然毫无生气。他认命地想，恐怕有得等了，非到烈日当头不可。

就在快要等得不耐烦的时候，透过铁门，他瞧见底楼最西边上的一扇门悠悠地开了。紧接着是一盆水"哗啦"一声倒在院子里。一个或者三十或者四十，五十也未尝不可的男性出了门，手里还端着碗饭，边走边往口里拨。

齐知礼"砰砰砰"地拍铁门，男人——大概是门房，凑着头往门口走，有点不耐烦："干啥，催魂啊……"嘴边的话咽了下去，他识出齐知礼一身行头价值不菲，软了语气，"先生找谁？"

"请问这里有没有一个叫'梅勇宪'的先生？"

门房摇摇头："没有。"转身就要走。

齐知礼叫住他："您再想想，或者有没有新来的？"他递过去二十块钱。

门房热络起来，开了铁链锁拉开门："这叫我怎么说呢，先生。不瞒你，我们这委员会是新筹备起来的，你说哪个不是新来的。"

"那有没有带穗州一带口音的？"

“这倒是有一个。”

齐知礼燃起希望：“快给我讲讲。”

“这人吧，讲着穗州腔的国语。估摸着三十岁是差不离了，和人来往也不多，独来独往的，但还算客气，点头招呼是有的，反正我也听不大懂，有时候搭两句话也是瞎应和。”

“有说他原来是在哪高就吗？”

“哪能呢先生！我不讲了嘛，他不爱说话！”

“就这一个穗州腔的吗？”

“可不！就一个！”

“这人怎么称呼？”

“花……花啥来着？”门房皱着眉头想了想，“哦对！花仙子！”

“什么？”齐知礼简直怀疑自己的耳朵。

门房翻着眼珠子：“又好像不对。你等着，我进去翻一翻！”他跑进屋里去。

少顷拿了本花名册出来：“喏喏，就是这个！花啥先。”他指着“花力先”三个字，“先生你说怪不怪，怎么还有人姓花的。”

齐知礼知道对了：“梅”改了“花”，“勇宪”拆成“力先”。这花力先想来就是梅勇宪无疑了。

他问门房：“只有名字吗，还有其他资料没？”

“再没了。这是上回给他们买饭时王小姐写了交给我的。”

“那他今天来上班吗？”

“那可不巧，恐怕是不会来了。昨儿个喷嚏连连，说染了伤寒怕传染给大家，没到下班就走了——不过也难说，平素花先生向来勤快，这都八点了，指不定马上就到，您再等等。”

齐知礼看了眼手表:八点零三分。委员会一个人都没有。自己早该想到了,这种乱七八糟随便贴个名头的委员会的存在根本就是为了支薪水,挖三民主义的墙角。

这念头刚冒出来,就有人哼着曲骑着自行车进了门。

齐知礼正打量对方,门房"哟"了一声:"方博士,今天您可是第一个!"

好嘛,不是梅勇宪。又等了半个小时,王小姐陈博士吴先生尽数到了,唯独梅勇宪没有出现。

门房凑过来:"往常花先生总是数一数二到的,今天恐怕是不会来了。"

"那劳驾,请问花先生住哪?"

"哎哟,先生,您刚才都问过了,我呀,没有其他资料了。"

"不如您替我向里头几位问一问,或者你让我进去,我自己去问。"

"哎哟那可不行,没有这规矩,回头我把活计丢了可咋办。"门房说着叹起气来,"这家里一家老小还得养呢,靠着这点薪水能干啥!先生你说是不是!"

齐知礼算是听出来了,又递二十块过去:"劳驾替我想想法子。"

"这我不晓得的呀。"门房犹豫了一下,拽着手里的票子像下了大决心似的,"算了算了!我发发好心告诉你,先生,我真的是看你人好才跟你讲的。喏……"他手一伸,"前面过去三个街口,再朝南,看见一座红砖大房子。你去问。应该就是了。"他滔滔不绝,"先生,我真的是人好,这完全不是委员会里的消息,我自己碰巧那天在那里遇到花先生。"

"有劳了。"事不宜迟,齐知礼即刻告辞,赶往目的地。

华历2162年12月4日上午　8点45分

巴掌巷，旧楼。

浓妆艳抹的女人踩着猫步上了楼，老房子扶梯吱嘎吱嘎的，在令人厌弃中又像带一点旖旎。

女人插进钥匙拧开门，屋里坐着个长衫的中年男子，见她进来，叫了一声："彩莉。"

沈彩莉脱了貂皮大衣挂好，仰头一伸手，整个头皮就扒了下来，露出里面细软的齐耳短发。

男人说："怎么样，是你姐的消息吧？"

"对！"沈彩莉的声音竟然出乎意料的利落，她从包里摸出信封，忧道，"家姐恐怕又落到他们手里了。"

男人站起来抽了支烟，安慰似的拍了拍她的肩："这次的事如果你办得好，我可以跟组织申请嘉奖，帮你营救令姐。"

沈彩莉即刻起身敬礼："谢谢队长！我会努力的！"

"但是彩莉啊，你见江雁宁的时候犯了个错，不应该把你杀了石原的事告诉她。"

"我没说杀了，就说刺伤。"沈彩莉分辩，"我想既然咱们已调查过她背景是可靠的，那昨夜被搜查的缘故他们不该一无所知毫无防范。毕竟她也算帮……"

男人愤怒地打断她："不论在谁面前，你都不应该暴露这一点！何况对他们而言，知道得越少就越安全！"他叹了口气，"算了，不说了。你赶紧把装扮换了，在他们两个离开钱塘前不要出门！我走了。"

静江路。

齐知礼站在一栋红砖别墅前。

和委员会门口一样，仍然是关得严严实实的铁门，齐知礼按了几下电铃，并没有人应答。他料想或者梅勇宪已经意识到了什么，否则他不必改名换姓住到这里来。看看这房子，静江路这样好的位置，这样雅致的别墅，并不像苏碧宁所说的寻常家境的梅勇宪能住的地方。或者，他的背后有一只巨大的手……

也或者，正如他其实不是花力先一样，他甚至不是梅勇宪。

但这些不是眼下要考虑的问题，齐知礼再次按响门铃。

这回，屋里姗姗地出来个女佣打扮的妇人，边走边用围裙擦手："先生，您找谁？"

"花先生在吗？"

"先生病了，正睡着，怕是不能见客。"

"烦请替我转达一声，我姓齐，家姐的事想与花先生谈一谈。"齐知礼递上拜帖，他并不打算用诓骗的手段逼梅勇宪现身，假使梅勇宪心不甘情不愿，那说的，也未必会是真话。

二楼的卧室里，一个三十岁上下的微胖男人微微掀开窗帘一角，他穿戴整齐，眼角有一丝惊惧。自打昨日一早他在委员会里接到找梅勇宪的电话后，他就知道麻烦恐怕要上门来了，在佯装对"梅勇宪"其人一无所知后，称病早早回了家，只是万没想到，对方上门竟然如此迅速。

李妈进屋来，合了门上楼："先生，他说姓齐，来问他姐姐的事儿。喏……"她递过拜帖。

男人眼里闪过一丝讶异，掀开帖子，一张齐知慧与年轻男子的合照赫然映入眼帘，他端详着手里东西，这照片数月前他曾在齐知慧的笔记本里见过。男人膨胀开的不安和警惕渐渐缩回原本的大小，良久，叹了口气说："请他进来。"

齐知礼坐在书房的牛皮沙发上，李妈端了咖啡进来又默不作声地退出去，那个微胖的男人就坐在对面。

"梅先生，很抱歉冒昧打扰您。"

男人眼里闪过一丝讶异。

齐知礼捉住这讶异："您是梅勇宪梅先生不错吧？曾与家姐齐知慧同乘纽卡斯尔号邮轮回国可是？"

男人说："是。"

"我想问一下……"

"我来讲吧。"梅勇宪打断他，他的国语确实并不很好，但也没有门房说的那样差，"我喺三年前识齐小姐，当时她去穗州谈生意，广东青年抗日先锋队派我去发展齐小姐，如若唔成，至少都要获得资金支持。后尾齐小姐畀我两万，呢三年来，她断断续续支持了我方近十万。但最近半年，她好少同青年会联系。我喺邮轮上面偶遇她，提起此事，她表示暂要缓一缓，细佬——想必就系齐先生您了，要去渝州发展连同置业，资金周转紧张。"

齐知礼静静听他说，心下感动酸楚混杂着震惊一起袭来。

"船泊九龙，我试图说服齐小姐多少赞助一些，轮船上鱼龙混杂，便决定请齐小姐好好食餐饭。我们刚出码头有几耐，对面慢慢开来架汽车。有人会放心上嘅，真系有人会放心上……"梅勇宪说到这里抱住头，显出痛苦的懊丧之色，"但宾个知道，车开到我们身旁忽然冲落嚟两个人，一把拉住齐小姐就往车里拖，我去拉齐小姐，但边敌得过佢哋人多势众，落嚟一个光头将我打到，你睇……"他撩起发角，一条长长的伤疤，"我疑心船上有内鬼，冇够胆返去，在香岛留咗几日，才辗转返咗穗州。我一路上想，齐小姐何以会惹上扶桑人……"

"扶桑人？"

"是。打我嗰时候骂咗扶桑话。"梅勇宪又继续讲，"齐小姐我知，身家清白，十有八九系因为我们的事惹上佢哋，我惊得快点炒咗财政局的工，到钱塘来做事。但系我都知，此地不宜久留，钱塘现在大环境咁差，总唔系长久之计。现在又好，既然你都知我底细，佢哋都可以找到我，我都唔放心留下来，第日即刻走！"

齐知礼觉得他疑心甚大，处处谨慎，忍不住问："那这个别墅呢，就空在这里？"

"呢别墅系我个亲戚嘅，佢哋去花旗国，借我住啫，如果我有别墅都唔知几开心。"他说到这里笑了一下。

齐知礼问他："那些扶桑人有没有什么特征或特点？"

"咩啦！佢哋全部都凶神恶煞，冇特点。"

"知不知道他们往哪里去，或者可能往哪里去？"

"唔知，真系对唔住。"梅勇宪站起来鞠了个躬，脸都红了，"对于叫齐小姐下船嘅事，我好对唔住。如果要我帮手，即管讲。"

齐知礼颔首回礼："告辞。"他退出门去。梅勇宪不像说谎，况且，就算是说谎，自己又有什么法子呢？怨他叫阿姐下船？但齐知礼自己也知道，那些人即便不在香岛下手，说不定也会在别的什么地方。那样精准地递送勒索信，绝对已经谋划许久。是梅勇宪的错，但更多的，不是他的错。

华历2162年12月4日上午　10点30分

新泰饭店。

齐知礼掩住愁容回了旅店，尽力若无其事地去敲江雁宁的门。结果又如昨晚一般无人应答。

饶是早有心理准备，他仍旧气得跳脚，还要佯装平和地去问小二："兰字房的姑娘出去了？"

"可不。先生交待我们的事是办妥了，姑娘好说歹说地吃了三明治牛奶再走的。"

齐知礼点点头，心里冷笑一声：早知道就不该让她吃，饿得走不动才好！

他也懒得管了，偌大个钱塘城，去哪里找？干脆上楼静静地靠在沙发里，把阿姐的事从头捋了捋。依旧是没什么头绪，唯独有一点，他想起第六封勒索信时对方转换收款银行的事。有没有可能……此时的绑架者，已不是当时的绑架者？也就是说——他们起了内讧。

想到这一点，他即刻下楼拨电话回家。

秀春接了电话："呀！少爷！汪先生打电话来说你去了钱塘……"

齐知礼打断她："让老爷接电话。"

"他不在家。"

"让黄管家来。"

那头换了人："少爷。"

齐知礼心跳得很快："快去查收款银行的开户人！"糊涂！怎么会忘了这么重要的线索。

对方却很冷静："花旗银行的那个是在香岛开的户头，那边保密非常严，没有任何线索。"看来功课是早已做过了。

齐知礼有点颓丧："汇丰银行那个呢？"

"前天老爷就派人去查了，户头倒是海城开的，可住址姓名都是假的。不是新近的户头，年头曾汇过一次款，收款方也是假名，恐怕是不容易追下去，但我们已经往对方户头汇了一笔钱，不多，但应该足以让对方现身取款了。怕就怕，通知不到，或者通知到了也不肯取。"

齐知礼按了一下眉心："为鸣呢，去银河街没？"

"一早就走了。他这两天也忙得够呛——少爷你那怎么样，有消息没？"

齐知礼叹了口气："我明天回来再说吧。见着为鸣记得催着他点儿，银河街的事拖不得。"

挂了电话，齐知礼一瞥手表，已经十一点十分。江雁宁这惹事精还没回来。这还了得！齐知礼苦笑一声，小跑着就要出门。能怎么办？还能真的不管吗！嘁！

结果刚到门口，就看见围墙边一个身影探头探脑地往里瞧，眼神一触到他，马上缩回柱子后。齐知礼气不打一处来，三步并作两步上前逮牢她："你又跑到哪里去了？"

江雁宁抬头望着天，一本正经讲："你看今天天气不错哦。"

齐知礼抱胸冷笑："所以呢？"

"所以我出去透透气啊！"居然理直气壮。

"信呢？"齐知礼朝她伸手。

江雁宁蔫了，摸摸后脑勺："给沈彩莉了。"

齐知礼满脸写着"我就知道你"："见到她了？"

江雁宁拉他进屋："回房说回房说。"

小二用一种意味深长的眼光看着他们。

"兰字房"里，齐知礼甩开她的手："好，你说吧。"

江雁宁拍着胸："我跟你讲，吓死我了！"她把来龙去脉讲一遍，"你说沈彩莉算不算亡命之徒！"

齐知礼瞪着她："你真是命比胆子还大！"

不料她忽然笑起来："不过你别说啊，她这一刀还真是捅得好！"

齐知礼不知为何忽然也有点想笑，但脸上依旧冷着，居高临下地瞧着她。

江雁宁微仰着头看他："好啦好啦，你是对的，我不该惹是生非，说不定差点就把小命交待了。"

齐知礼还是不说话。

"对不起。好了吧？我保证回去之前我都不出去了。"她举手发誓，"真的，再出去是小狗！"

齐知礼移开视线，轻拍下她起誓的手，干咳了一声："那小狗，下午跟我一起出去买鞋吧。"

"啊？"

齐知礼指着她脚上的布鞋："你看你这一脚泥，跟我走在一起我都害臊。"

先下楼吃饭。

江雁宁倒是爽快，一屁股坐下来开口就是："一碗阳春面，不要葱。"

齐知礼笃悠悠地翻着餐牌："东坡肉、蟹酿橙、宋嫂鱼羹、蜜汁火方，再炒两个时蔬吧。"

"好嘞！"小二进厨房通传，稍后端出来一碗阳春面，"小姐，您的面。"真真是一碗细白无比的阳春面，一点绿色都没有。

齐知礼坐在对面看她吃面。江雁宁人是粗鲁了些，吃东西倒文雅。象牙筷挑起龙须面，骨瓷勺衬在下面，半碗面吃下去，一丝声音都没发出来，一点汤汁都没有溅出去。

后厨上菜相当快，趁着齐知礼偷偷观察对面人的当口，东坡肉和火方时蔬都已接连着上来了。

齐知礼筷子一伸，把一块晶莹剔透的肉夹进她碗里。

江雁宁抬头一脸惊讶地看他。

"这么多我一个人也吃不了啊，只好请你帮帮忙了。"

"我不吃肉。"

鱼羹上来了。齐知礼说，"那吃点鱼羹。"

"不吃。"

齐知礼有点不大高兴，要不是看她铁公鸡似的只吃一碗白面，他才不会点这许多。本想做点好事给她加个餐，谁知道，哼，大小姐还不领情。他懒得再问，自己先舀一碗鱼羹，狗咬吕洞宾，随她去。

江雁宁跟小二要一只空碗，把面汤里那块东坡肉夹出来，将面汤沥干，自己仍然安安静静吃那碗干面。

齐知礼脸都绿了。

江雁宁一抬头，被他怒意难藏的眼光吓了一跳，这才反应过来，自己刚才的行为确实非常讨嫌，恐怕已经惹到这位大少爷了。"呵呵呵呵。"她干笑了一下试图缓和气氛。

然而并没有什么用。对方仍然一张冷脸，江雁宁尴尬得想掐死自己。

小二又端了爆炒青菜上来。

这个时机简直救人于水火。江雁宁灵光乍现，大叫一声："这个我爱吃！"一把扯过盘子拉到自己面前，猛地一筷下去卷走一半。

夸张得堪称戏剧化。

齐知礼撇过头去抿嘴嗤了一下：幼稚！

华历2162年12月4日下午　12点30分

新泰饭店。

齐知礼站在房间阳台上往外看，天气不错，日光融融。只可惜忧心事仍然横亘在心中，但尽管如此，日常的生活总还是要继续。

他踱步走到阳台边，冲右边的屋子喊了一句："江雁宁，好了没有？"

没有人应他。

他探出头一看：好嘛，这人往阳台搬了张椅子，躺在太阳下已然睡着了。他本想叫醒她，转念一想，又忍住了：跑到十一点才回来，想必也累得不轻。他掐表看了一下时间，让她再睡一刻钟吧。

稍后他叫醒江雁宁："去买鞋。"

江雁宁睡眼惺忪地举起脚："不去，我已经擦干净啦。"

齐知礼将她塞进卫生间："整理一下，五分钟后走。"

路上。

江雁宁再三反抗："你看，我鞋子已经干净了——哎呀，你看嘛——你别看都不看嘛……"

齐知礼回头瞪了她一眼："我的意思是，你穿得这么……"他停下来对着江雁宁由上到下比划一遍，"跟我走在一起我觉得很没面子。"说罢快步朝前。

江雁宁小跑两步跟上他："学生服怎么了，怎么就没面子了！非要像你这样西装革履衣冠禽兽人面兽心冠冕堂皇斯文败类才有面子吗？"

齐知礼停下来，嘴角抽搐了一下："我怎么就禽兽败类了？"

江雁宁挠了挠头："我就这么一说，瞎说的瞎说的别放心上呵呵呵——哎，对了，买衣服的在哪里呢？"她扭头看四周，眼神放空一脸茫然的的样子，"哎呀到底在哪里呢？"脚下倒是快，一眨眼溜出去老远。

齐知礼哭笑不得，上前拉住她手臂："别找了，这里。"

江雁宁手一甩："干嘛啦！"她小声嚷嚷，"我自己会走……"哎哟哎哟，纨绔子弟怎么这样！随随便便拉人家，又不熟的啰，怪害羞的……

齐知礼睨了她一眼："我问过小二了，说买衣服就属'张允升百货店'齐全，虽然比不得海城的'先施'，但总也能挑两件喜欢的吧。"他随手拿起一件粉色毛衣衬在江雁宁身上，"这件怎么样？"

"太小姐气了。"

齐知礼有了兴致："什么叫'小姐气'？"

"娇滴滴。"

"你不吗？"

江雁宁一扬头："你说我哪里娇滴滴？"

"嗯，不，你又野又蛮，像只兔子。"

江雁宁斜着眼气哼哼地瞪他。

齐知礼笑出来，扬头示意："去看看，有没有喜欢的。"

等了十来分钟，江雁宁从里面出来："走吧。"

"选好了？"

"没有喜欢的。"她力图说得平静，但始终有点难掩的沮丧。

齐知礼看出来了，她正在担心价格呢："我不相信，这么大的店怎么就没有适合你的。走，我帮你去挑。"他又拽着江雁宁的手腕往里走。

江雁宁挣了一下，没有挣脱，也就由他去了。

"喏。"他提起一件淡灰色的开司米大衣，纯色且剪裁利落，唯有小翻领设计得相当细长，十分别致的样子，"这件不是很好看嘛。"

售货员说："先生真是懂小姐，她刚才挑的也是这件呢。"

江雁宁脸都红了。

齐知礼忍住笑："去试试。"

售货员话也是多："试过了，穿得可真合身，再好看没有了。"

齐知礼露出了然的笑："噢，那我们再看看毛衣好不好？"

"我不要。"

齐知礼往边上踱了一点，避开售货员："我说过了，你这样会让我……就当给我点面子，可以吧。"

江雁宁看着他。

"我会为我的虚荣付账的——喜欢什么类型，大小姐还是小妇人？"

"你才'小妇人'！你说话怎么越来越轻浮！讨厌！"

"那就'大小姐'。"

江雁宁摇摇头，犹豫了一下，仿佛很艰难地说："留学生！我要穿成电影里留学生的样子。"她比划了一下，"戴着大帽子的那种。"

齐知礼"噗嗤"一声笑出来，在接收到江雁宁怨念的目光后一秒忍住笑："好好好，你喜欢就好。里面穿个长裙子好不好——这件黑色怎么样？"

江雁宁仔细看了看齐知礼手里的裙子，点了一下头即刻用手捂住脸，眉梢还藏着没被遮住的羞涩笑意。

齐知礼由衷笑出来："快去试。"

江雁宁从更衣室出来的时候已然变了样子，稚嫩的学生气退了一点，像个不太熟悉成人世界的小大人——并不是贬义，而是尽管着装成熟，却仍自有天真洋溢。

齐知礼退后端详了一下，本想揶揄她，出口却是："好看，很合适你。"

江雁宁耳根有点红，她看着镜子里的不同往常的自己，不免拘谨。

齐知礼说："还缺双鞋。"

江雁宁不好意思说话，只抿着嘴似笑非笑。

齐知礼提起一双黑色麂皮小高跟："穿裙子带点高跟会更好看，但太高太细就有点为难你了，这双刚刚好。"他朝江雁宁眨眨眼。

江雁宁站在那里不动，心倒砰砰乱跳：怎么回事！怎么纨绔子弟眨眼的时候那么好看！怎么说话声音温柔得让人心都酥了！哎哟哎哟！怎么回事！

售货员看她站着不动："小姐，来，请到这里坐下试一试——呀，真好看！配得再合适没有。先生真是好眼光。"

齐知礼看江雁宁一身焕然全新，露出扭捏但难掩欣喜的样子，一瞬间，心中几日来的忧虑焦躁仿佛消散了许多，他深深地呼出一口气，由衷笑了一下："结账。"

江雁宁瞬间反应过来，大跨一步上前拉住他："等、等一下……"

"我说了，我会为我的虚荣买单的。"他利落地结了账拉江雁宁出门，"你看是不是，现在这样才不丢我脸。"

街上。

江雁宁一改往日的悠哉样子，缩在齐知礼后面，瞄了一眼四周，拉住他小声说："我感觉大家都在看我。"

齐知礼失笑："你怕什么，他们又不认识你，晚一点我们走了谁还知道你是谁，还不趁机潇洒一回。"

江雁宁站直了："对喔——哎，等一下，我们晚一点就走吗？"

"六点半的夜间快车。"

江雁宁像有点惋惜的样子："我还以为明天才走呢。"

齐知礼问她："怎么样，要去看西湖吗？"

江雁宁说："我看过啦。"

齐知礼狐疑地看着她。

江雁宁马上又说："不过再去看看也是可以的。鲁迅先生不是写了《论雷峰塔的倒掉》吗，去看看遗址啊，或者苏堤也可以去看看呀。"

一阵西北风吹来，齐知礼裹紧外套："既然你已经看过了，那还是找个地方喝杯热咖啡比较好。"

咖啡厅里。

两人面前各自放着一杯黑咖啡。

齐知礼说："你不加糖的话，起码也要加点奶，那样会比较好。"

"你为什么不加？"

"我一向不加。"

"难道你能喝我就不能喝？"江雁宁不服输的劲头上来，端起杯子就是一口。结果整张脸都扭曲了，咽不是吐也不是，良久，下了很大决心似的才一口吞了下去。

齐知礼幸灾乐祸，忍住笑说："怎么样？"

江雁宁倒也实事求是："一股煎焦了的中药味，爱喝这个的大概味觉有问题。"

齐知礼叫来服务生："两份牛奶，再加两块方糖。"

他自己先把奶倒进咖啡里，又放两块糖，接着伸手推了推江雁宁面前的牛奶："加奶再尝尝。"

江雁宁照他的样子加奶加糖，然后小心翼翼凑上去抿一口，细细地品了一会儿，眯眼笑起来："甜的，好像有点香了。"

齐知礼笑起来。

两人在咖啡厅里坐了一会儿，唱片机里外国女人轻柔缠绵地唱着歌，冬日午后的阳光从窗口一块块彩色玻璃里照进来，缤纷的光影照在地上，显得屋子格外温暖。江雁宁仍旧戴着那顶宽沿帽，她低头看自己的长裙和高跟鞋，忽然有点不敢直视对面的人。一切都太好了，阳光、音乐，还有另一些什么，让她觉得当下宛如梦境。

华历2162年12月4日下午　21点05分

海钱铁路，特别夜快班次。

在咖啡店度过漫长的午后，随即两人顺道回饭店取了江雁宁的书和文具，叫了车夫赶往火车站。

路上，江雁宁的宽沿帽被风吹跑两次，车夫捡了一次，第二次的时候，齐知礼跨下车去捡，返身回来的时候把帽子扣在江雁宁头上："你抓紧了，再飞走可没人理你了啊。"又对车夫说，"可别再停了，随她去。"

江雁宁朝他做个鬼脸：你看，什么狗屁温柔，全是假的！这才是他的真面目！

而火车上的此刻，江雁宁默默地揉了一下"咕咕"叫的肚子，齐知礼坐在自己对面，抱胸闭目靠在椅背上，脊背和那件两天没换的英纺西装一样，都是不可思议的笔挺，还真是……连睡觉都是一副大少爷腔调。

肚子又"咕咕"了一下，在人人小憩的安静车厢里显得格外刺耳，江雁宁哀怨地靠在椅背上揉着肚子：早知道就在咖啡厅吃点东西，就算拒绝了齐知礼点的牛排，也该吃点蛋糕啥的啊。失误啊失误。列车员推着小推车开始售卖吃食，老远呢，炒货的香味已经直往鼻子里钻，江雁宁瘪着嘴把头靠在窗玻璃上，火车上卖的食物肯定贵死了，她才不吃呢。忍一忍，回家煮点粥！明早再去买两个大肉包子！

小推车推到自己身旁，列车员殷勤地招呼："小姐，牛奶要哇——个么花生面包来一份好哇？"

江雁宁本来正有气无力地靠着，忽然想起这会儿自己是个假扮的留学生，即刻坐直了，颔首笑盈盈地说："Thank you，不用。"

对面的人忽然"噗"一声笑出来，江雁宁吓一跳，抬头发现齐知礼正满脸写着"看好戏"三个字，她瞪了一下对方，不做声了。

"两杯牛奶，一份花生。"齐知礼递上钱。

"喝一点暖暖身子。"齐知礼把牛奶推到她面前，又把桌上的纸袋打开，"面包不是在这里吗，为什么不吃。"那是从咖啡店走的时候齐知礼打包的，"比火车上卖的味道好很多。"

江雁宁本想说"那是你的"，忽然意识到不妥，转而表示："还不饿。"偏偏肚子不争气，又"咕"一声。

齐知礼挑眉："吃吧，特地带出来给你当夜宵的。"

江雁宁犹豫了一下：一面觉得怪没面子的，蹭吃蹭穿，齐知礼付了自己的衣服钱不说，连住宿的钱都说不要她还了，那当然不行，饭店的钱还是要还的，她不知道具体的价钱，但数目估计不会小，真是令人苦恼；一面又试图说服自己，好饿啊，他自己请我吃的，吃一个也不算太过分吧——于是魔掌伸向小面包，羞得声音都低了："谢谢。"

齐知礼摇头苦笑：这倔强得不必要的自尊心哟。

吃完夜宵时，列车也堪堪驶到嘉善站，陆陆续续上来一群人，一个魁梧的中年男子穿着件貂皮大衣，两手上戴三只闪闪发光的方板戒，尊臀一下，就坐在了江雁宁身旁。硕大的身躯挤占了大半的椅子，江雁宁往边上移了移。这下更好，貂皮大衣显得更加轻松，二郎腿一翘，自在似神仙。

特别夜快的一等车厢并没有早班车那样豪华，座位也不算顶宽松，江雁宁越往边上缩貂皮大衣就越肆无忌惮："不好意思先生，能不能请您坐过去一点？"

貂皮大衣回头用一种审视的眼光看了她一眼，挪了挪臀部，位置空出来一点，但很快，他又再度占据中间地带，对于"安守本座"这件事，庞大的身躯显得心有余而力不足。江雁宁嫌弃地皱着眉却也无能为力。上一站上车的人不少，听对话好像是个燕京的什么访问团，挤着时间要途经海城玩一玩，把整个车厢坐得满满当当。

江雁宁缩在角落两眼无神，满脸写着崩溃。对面的人忽然说："起来，我和你换个座位。"

她抬头对上他的目光，对方却没有什么表情。江雁宁心中忽然涌起一种难以名状的东西，像酿制得恰到好处的蜜饯，酸甜的分寸把握得再好没有，教人吃了一颗，还想吃一颗，然后再吃一颗……

然后她说："没关系，你坐。"并不想让自己显得那样需要照顾。有什么呢，旅途遇见各色人等，本就是预料中的一部分。连这个也要对方费心，未免也太娇滴滴了。

齐知礼也不多说，自己率先站起来，立在走道里看着她。江雁宁摸了摸脖子站起来，交换座位擦身时，她说："谢谢你。"

蜜饯，又想再吃一颗了。

Day 5

" 那人目眦尽裂，手里刀刃一翻，
即刻在齐知礼脖子上划出一道血痕。"

华历2162年12月5日凌晨　0点30分

海城北站。

火车在海城城南出了点故障，晚点一个半小时。本来夜里十一点出头能到的列车，硬是拖到凌晨。

江雁宁从火车上下来，站到这熟悉的地方，才想起一天前自己上车的缘由是被扶桑人追。我的天！想到这里她简直要冒出冷汗来。两只脚犹犹豫豫不肯往前迈。

齐知礼拍了拍她肩膀，很快把手收回去：“放松点，这么晚了，应该不会有人等你这个没什么价值的学生的。而且——你现在是个留学生了。”夜色中，他甚至挑了一下眉。

江雁宁一愣，她这才反应过来——齐知礼之所以带自己去买衣服，全都是因为这一刻。这个认知超越蜜饯带来的酸甜感，全然是一种由衷的感动。

她甚至没有在意，齐知礼揶揄她“没什么价值”。

齐知礼伸出胳膊，示意她挽住，两人用一种得体得近乎夸张的步伐走出火车站。

黑色福特车上，齐知礼说：“你还真把电影里的留学生学得入木三分啊。”

江雁宁得意扬扬：“那当然！我可是认认真真看的。”

齐知礼看着她笑眯眯的傻样，愣是把那句“但她们没有你夸张”咽了下去：“送你回去，住哪？”

说起这个江雁宁不高兴了："你不是知道吗，还要找人来帮我们搬家呢！"

然而齐知礼何尝不心累呢，谭为鸣这事不知道办得怎么样了，钱塘出发前也没打个电话问他，但此刻也不用想了，等回头见了面再说。眼下得先送江雁宁回去："我是问你，你在海城住哪。"

"我等着住寝室啊，也不知道汪老师有没有帮我安排好了。"

齐知礼几乎崩溃："没有寝室的时候你是住哪的？"

"爱多亚路亭子间呀。"

"那我送你回去。"

"不不不。"江雁宁拦住他，"房子快到期了……当然也、也不是不能再住一两天。但是……"她扭扭捏捏的。

"但是什么？"

江雁宁心一横："但是都这么晚了，我回去要是被邻舍发现，谁知道他们得怎么编排我啊。亭子间不隔音，邻舍间从来没有秘密的，这你也知道——哦对，你不知道的，你没住过。"

齐知礼默不作声看着她。

江雁宁有点尴尬，觉得自己一定已经变成了齐知礼的大麻烦，是以马上说："没关系，你现在就回去睡觉，车停在门口让我躺一躺就好，我六点半还要起来去上课。"

齐知礼点点头："也可以。那你就睡在我家院子里，顺便帮忙看门吧。"

"好。"江雁宁点完头又觉得不对，"你是不是在骂我？"

齐知礼一本正经："没有啊。"

"你说我是狗！"江雁宁举着手控诉他，"别以为我听不出来！"

齐知礼忍笑功全破了，连声说"哪有哪有"，又讲："看来是不肯睡在院子里了。"他停了车，招呼江雁宁，"下来吧。"

江雁宁抬头一看，是锦江饭店："算了吧，没几个小时天就亮了，睡在这里怪浪费的。"

"这儿是我家招呼客人的长租房，钱早付过了，不睡白不睡。"齐知礼去服务员那里拿了钥匙，带江雁宁上楼。

与新泰饭店的雅致相比，这里要洋气得多，床啊柜子啊，样样都花纹繁复，据说是欧式的风格。

齐知礼替她进盥洗室调节水温："洗澡的话里面水温正好，我先走了，你早点睡。"

江雁宁站在光芒四射的水晶灯下，脸上现出一点少见的扭捏，"哎"一声叫住齐知礼。

不知是不是错觉，齐知礼觉得她似乎有点脸红，高亮度的灯光照在江雁宁身上，齐知礼甚至能清晰地看见她脸上细白的绒毛，她仍然穿着那件米白的开司米大衣，像一只毛茸茸的小兔子，仿佛是柔软脆弱的，却又随时可能拔腿狂奔或张口咬人。齐知礼想到这里忽然"嗤"一声笑出来，这一笑，心里忽然极细地颤了一下。

他盯着江雁宁，说："是不是要我给你讲睡前故事。"

江雁宁连忙摆手："是这样……我看你好像有什么心事，那天那么急赶到钱塘，是不是有什么事情，我能帮忙吗？"

齐知礼吸了一口气，心中涌过一阵酸涩的暖流，他伸手拍了拍江雁宁的肩："会解决的，别担心。"拍完忽然觉察出不妥来，僵了一下收回手。

江雁宁把手从大衣口袋里伸出来，右手掌心朝上，对着齐知礼托出一个东西："我去灵隐寺求来的如意符，希望你能顺顺利利解决麻烦。"

齐知礼出现了一瞬短暂的、自己没有预料到的沉默，他站在江雁宁对面，抿了一下嘴唇，想说点什么，却发现无从开口。

江雁宁笑起来，大眼睛弯成月牙，拉起齐知礼的手腕，把东西塞进他手里："干吗，感动啊？"

齐知礼握着那个如意符，手紧了紧，忽然笑起来："你别是本来想留给自己，现在睡了我家客房觉得不好意思才拿出来给我的吧？"

"我不好意思个屁！你才要不好意思吧。毕竟想赶走我们整条街。"江雁宁脸上的笑褪去了。

齐知礼一时无言以对，气氛尴尬到两人都别开了视线。

半晌，齐知礼干咳了一声，讪讪地说："你早点休息吧，我走了。"他走到门口，忽然回过头来，看着仍然立在原地的江雁宁，露出笑容来，"谢谢。"

江雁宁留在屋里，看着齐知礼掩上门离开，想起自己提起银河街时，他那焦虑却无可奈何的神情，忽然想：会不会他的烦恼其实和银河街有关？想到这里，她忽然有点不必要的自责了：嘻！好好的晚上，提银河街做啥……

齐知礼下楼去结账。什么长租房，我齐家那么大个别墅，招呼人还要租饭店客房？啾。他回到车里，借着饭店门口些微的灯光细细看那如意符，心里忽然被一种名为"动容"的东西裹挟，他想起在去往钱塘的火车上江雁宁还吃了个牛肉三明治，昨日却是死活不肯吃荤菜了——原来都是为了在自己手里的这样东西。

是夜，月黑风高，齐知礼却觉胜过繁星漫天。

华历2162年12月5日上午　11点05分

银河街，江家。

董心兰端上百叶结烧肉，边用围裙擦手边笑："老沈你尝尝，我买了最好的五花肉。"

老沈喝酒有些上脸，一碗绍兴黄酒下去面色已经泛红："阿嫂你快别忙了，坐下一起吃。"

"我再去炒个青菜。"

"别忙了，你看这……"老沈指着桌上的狮子头、蟹粉豆腐和鱼汤，"这些都吃不了了。"

江志高挥了挥手，示意他吃菜："知道你最爱吃'赚头'，你嫂子特地让我去'陈卤记'买的。""舌"和"蚀"发音相同，所以"猪舌头"要说"猪赚头"。

江家这样客气，老沈当然知道是为了啥事。自己的姑父在军队里做师长，下头大大小小的事说话都有七八分分量，本来凤平吃处分也不是啥太大的事情，虽然凤平不在自己姑父手下，但难道他去说个情，人家还能不买面子不成？结果呢，偏偏凤平他们那新来了个参谋长，脾气又臭又硬，像块茅坑里的石头似的。什么？你说他们那师长吃不消参谋长？那哪能！关键这参谋长的爹和上头亲近着呢，人家犯不着为了一个江凤平得罪他。

老沈喝着酒把这事嘟嘟哝哝地说了一遍，董心兰听不下去了：

"我们凤平也不是混日子的兵油子，年头上不还立了功嘛！怎么为了救人晚了点时间就要处分，这也没误事啊！"

"不是这么说的阿嫂，当兵第一就是要服从，凤平这属于不服从。"

董心兰瞪了他一眼，本来还想辩驳，念及这事恐怕还要托他，愣是把话咽了下去，好声好气说："老沈，你也是知道的，凤平一心想驱除倭寇报效国家，几年来也是扑心扑命，前阵子还说要升上士呢，这一下给降成个上等兵，哪能受得了啊！"

老沈这饭都吃了，还收了点礼，手短嘴软："阿嫂，你呀，我跟你说，我都替你问了，你知道那参谋长是谁！"

"谁？"

"你们这银河街谁盖的？"

"齐老太爷呀。"

老沈咽一口黄酒："那参谋长啊……就是他孙子！"

话一出口，江家夫妻俩都吓一跳，对视了一眼，心上都浮起齐知礼那高瘦的模样。江志高忍不住说："那小少爷年纪也太轻了点儿吧，人也不像能打仗的样子啊！"

老沈愣了一下："你说的是来收银河街那个吧？那是他小孙子。当参谋长那个是大孙子，叫啥齐知……知廉！他爹就是那大名鼎鼎的齐树人……"

董心兰不由问："那和上回来收银河街的小少爷是嫡叔伯兄弟了？"

"是呀！齐老太爷就两个儿子，大儿子齐树人，生了个参谋长儿子，小女儿好像送到外国去了；小儿子齐树新，有个管生意的女儿和一个据说刚大学毕业的儿子。齐树人如今和委员长都攀上关系了，哪还有兴趣管生意，齐老太爷留下来的产业我看都是他小儿子在管了。哦唷，想想有钱人家多少开心，家里留下那么多钱真是一辈子不愁吃穿了，我们老百姓呢，混口饭吃还要做生做死。"

董心兰听到这里一拍大腿："哎哟！你看我，炒青菜都忘记了。"

华历2162年12月5日上午　11点10分

锦江饭店。

江雁宁醒转过来，眯眼回忆了一下昨夜才想起自己身在何处。

起了身，一拉窗帘，哎哟要命！比昨天还不像话，日头当空，恐怕十一点都绰绰有余。她大叹了一口气，伸手放纵自己仰天一倒，"啪"一声摔在床上，又被床垫弹了一弹，才陷进被子里。

墙上的挂钟显示已然过了十一点，上午的课是赶不上了，出去吃碗面条然后去学校吧。问问汪老师寝室的事怎么样了，要是真的没有空出来的，就只能回亭子间再住两天了，但鱼龙混杂的，总觉得自己一个人住有点害怕，哎算了算了，忍忍就过了，能有什么事啊，瞎操心啥啊……江雁宁这样想着，从床上翻坐起来，拉直被子去洗漱。

要去上学，这一身冒充留学生的衣服是不能再穿了，还是得换上校服。江雁宁边这样想边在屋里找她那个装衣服的提包，结果寻了一圈才不得不接受"落在齐知礼车上了"这个事实。

华历2162年12月5日下午　12点15分

大同大学。

江雁宁走近理学院办公室门口，凑着头在门口看了看。今时不比昨日，在学校一堆老同学面前穿成这样可怪别扭的，她不自在地拉了拉衣摆，瞧见其他老师都不在，只有汪老师坐在办公桌前。

江雁宁甫一进去，还没开口，汪品夫倒先说了："回来了啊，江雁宁。"

"嗯。"江雁宁点点头。

汪品夫打量了她一下，不由笑："这一身知礼挑的吧，还真是他一贯的审美。"

汪品夫说得倒也很随意，只是江雁宁忽然听出点言外之意来：什么叫"还真是他的一贯审美"，这个"一贯"是什么意思？莫非……呸！这个不要脸的纨绔子弟——不不，明明是因为怕我出火车站被认出来才买的——可拉倒吧，他自己都说是为了虚荣心了——那不是心里话，还不是怕自己不好意思……

汪品夫看出她走神，干咳了一声："江雁宁啊，是这样，寝室是暂时没有了。"

"啊？"她发起愁来。

汪品夫又说："不过你不用担心，我那间寝室你可以先搬去睡。就是单人间恐怕没有那么热闹。"

"那您……"

"我晚上都是回家住的，寝室不过用来午睡。"

"感觉好像不太好，太麻烦汪老师了。"

"没什么的，反正今年也没几天了，等过了元旦再开学，学校会把寝室再分一分，到时候你就能和其他同学住到一起了——你东西呢？今天就可以搬过来了。"

"我放在严婉玲寝室里了，等一下去拿就可以，谢谢汪老师费心。"

汪品夫朝她笑笑："那好，回教室吧。"

江雁宁不走："汪老师……"

"怎么了？"

她有点尴尬："我课本和校服都落在齐知礼车上了，我不知道怎么联系他。您能不能帮我打个电话……"她扯出一点堪称厚颜无耻的笑。

汪品夫摇头笑："你这个马大哈哟！"他拨电话到齐家，接电话的是秀春："你们少爷在家吗？"

秀春一听是他，声音里忍着的哭腔全泄出来了："汪先生，出事体了！"

华历2162年12月5日下午　12点20分

银河街，江家。

董心兰气得把手里的抹布狠狠一扔："你倒人格高贵！丑人样样我来做是吧！布施老朋友就算了，连升职都不肯和老同事去争，多少清高呀！也不想想家里柴米油盐哪样不要钱，我日日精打细算，落得一副蝇营狗苟的腔调，你倒还不食人间烟火了还！"

江志高坐在桌前，嘟囔了一声："你看你，说这些做啥……"

"我叫你去和齐家人说，只要齐知廉肯明明白白调查凤平的事，还凤平一个清白，我们江家第一个搬出银河街，你怎么就不肯了！怎么就没义气没道义了！"

"你叫我怎么开得了口！李家妈要等着国梁回来，老吴腿不能走路，沈家又是那么一大家子……说我们第一个搬还不等于当了叛徒了。"

"那你有本事不要从海城搬回来了啊，不是落得个清净嘛！"

"有啥办法啦，报馆里工资又不涨……"

董心兰越说越气："你也知道啊！我当年也是正正经经读了书的，洋行里打字员做得蛮好，你非要跟我求婚，说什么给我幸福人生。全是狗屁！这二十多年来都是我在操持这个家，当年早知这样，我就该安安心心做个打字员，结什么狗屁婚！"

江志高大气都不敢出。

董心兰还在慷慨陈词："要讲义气讲道义？好啊！这银河街的房子是谁的！谁家的地契房契？占了人家的东西不还倒还义薄云天了！"她冷笑了一声，"好啊，你不去可以，我去！凤平是我的儿子，只要他没错，我就一定支持到底！"言罢大步跨出门去。

江志高急了，快步追上去："心兰心兰！"他拦住自己太太，"你说得不错，我去。"

谭为鸣开着车到了银河街。

这回与往日不同，车里还下来四个壮汉，穿着黑衣，剃着光头，一看就怪瘆人的，更别提还背着手来来回回在街上走了。

江志高也顾不得打量这些壮汉了，见谭为鸣走到自家门口便招呼他："谭先生，进来喝杯茶。"几日间来，彼此已经有一些熟识。

"不了，江先生客气。"

"进来喝一杯吧，我有些事情要和你讲。"

华历2162年12月5日下午　12点25分

"少爷让人给挟持了！"

汪品夫心脏猛跳："在哪？"

秀春哽咽着说："城、城南纺织二厂，老、老爷刚、刚去。"

汪品夫放下电话，脑中某根唯恐天下不乱的神经开始"蹦蹦蹦"地跳，他搓了搓脸，站起来叹了口气："江雁宁，你先回教室去。"

江雁宁有种不太好的预感："怎么了？"

汪品夫看了她一眼，面前的人眼中有真实的关切，他犹豫了一下，据实以告："知礼被人挟持了。"

江雁宁愣了一下："什么？"话出了口才算反应过来，"怎么办？我们快去！"脸已经白了。

汪品夫住得不远，往常多数是走路上班，这回要赶去城南，只能先拨了电话给家里，让他们派车来接。

华历2162年12月5日下午　13点50分

城南，齐氏纺织二厂。

二楼阳台上，一个胡子拉碴的男人用手里的尖刀对着齐知礼的喉头，他身上那件棉坎肩打满了补丁，两只血红的眼睛死死盯着楼下。

汪品夫急得跳脚，问旁边围观的工人："怎么回事？"

"少爷中午刚到厂子里，这个神经病就冲进来，提两桶火油一通乱倒，我们吓得全部跑出来，他上去拿刀对牢少爷，喏，现在就这样了。"

旁边的工人插嘴："这神经病瘦成这腔调，本来么我们几个人上去早就把他治得服服帖帖了。现在没办法，他倒了火油，嘴里还衔着烟，一不小心就要出大事的。"

汪品夫长叹了一口气："他为啥要到这里来？"

齐树新看见他，近前来："贤侄。"他两个眼袋硕大，脸上全无血色，月余未见，汪品夫觉得这位一贯气势十足的长辈猛然老了二十岁。

"齐伯父。"他也不虚客套，"这是怎么回事？"

齐树新叹了一口气。

江雁宁却已明了一切，自打看清那个持刀的男人的脸后，来龙去脉都霎时清晰了，歉意与羞耻感奔腾着涌上心头。

齐树新苦笑了一声："知慧的事你是知道的，银河街要收回来转手，喏，这就是知礼爷爷一心要护的银河街老街坊。"这时有个手下跑来，低声说了句什么"警察"之类。

江雁宁顾不得去听，她记挂着齐父的话，侧过头去问："汪老师，齐老板说的'知慧'的事是什么事？"

"知礼的姐姐让人绑架了，对方敲诈一大笔赎金。"

江雁宁愣了一下："所以才要收回银河街变卖吗？"

汪品夫仰头盯着阳台，深深地叹了口气："是啊，齐家最近真是焦头烂额。"他想必并不知道银河街是江家祖宅所在。

江雁宁舌桥不下，当下难以描述心情，遑论对齐知礼那点日益浅淡的怨恨了，此刻更是已土崩瓦解。全然理解了这些天来齐知礼的焦灼、忧虑，甚至不近人情——"他心里该多担心呀！而我还……"江雁宁这样想的时候，心里一阵酸楚。

她抬头看阳台上的齐知礼，他被尖刀顶住喉咙，脸色煞煞白，显然是紧张的，但却面无表情，始终在强装镇定，可见理智压住恐惧占了上风。

齐树新决定再和挟持者谈一谈，扯着嗓子朝楼上喊："王先生，你看这样行不行，我在租界给你找个公寓，你现在下来，我马上让人带你去看。"

"呸！"王七贵一口唾沫下来，围观群众纷纷避闪，"带我去看？我半路让你们弄死都没人知道！"

"王先生多虑。在场诸位都可替我齐树新做见证，我保证将你安全送达。"

"你少在那说得好听！'安全送达'，送达以后呢？日后的事情怎么说得清！"

齐知礼被他手里那把利刃逼得脖子后仰，听到这里动了一下喉结，试图说服王七贵："王先生，这你大可放心，家父既然应下……"

"你闭嘴！"王七贵目眦尽裂，手里刀刃一翻，即刻在齐知礼脖子上划出一道血痕，"'应下'？你们齐家应下的事还少吗？当年说好的银河街永租权呢？还不是说废就废，说翻脸就翻脸！你们齐家说话还不如放屁！"

齐知礼的惊惧比刺痛来得更快，刀口划破皮肤的时候，他脑海中除了"我不能死"外一片空白。齐树新在楼下看得心都要扑出来，怕王七贵再做出什么疯狂举动来，除了喋喋的"有话好说有话好说"再不敢多讲。

　　江雁宁目睹这刹那，只觉背上的汗毛根根立起，一种巨大的惊惧淹没了她——"齐知礼不能有事"。当下只余这个念头。

　　"七伯！"嘴快过脑，等江雁宁意识到自己干了什么的时候，话已出了口——但她甚至有点庆幸自己的冲动。

　　王七贵这才看到她："你怎么在这里？"他并没有放松警惕的意思。

　　"我能不能上来说？"她举手作投降状。

　　王七贵看着她，没有应允，但也没有制止。

　　这是在场无人想到的转变，江雁宁一时吸住所有目光。

　　汪品夫伸手拉住她："江雁宁……"

　　齐树新走过来，上下打量着她："姑娘，你是王先生的？"

　　"街坊。"江雁宁看着他，"齐老板，我是银河街住户。"

　　莫说齐树新，连汪品夫也一惊。

　　江雁宁看出他的忌惮："齐老板放心，令公子曾帮过我，我绝不会置他安危不顾。"

　　齐树新隐约松弛了一些："但是眼下恐怕不太适合上去，太危险了。不如再等一下……"他把警察要来的话咽了下去。

　　江雁宁竭力挤出一个微笑，没有再说什么，快步跑进车间上了楼。

王七贵还是一手拿刀，一手握着旱烟杆，时不时凑上去吸一口。是以无人敢动他，地上的火油沾湿了鞋，王七贵手里的烟杆要是一掉，整个车间即刻沦为火海。

江雁宁站到阳台上，王七贵侧着身看了她一眼，不悦道："你来干什么？"

江雁宁力图冷静："来看七伯。"

齐知礼面向楼下，此刻正背对着她，刀刃在前，他无法回头，声音里却有一股怒气："江雁宁，你下去！"

江雁宁置若罔闻，对着王七贵："七伯，两天前我差点落在扶桑人手里，是他救了我。"她指着齐知礼，"知恩不报枉为人，今日我不能眼睁睁看他这个样子。"

王七贵气坏了："雁宁你知不知道你在说什么！银河街一拆那可就连老窝都没了，是住到桥洞还是乱葬岗去？哦对。"他冷笑一声，"你家不缺地方住。"

"我听刚才齐老板说……"

王七贵不耐烦了："你哪凉快哪待着去，我没工夫听你说这些！"

"我不会走的。"江雁宁看着他，倒是出乎意料的坚定，"七伯，我来换他。你让他下去，我留在这里陪你……"她狠了狠心说，"陪到他们不拆银河街为止！"

"你一个小屁孩算什么东西！"王七贵嗤笑一声，"莫说我一个，就是我俩一起烧死在这里齐家也未必抬抬眼皮。"

"那可不一定。"江雁宁站着深吸了一口气，凑到王七贵耳边，压低声音说了句什么。

"什么？"王七贵惊得叫起来，"你怀了他的孩子！"

江雁宁没想到他还要重复一遍，一张脸刹时涨得血血红，撇过头连齐知礼的背影都不敢看了，最好哪里有地洞先让她钻一钻。

王七贵咂嘴："小丫头片子看不出啊，本事倒还真有一点，攀上齐家将来可就吃香喝辣了吧。"

话都赶到这份上了，江雁宁也顾不得脸皮了："所以七伯你看，他刚才一见我上来多着急……"

齐知礼震怒，又无法发作，气得咬牙切齿："江雁宁你知不知道你在说什么！"她是不是疯了，为了换自己安全什么话都讲得出口，连名声都不要了。楼下还好，距离远风又大，未必听得清，可是王七贵住得离她家那样近，往后要是把今天的话传出去，她以后怎么做人自己没想过吗？

江雁宁由他讲去，只顾和王七贵说话："七伯，咱们要的也不过就是保住银河街，万一真的今天交待在这里，银河街保住又有什么用呢。我有个办法，您放齐知礼下去，我保证他们不敢动银河街。"

"我凭什么信你？"

"凭我带着齐家的孩子留在这里，要是事不成，我身上两条命交给您！"

王七贵将信将疑地看着她。

齐知礼气得几乎吐血："王先生，您不要听她胡说八道！我和她不过是前两天刚认识的泛泛之交——江雁宁你还不快滚！"

江雁宁再笃定没有："七伯你看他！泛泛之交会自己不想逃命非要我走吗？还不是担心他的宝贝孩子。"

王七贵一想觉得很有道理：可不是嘛！要是真的像陌生人一样，

那换谁不得自己先逃！接受"事实"后，他一把扯住江雁宁，踹开齐知礼，把刀架在江雁宁脖子上，狞笑道："齐少爷，我手里现在两条命，你下去好好想想，银河街这事到底该怎么办。"

齐知礼重获自由，但紧绷的神经丝毫没有放松，瞪着江雁宁，恼怒已是极细小的部分了，忧虑却急剧放大。

江雁宁不敢直视对方，王七贵对她尚算手下留情，刀搁得远了点，这甚至给了江雁宁撇头躲过齐知礼目光的机会，她嘟囔一声："你还不快走！"

"我不走——王先生，不如我们……"

江雁宁喝断他："废话少说！让你下去就下去，和你爹好好想想到底要不要答应七伯的要求！"

齐知礼犹疑了一下，终于说："好。"他倒退着走出阳台，咯噔咯噔地下了楼。

楼下，齐树新看见儿子出来，老泪纵横："医生！医生呢！快帮知礼包扎一下。"

齐知礼这才感受到脖子上一阵火辣辣的疼，伸手摸了一下，掌心一片殷红，饶是如此，仍然制止上前来的医生："父亲，我们先谈一谈。"

父子俩站在围墙下，冬日的阳光在风里显得格外单薄飘忽。

齐知礼率先开了口："父亲，我们眼下住的房子抵押出去值多少？"

齐树新看着他："怎么，不想收银河街了？"

齐知礼搓了搓脸："我只是想……有没有其他方法可以筹钱，毕竟银河街真的……那些街坊也真的不容易。"今日王七贵这等行为他当然难以原谅，恩将仇报算什么东西！哪堪为人！但他又想起谭为鸣说的家徒四壁却到街口买二两卤肉请他吃饭的祖孙俩，更何况……更何况今日侠肝义胆的江雁宁……

齐树新说："那姑娘呢，还在上面？"

"嗯。"

"她怎么就巴巴地往火油里跑，还轻轻松松把你换下来了？"齐树新瞪着儿子，"你眼下已经是这个念头了，可见今日这场戏做得真真像样——这姑娘就是银河街的，你可知道？"

齐知礼点头："知道。"

齐树新不可置信："知道你还心软？你想什么呢！"他冷笑一声，"银河街两个刁民本事真是可以，把我儿子嚎得五迷三道。"

"父亲，不瞒你说。这姑娘书香门第出生，一家亲厚，是父母掌上明珠，断然不会做这种伤天害理的戏。"

齐树新睨他一眼："那可未必。"

齐知礼深呼吸一口，据实以告："如果我说，这姑娘几天来一直跟我在一起呢？"

那边厢，江雁宁正展开心理攻势："七伯，咱们两家什么关系您是有数的，你们家根宝还是我妈奶大的。我肯定是和您一条心的，银河街收了对我有什么好处？"

"当然有了，还不是全留给你肚里那个。"

"咳。"江雁宁差点被自己的口水呛到，她都忘了这茬了，可惜自己撒的谎含着泪也要圆下去，"收了回去还不是卖掉，谁晓得钱到哪里去。退一万步讲，就算钱老头藏着，可齐知礼还有个姐姐呢，老头可宝贝她了，工厂的事楼下工人不都说了，往常一向都是她管的，她能让钱落到我手里来？我们齐家自己住着就不一样了，她敢来收？咱们银河街一众老街坊住在一起开开心心，我做啥要给齐知礼他姐姐铺路，我又不傻。"

王七贵松了口："那你说，怎么才能把银河街留住！"但手并不松，仍然架在江雁宁脖子上。

江雁宁不躲也不求饶，任由刀这么架着，想了想说："七伯，你看这样行不行，等下他们来了，我们先听听他们怎么说，银河街的事肯不肯就这么算了，要是行的话，咱俩就下楼去……犯不上鱼死网破，根宝小小还有七婶都在等着您回去呢。"江雁宁心里七上八下，王七贵这人银河街哪个不知，出了名的坏脾气，一言不合就真刀真枪地上，无人敢惹。

"那要是他们说话不算话呢！"

说话间齐家父子走过来，仍然是齐树新开的口："王先生，经过我与犬子再三商议，决定银河街不拆了。您快下来吧，回去安安生生地住着。"

王七贵又伸出手里的烟杆嘬一口，眯着眼睛说："你们拿什么保证？"

"在场诸位都可与我齐树新做个见证，今日我在此说的话句句当真，绝不食言。"

说话间厂区门口一阵骚动，一队警察蹬蹬蹬地跑进来，腰上还别着枪套。

王七贵大怒："狗日的！还想找人来毙老子！"他猛吸一口烟……

坏了! 江雁宁余光一瞥就知道要出事, 她猛一转身一手盖住烟杆口: "七伯七伯, 求求你, 我还不想死! " 她这回是深切感受到濒死的恐惧, 情难自已, 已经带着哭腔。手上阵阵剧痛传来, 皮肉似乎都在高温下滋滋作响。别人不晓得, 银河街的人却哪个不知, 王七贵一说脏话就是要拼命了, 对方只有即刻认怂的份。

齐知礼心脏简直要蹦出来, 也顾不得礼仪了, 手一挥把一众警察挡住, 眼睛血红: "出去! "

几个警察哪里料到他这种态度, 脸上僵了僵, 碍于齐树新面子才没有骂骂咧咧, 冷着脸走了。

王七贵神色细微地缓了点, 江雁宁小心翼翼松开手, 试探着说: "七伯, 他们也保证过了。您要是还不放心, 不如这样, 吓一吓他们, 就说他们要是说话不算话, 我们银河街人各个都来找他们算账, 包管让他们生意做不下去。"

王七贵沉思了一下: "那就照你说的办。要是他们说话不算话, 我第一个找你们江家人! "

"是, 您放心。" 放心个屁! 要是能活着出去, 明天就回去让爸妈带上奶奶搬家!

他冲楼下喊: "那就再信你们一次! 要是再来收街, 我保管把你们几个厂烧得一干二净! 要是我有个三长两短, 那就是银河街的弟兄一起来烧了! 你们不相信尽管来试试! "

齐树新赔笑: "绝不会再来, 王先生大可放心。"

又纠缠着哄了好一会儿, 王七贵才大爷似的下了楼, 烟袋杆还握在手里, 以表随时仍可同归于尽的决心。

齐树新差司机: "小李, 送一送王先生。"

王七贵手一挥："别别，齐老板，你们的车我可不敢坐。"

齐知礼记挂立在一旁的江雁宁，没有工夫再听父亲应付此等狂徒，抽出两百块来："那劳烦王先生自己叫辆车走吧。"

王七贵目的已达到，也晓得下了楼不再占上风，接了钱拿手指着齐知礼："说话算话啊小少爷。"头也不回地走了。

江雁宁坐在树下呲牙咧嘴，汪品夫正陪着医生处理她手上的烫伤。

齐知礼疾步过去看，江雁宁那只原本细白的手此刻又红又肿，血肉模糊，成串的水泡惨不忍睹。齐知礼倒吸一口凉气，蹲下来看着江雁宁，轻声问她："痛不痛？"

江雁宁笑眯眯地看着他："不痛——哗……"

齐知礼万万没想到她会这样回答，他本以为江雁宁是会呛自己的，结果她居然忍着一脸的"哎哟喂痛死我了"说不痛——是安慰自己吧，怕他有心理负担。

齐知礼站起身来，没有说什么。立在院子的冬青树旁，看着江雁宁，悠悠地做了个深呼吸。

厂里要彻底清一清干净，齐树新给工人放了一天假，叫来齐知礼："这两天你就别出门了。等一下我去银行，银河街卖么暂时先不卖了，拿过去抵押，先凑一凑也能将就。"

齐知礼正要说话，齐树新抢过他话头："我知道你要说什么，这是我能做的最大让步了。齐家在，银河街才可能在。若是将来真有个三长两短，抵押的东西收不回来，银河街何去何从也不是我的能力范围了。"

齐知礼知道父亲说得一点错处都没有，但有一点："抵押的钱又没有卖出去多，缺口哪里补？"

齐树新瞪着他："能怎么办！如你所说，家里的宅子也押出去呀！这下要是再遇上点周转麻烦，好了，乡下买块地种番薯去吧！"

齐知礼知道父亲这句听着像气话，但也未必是耸人听闻，阿姐的事连自己都忧得心神不宁，何况父亲？他不止要操心阿姐，生意上一如既往有大堆事，瓷器商据说也上门来讨过几次债了，饶是这样，人前还要装作若无其事，恐怕一根弦已快绷到极致。他不知该如何安慰父亲，只能轻轻拍了拍父亲的背。

齐树新没有再谈下去，只说："走吧，我还要回办公室，你让小李送你回家。"

"您先走吧父亲，我搭品夫的车回去，路上还有点事要跟他谈一谈。"

华历2162年12月5日下午　15点50分

汪家的车上。

司机和汪品夫坐在前面，后面坐着齐知礼和江雁宁，两个人各自倚在边上，隔得远远的。

齐知礼开了口："你说你傻不傻，冲上来干什么，被人拿刀顶着很有趣啊？要是真打起来你一个小姑娘家家怎么是他对手。"

江雁宁嗤笑他："好像你是他对手一样。还打起来？你倒是有机会打啊！你看到他拿烟杆的那只手的小指没？"

齐知礼不解："没。怎么？"

"你当然没看见啦，因为他根本没有左手小指。"江雁宁做了个"咔嚓"的手势，"那是他和七婶吵架自己剁了的。打起来？你想得倒美，他一把火说放就能放。"

齐知礼盯着她，死死盯着她，最后却只是说："所以你是真的傻。"又补一句，"又笨又傻。"

"我笨？你问问汪老师。"江雁宁叫汪品夫，"汪老师，你告诉他我笨不笨！"

汪品夫忽然打了声呼噜。

齐知礼"噗嗤"一声笑出来，拍他肩膀："好兄弟！"又对江雁宁说，"回去记得换药，每天一次。"

"知道了。"

"别忘记啊！还有脖子上的擦伤，也要注意……"

"哎呀，都说知道了！"

连汪品夫都听不下去："行了行了，你放宽心，我会盯着她每天去校医室的。"

"那就好——哎对了，品夫，她的寝室安排得怎么样了？"

汪品夫本正闲散地靠在椅背上假寐，齐知礼这一问，他忽然坐直了回过头来看，用一种仿佛能洞悉一切的眼光审视着好友："你倒什么都很清楚——我那间单人寝先给江雁宁住，等明年排寝室再调动。"

"费心了。"齐知礼又拍了拍他肩。

汪品夫忍笑挑了一下眉："好，你就当我费心了吧。"

江雁宁见他们停了对话，便问齐知礼："那七伯呢，你们会不会叫警察把他逮起来？"

齐知礼斜睨她："你还操心他哪。"

"替七婶操心。"

"他不是自己都说了，要是有个三长两短，银河街的弟兄要一起来找我们算账嘛，我哪里还敢叫警察抓他。"

江雁宁扯着嘴角尴尬地笑了一声："这句话是我教他说的。银河街……七伯在银河街没什么弟兄。"

"所以这是让我找他秋后算账的意思吗？"

"不是。但是……"

"嗯？"

"我怕他再来找你。"

齐知礼心里像淌过一条飘着花瓣的春日的小溪，他忍不住伸手抚了抚江雁宁的脑袋："放心吧，不会来了，银河街真的不拆。"

"啊？刚才不是骗他的哦！真的不拆啦！"江雁宁一下子开心起来。

"嗯。"齐知礼看着她，嘴角露出一点细小却欣慰的笑意。

江雁宁却猛地想起那句"知慧的事"，她侧过头去靠在车窗上，扬起的唇角骤然垂了下来。

华历2162年12月5日下午　17点30分

大同大学门口。

放江雁宁下了车，汪品夫本要请司机送齐知礼回家，结果发现谭为鸣正开着车迎面驶来。

齐知礼同好友道了谢坐上自家的车。

甫一上车，就听谭为鸣讲："我听小李说您坐汪少爷的车回来，就过来看一看——没受伤吧？"

齐知礼松开衬衫领口，深深吸了两口气："没有。"

"银河街不拆了？"

"嗯。"

"那钱呢，钱哪里来？"

齐知礼苦笑了一声："能押的都押了呗，还能怎么办？"

"都押了？这么大动作，恐怕风声没几天就要传出去，说齐家产业风雨飘摇了。"

"就当是饮鸩止渴好了，哪还能顾那么多。"

"本来我还有件事要跟您讲，现在看来，也没有必要了。"

齐知礼随口问："怎么说？"

"银河街江家——就是泼辣小姑娘那家，本来她父母倒是肯第一个搬。"

齐知礼坐直了："哦？"

"还不是有条件的。他家儿子在当兵，犯了点军纪，照江家太太说是救人误了时间，不算是大错。听说罚了她儿子降级的正是知廉少爷，不知道从哪里听来了两家的关系，非要找我们说这个情。"

"江家还有个儿子？"

"是。叫什么来着……对了！江凤平。"

"你怎么跟他们说的。"

"我哪敢应啊！知廉少爷您是知道的，那个刚正不阿的脾气哟，真是老虎屁股摸不得。"

齐知礼点点头："行，我知道了。"

华历2162年12月5日晚　18点05分

齐宅。

趁着齐父还没有回来，齐知礼拨了个电话给堂兄齐知廉。

对方开口先问："知慧的事怎么样了？"

齐知礼心情落到谷底："毫无头绪。"

"你多照顾二叔，如今他毕竟也上了年纪，身体是首位，不能知慧的事还没解决你们先垮了。"

"是是。"

"钱的事呢……"

齐知礼打断他："哥，我有事要请你帮个忙。"

"什么事？"

"今天二厂有人闹事，往车间浇了一大桶火油，还挟持了我，我差点就……"

齐知廉一贯冷静，饶是如此也深吸了一口气："没受伤吧？"

"小事，一点皮肉伤——是个姑娘救了我。"

齐知廉好整以暇："所以要请我帮的忙和姑娘是什么关系？"

齐知礼讪笑一声："知弟莫若兄。这姑娘的哥哥叫江凤平，听说哥您罚了他降级？"

齐知廉冷下声来："齐知礼，你知道的，我不吃这套。"

"哎呀，哥你看你，我还什么都没说呢，你就不给我好脸色了。"齐知礼拿出小时候以小卖萌的那套，"听说江凤平是为了救人还是什么来着？"

"我不问原因，我只看结果。"

"哎哟，你问一问！你看在人家妹妹舍身救你弟的分上，你问一问！"齐知礼动之以情晓之以理，"没让参谋长大人您徇私枉法，就让您查一查，了解一下到底怎么回事，要是实在罪不容赦，我保证一句话也不多讲，行不行？"

"下不为例啊！"

"谢谢哥！我就知道你最通情达理了！"

"少来这套！"齐知廉隔着话筒都想瞪堂弟一眼。

有什么办法呢，大哥不易做啊！

Day 6

"信封里是一缕头发，还有一只知慧最爱的发卡。"

华历2162年12月6日上午　7点15分

国民军队营地。

早操结束后齐知廉派人把江凤平叫来自己办公室。

这个已降级成上等兵的军人皮肤晒成麦色，体型倒是有着与之不相符的纤细，和自家妹妹一样，江凤平也带着点偏脾气，但对齐知廉这个参谋长倒还算服气——虽然不近人情，但所幸照章办事公正廉洁。他心中虽有怨气，但也知道无从辩白。

齐知廉招呼他："坐。"

"谢谢长官！"他敬个礼坐下来。

"江凤平，你多大年纪了？"齐知廉不太好意思开门见山，毕竟这事本已尘埃落定，翻出来再讲不太合适不说，要是往后查出内情改了已出的军令，更是难免有损威严。

"报告长官！二十四。"

齐知廉打算随口好奇一下那位救了他堂弟的姑娘："家里还有哪些人？"

江凤平腾一下站起来，配一个标准的军礼："报告长官！倭寇未灭，何以为家！"脸都红了。

齐知廉抽了一下嘴角，心想：啥？你说啥？你想到哪里去了？我看上去像有兴趣帮你相亲的人吗！但表面上还维持着虚假的平和。"江凤平啊，我找你呢，是有人向我反映说前几天你归队迟到的事是有原因的，我给你个机会，你解释一下。"

江凤平有点出乎意料："您前几天不是说不听理由只要结果吗？"

齐知廉看着他，心想小伙子长得倒还蛮聪明伶俐的，怎么说话那么死心眼："现在是我在问你。"

"是！长官！"

"坐下说。"

"是！"江凤平打开了话匣子，"那天我和孔连根开车回来，到沙溪附近的时候，不知轧到什么东西，四个车胎爆了两个，周围都是荒地，离镇上远着呢，连根就说只好自己补了。快补好的时候，远远地有个老太朝我们挥手。我本来也没想理她，后来她一颠一颠地朝我们跑过来，嘴里还有气无力地喊救命，没办法我就过去看了看。老太说去女儿家住了几天，回来发现家里居然坐着个女人，她正要上前质问那女人，忽然发现对方手是绑着的，她吓了一跳，那个女人对她说让她打海城什么实业公司电话，说有重谢……"

"绑着的女人""海城实业公司"这两个关键词令齐知廉心脏狂跳，脑中简直有神经被吊起："到底什么实业公司电话？"

江凤平被他问得摸不着头脑："就……什么实业公司电话啊……"

齐知礼瞪着他："问你是哪家实业公司！你想想清楚！"

"不是我没想清楚，是老太太压根没记住！"大概是没有发现齐知廉的焦躁，江凤平倒还有工夫开一开小玩笑，简直不合时宜得令人恼怒。

无奈，齐知廉只能暂时放弃，示意他："你继续说。"

"老太说那女人不像说假话，一看就是很有钱的样子，她本来要冒险听一听，假使真的有外快赚不等于天上掉横财吗，谁能抗拒得了的？反正老太不行。哪里晓得里屋忽然有扶桑人骂骂咧咧的声音，老太吓死了拔腿就跑，钱总归没命重要啰。结果扶桑人追出来，朝她开枪，好在老太熟地形，躲得快，臂上中了一枪，流了一大摊血。当时真的，老太那脸哦，煞煞白，像马上要昏过去一样。我就给她包了下伤口，她那个样子总不能丢在那里不管，就开车把她送回她上饶的女儿家——连根本来不同意的，说不能误了归队时间，我想总归……这次对不住连根了，害他和我一起被罚……"

齐知廉没工夫听他继续说下去了，把桌上两块粢饭糕塞进他手里："早饭路上吃，现在带我去看老太太的房子。"

江凤平有点懵："我不知道老太房子在哪啊，我送她回她女儿家的。时间太急，来不及去老太家……"

这孩子说话也太耿直了吧……齐知廉扶额："行行行，别管哪吧，马上带我去找老太太！"

"是！长官！"

华历2162年12月6日上午　8点25分

齐宅。

齐知礼正在书房算账，这些天来账目流水繁多，众多抵押款项还是自己人经手最放心，父亲忙得分身乏术，自己自然要替他分担一些。

坐得太久，他起身活动了一下，楼下忽然"砰"一声，像是什么东西碎裂的声音。他走到楼梯口往下看，瞧见秀春脚下有一只碎裂的碗，她身子紧绷，正和黄管家面面相觑，彼此都面色煞白。紧接着，秀春忽然"哇"一声哭出来，整个人软下来跌坐在凳子上。

齐知礼有种不太好的预感，齐家待佣人毫不刻薄，秀春显然不是因为摔碎了碗才失魂落魄。

他走下楼梯："怎么了？"

黄管家说不出话来，递给他一封拆了封的信，手抖到几乎连几张薄薄的纸也拿不动。

齐知礼忽然意识到所为何事，他咽了口唾沫，强迫自己冷静下来，接过那封信。

信上的字再言简意赅没有，只有一串熟悉的数字，是汇丰银行的账号。而信封沉甸甸的，他打开往里看了一下，当下脑中一片空白——那是一缕头发，还有一只知慧最爱的发卡。

齐知礼觉得自己有点站不住，他摸到桌边坐下来，急促的呼吸使他脑中有些缺氧，深呼吸了几口他力图冷静下来：只是头发，不算太糟不算太糟——他说服自己。明日才是约定的最后日期，阿姐此刻一定没事，一定没事……若是有事，送来的不会只是头发，这只是恐吓，最后通牒。

必须尽快弄清楚这件事！尽快解决！尽快！齐知礼当下只余这个念头。

"上回你们说给汇丰银行那个账号的往来户头汇款的事有后续吗？"齐知礼忽然想起这茬。

"天天派人在银行门口蹲着呢，但还没什么消息。"黄管家叹了口气，"主要是账户里进了钱也没法通知对方，还不知这人知不知道来钱了呢，只能是碰运气了。"他又问，"那这赎金呢，老爷说过没，要先汇过去吗？"

齐知礼摇摇头："再等一等，明日还有一天。"赎金交不交他和父亲的看法有些相左，齐树新觉得多少这钱要凑齐了汇过去，以尽最大力量营救女儿，否则将来若有差池难以原谅自己；而齐知礼却认为，对方一旦目的达成，还有必要留着人质徒增后患？父亲从商几十年，口碑绝佳，若说齐氏商品高出别家几个档次真也未必，那靠什么？还不是诚实守信一言九鼎。父亲自己是这样的人，故此也以为别人总多少还残留一点底线。那是上世纪出生的旧派人士无必要的推己及人，而出生于召开巴黎和会这一年的齐知礼，一早知道某些人的概念里，是从来没有过"诚信"这个词的。

他逐渐冷静下来——没有办法不冷静，忧虑、惊恐统统毫无用处，唯有思考、行动才能解决问题。

他上楼拨号给父亲，将收到信的事情说了一遍，又加一个细节："这次的信不是路人送来的，而是直接塞进邮箱。会不会阿姐和绑匪其实都在海城？"

齐树新一时说不出话，他难以下论断，租界他早已派人打探了，又托了巡捕房查过，但毕竟不能大张旗鼓，更不要说租界以外偌大的伪政府地盘了，因此一直无所收获。眼看着日期临近，对方又割了知慧的头发来威胁齐家，知慧的安全堪忧，他决定多增派些人手，主动出击也未尝不可。或者一开始忍让的路数就是错的，自己太忌惮对方，而这忌惮本身已是弱点。

华历2162年12月6日上午　8点45分

上饶十里村。

江凤平停下车，回头看副驾上的人："报告长官！就是这里了。"

齐知廉还没来得及跨下车，一个方脸的中年女人带着满脸的好奇走出院子来，一看车，喜出望外，回头大叫起来："嗯妈，恩公来了！嗯妈！快出来！"

同样是一个方脸的老太太，有一点佝偻，但看着还算硬朗，见了江凤平笑得满脸的皱纹都挤到一块去了，上前握住江凤平的手，感慨地拍："哎哟，我老太婆还当再也没机会见你了呢。还没谢过你呢小伙子，今天可得留下来吃饭！"

"不了不了。"江凤平边应边回头看齐知廉，这倒好，自己跑在长官面前，是不是有点不合适——他这个念头纯粹出于服从跟从的惯性，绝不是突然开窍明白了人际交往准则。

齐知廉却想：哦？这回倒是会打前锋了，还算机灵。不过你看，后座的东西又忘了拿了。他提下来一袋花生，是上回出门前家里佣人放在他行李箱里的，因为怕返潮，还没炒过，正好带给老太太做见面礼。

老太太只顾着感慨万千地摩挲江凤平的手，这才看见站在后面的齐知廉："这位长官是？"

江凤平迅速退后："这是我们参谋长。"

"哦哦，快里面坐。"老太太支使女儿，"快去烧点水，泡碗红糖水，多放点糖。"

"不必麻烦。"齐知廉把花生放在桌上，"我也没什么给您带的，一点心意您收下。"

"这、这怎么使得……"

老太太正要推辞，齐知廉做了个制止的动作："您别客气，我来，是有些事要问一问您。"他提起江凤平说的那件事，"您给我仔细讲讲，您看清那姑娘了吗？"

"哎哟，看清啦！怎么能没看清！我这辈子就没见过这么好看的小姐！啧啧。"老太太咂嘴，"镇上米铺里李老板的闺女跟那小姐一比就是个乡下姑娘！哎哟，那小姐！皮肤雪雪白，鹅蛋脸，大眼睛，穿全是毛的大衣哦！那大衣不知得多暖和哦……"

齐知廉知道八九不离十了："那您家在哪，能带我们去吗？"

老太太有点犹豫："他们有枪的……"

江凤平忍不住说："我们也有！"

齐知廉睨他一眼，转而对老太太笑道："您放心，到时候您躲起来，保证您安全。我们等一下再把您送回来。"

老太太不再拒绝："那……行吧。"

"我们这就走。"

"哎哎，喝了糖水再走呀。"

"不啦！"江凤平已经小跑出院子发动汽车了。

华历2162年12月6日上午　9点25分

齐家。

电话铃骤响。

齐知礼扑上去接，对方听出是他，声音里一片邀功意味："少爷！抓到了！"

齐知礼心提到胸口："抓到谁？"

"那个取款的女人。"三天前，2号下午，接到绑匪更换收款银行的信件后，齐树新派人查清账户所有人，往对方唯一的往来账户打了一笔钱，只等对方取款。几个下属在汇丰银行门口蹲守了几天，终于有了收获。跟踪这女人回到公寓，发现她连同保姆带着两个婴儿，并不像还有其他人的样子。

几个人拿望远镜在对楼观察形势，保姆一出去，立马上前控制住女人，带往临时租下的小院。

齐知礼得了消息即刻赶往小院，那女人坐在屋里沙发上面如死灰，见了齐知礼第一句就是："放我回去！"是生涩的国语，带着浓浓的扶桑腔。

齐知礼倒不算惊讶，从梅勇宪那里他就知道，绑架阿姐的事和扶桑人脱不了干系。

他胸中怒火熊熊，强忍着没有发作："这钱是谁汇给你的？"试图套出绑架者信息。

她摇了摇头。

"那是谁通知你取款的？"

还是摇头。

齐知礼双手握拳，要下很大决心方能克制自己。

赵铁柱走过去："少爷，我来。"齐知礼让开，退后三步。

赵铁柱居高临下地看着那女人，扯着嘴角冷笑一声，猛然抬手，"啪"一声，那女人被打得倒在沙发上。

她也不坐起来，就倒在那里，死死盯着赵铁柱，嘴角血丝还在往下延。

赵铁柱火气愈盛："你他妈摆个烈妇的样子给谁看！那王八羔子逮了我们大小姐，我也不过是稍微奉还嘛。别他妈一副好像我们才是贼人的样子，猪狗不如的是那杂种！"

那女人移开目光，仍然一脸恨恨然。

赵铁柱侧头朝着门外的小弟喊："弄一个小毛头进来！"

外面抱进来一个小孩，双胞胎中的一个，赵铁柱把那小孩架在腿上，从裤袋里掏出一把早已准备好的剪刀，把刀刃在婴儿手上磨了磨。那男婴认生狂哭，赵铁柱也不在乎，回头对小弟笑："你说……这蟹八件里的剪子，能剪断这小毛头的手不？"

小弟摇了摇头："不知道……试试呗。"

"那行……试试呗。"

女人从沙发上狂扑过来，被小弟眼疾手快地按住。

赵铁柱眼神冷下来，一边拿着剪刀一边摩挲那婴儿的手："说吧。"他一家四口丧生于扶桑人枪口，如今刀口舔血，生死都已置之度外，对于横行霸道的扶桑人更是全无畏惧。

齐知礼远远地坐在桌旁，听赵铁柱和那女人一问一答。扶桑女人华文说得生涩，弄清来龙去脉委实花了不少时间。

那女人说钱是她丈夫三浦井赖寄来的，三浦跟着个什么会社的社长做事，每两个月会给她寄一次钱，这次看时间差不多了她就去银行取钱。至于三浦在哪里，她却说并不知道，丈夫一向对她保密，她已经很久没见过三浦，上次三浦回来看她还是双胞胎刚出生的时候，此后再也没有回去过，但电话倒是打过一个，就在昨天，也没说因由，就让她给齐宅寄一封信，信的内容是三浦编好的，女人会一点华文，自己写了趁人不注意塞进齐家邮箱里。也是巧，她有个与大小姐一样的发卡，就剪了头发佯装成是大小姐的，一并放进了信封。

她说话的神情并不像撒谎，赵铁柱再三审视她，最后发现并没有破绽之后终于把婴儿扔在沙发上："在找到三浦之前，你就待在这里吧。"

齐知礼全程无言，听到这里起身出了门，赵铁柱跟上去，齐知礼说：“赶快派人查一查三浦。”

“您放心。等下我再去一次那女人住的地方，她说那有三浦照片，我顺便搜一搜还有没有其他线索。”

“辛苦你们了。”

“哪呢，应该的。”

齐知礼往前走了两步，忽然停下来：“哦对，对她和两个孩子别太过分，弄得我们也像绑架就不好了。”

华历2162年12月6日上午　11点35分

大同大学。

从小院出来，齐知礼没有坐车回去，独自沿着街道慢慢走，心乱如麻，只想自己静一静。但不知不觉间，竟然走到学校来。

没有上去见品夫，当下他甚至连倾诉的欲望都没有，坐在长椅上的此刻，他只希望时间可以停下来，或者尽早找到三浦的消息，甚至阿姐的事根本就只是一场梦而已。他把脸埋进双手间，深深叹息。

肩膀忽然被人轻轻拍了一下，齐知礼抬起头，发现江雁宁正站在面前。他有点惊讶，即刻调整了一下情绪：“你怎么在这里？”力图显得若无其事，但泛红的眼眶一时难以恢复。

江雁宁撇了一下嘴：“我不在这里要在哪里，逃学回银河街吗？”

齐知礼尽力笑了一下。

“怎么，来找汪老师吗？他好像刚出去。”她在齐知礼右侧坐下来。

齐知礼摇了摇头："没有，顺路经过，进来……坐一下吧可能。"

江雁宁都给逗笑了："什么叫'可能'，你要做啥你自己不知道吗？"

齐知礼挤出一个笑，转移话题："午饭吃了吗？"

"吃了，严婉玲帮我打的饭。你呢，吃过没？"

齐知礼没有接话，望着眼前的小花园："你看这冬天，到处死气沉沉的。"

江雁宁裹紧外套，她身上是一件藏蓝色的棉大衣："雪莱在《西风颂》里说，'如果冬天来了，春天还会远吗'。"

"可惜。"齐知礼苦笑了一声，"这里的冬天永远比春天漫长。"

江雁宁转过头去看他："知慧姐的事没有转机吗？"

齐知礼眼里闪过一丝讶异，想问她"你怎么知道的"，却觉并没有意义，况且十有八九是品夫说的，思及如此只好疲累地摇了摇头。

江雁宁左手动了动，又动了动，四处打量了一番，见没有人看见，终于抬起来，轻轻拍着齐知礼的背："别太担心，会没事的。"觉得没有说服力，又加一句，"你要照顾好身体，不然我……我们都会担心的。"

齐知礼侧过身去看着她，江雁宁缩回手，却仍然一脸认真的样子回望他。齐知礼缓缓呼出一口气，抿了一下嘴，露出一个发自内心的堪称欣慰的笑。

十二月海城的风夹杂着咸湿的海洋气息，穿透外套、穿透内衣，甚至仿佛可以穿透骨骼。冷风扑面，江雁宁打了个寒颤。

齐知礼解下围巾，绕在江雁宁的脖子上。

江雁宁连连推辞："不用不用……"

"别嫌弃。新洗过的，出门才戴上。"他替江雁宁围好，遑论脖子，连脸都围得相当严实，只剩一对大眼睛还露在外面。

江雁宁咯咯笑起来："你这围法和我妈的一样，以前我早上去上课，她就是这么给我围的。"

"那阿姨一定很爱你。"他话一出口，自己都愣了一下。

"可不是。"所幸江雁宁没有听出来，她起身站到齐知礼面前，摆着身子晃了晃，"我像不像熊？"

"不像。"齐知礼一本正经，"要穿灰色的貂皮大衣才行。"

"哼！"江雁宁撅了一下嘴，才想起围巾下的表情齐知礼看不见，这个认知让她忽然有点放肆了，她不动声色地深吸了一口气，围巾有干净清新的味道，像很夏天的时候那种淡得快隐匿的栀子香。一下子就令人四肢百骸都是温暖的气息了。

齐知礼的吸引力倒是在她那只快裹成木乃伊的右手上："手还疼吗？"

当然疼，但她偏偏要否认。

"很不方便吧？"齐知礼说。

"可轻松了。今天一点作业都没做。"

"你哟。"齐知礼嗔怪地看着她，"今天去换过药了吗？"

"还没到时间呢。"

"走，我陪你去。"齐知礼拉她手臂，见江雁宁跟了上来，便放开手，停下来等了她两步，两个人并肩往医务室走去。

冯医师见齐知礼上门，不由"哟"一声："怎么不去找品夫，倒往我这赶。"

齐知礼笑道："怎么，毕了业就不能来了？您这是不欢迎我啊！"

"你这孩子！"冯医师坐下来，"怎么了，哪儿磕着碰着了？"

"不是我——烫伤，您给看看。"他差点要去拽江雁宁的手。

得亏江雁宁缩得快，虽说男女授受不亲那都是封建思想，但有人在，总感觉怪不好意思的。她坐到冯医师对面，把手伸出去。

冯医师解开纱布，"哎哟"一声，不再多言，细心换一遍药，又嘱托江雁宁记得定时来医务室，临了把两人送到门口，趁着江雁宁走在前头，拍了一下齐知礼的肩，一脸揶揄地笑："你小子……"

齐知礼本想否认，但竟出乎意料地做了个噤声的动作，随即朝冯医师笑了笑，快步跟上江雁宁。

他有些话要讲，但又有些犹疑，思量再三决定说出口："我打算把你爸妈接过来住，我家在赫德路有个闲置的公寓，令尊令堂可以搬过去。"

江雁宁摸着刚刚换好纱布的手抬头看他："为什么？银河街不是说不搬了吗？"

"是这样。"齐知礼斟酌了一下，"昨天你和王七贵说的话……要是传出去不太好，令尊令堂会很尴尬。"

江雁宁脸"唰"的一下红了，嗫嗫嚅嚅地说："七伯也不是个大嘴巴……"比起说服齐知礼来，倒更像安慰自己。

"这是就怕万一的事，你们银河街的街坊关系，恐怕不容易有藏得住的话。"

"那也不一定……而且要是七伯真的把话传出去，我爸妈搬走了他们难道就能闭嘴吗。"

"至少两耳清净。"齐知礼已然想好了，"往后就在海城住下去。这儿找工作也方便些，令尊要是手头宽裕了，你们付我房租也可以，眼下房费先当我报你救命之恩，不必挂心。"

江雁宁心里盘算了一下：王七贵嘴紧倒是个为数不多的优点，可是架不住他一喝酒就说胡话，万一他酒后胡言，那自己爹娘可真的老脸都让自己给丢尽了。她有点被说服："好吧。"

齐知礼点头："那我晚一点让为鸣去接他们。"他停下来，"我来的事就不要告诉品夫了，本也没什么事，免得他瞎担心。"

"好。"

齐知礼站在路口回头朝江雁宁笑了笑："那我先走了。"但走了几步又回过身来，见江雁宁还站在原地，看到他转身，笑眯眯地朝他挥了挥手，以口型道："走吧。"

齐知礼心下动了动，他回身小跑了两步，在江雁宁面前站定："晚上去看电影吧。"

"啊？"

"国泰大戏院今晚放映巴金先生的《家》"见江雁宁不说话，他又补一句，"周曼华主演的，你看过了吗？"他有些忐忑，唯恐遭到拒绝。

江雁宁摇了摇头："没有。好看吗？"

"我也没看过啊。"齐知礼笑了一下，"所以说晚上一起去看吧，怎么样？"

"可是听说寝室有门禁，回来晚了我怕进不去。"她皱了一下眉，是真的苦恼，不像推辞的借口。

"不用担心，四点半我来等你下课，看完电影马上送你回来，不会晚，放心。"话一出口，齐知礼忽然觉得自己仿佛有点急吼吼。

江雁宁歪着头想了想："好！不过一定要早点回来噢，不然我会进不去寝室。"

齐知礼失笑："你放心，教师寝室没有门禁。"

江雁宁瞪着他："你是不是想不守时？"

齐知礼笑坏："怎么会！你放心。"哎哟哎哟，这警惕心可真够高的。他朝她眨眼，"那么，四点半见啰。"

华历2162年12月6日下午　13点15分

齐家。

秀春一见齐知礼进来，即刻问："少爷午饭吃了吗？"

齐知礼脱下外套交到秀春手上："还没。"

"您吃什么？我给您去做。"

齐知礼有点讶异："现在去做？"

秀春有点不好意思："本来给您留着的，汤也煨在砂锅里等您回来，谁知道来了客人。"她指了指衣帽架上的大衣，"喏——老爷说要带他们去外面吃也不肯，我就把留给您的先拿出来了。"

"没事。"齐知礼打量着那两件外套，一件女款貂绒大衣，还有一件男款羊毛大衣。他问秀春："来的是谁，知道吗？"

"好像是兄妹俩，管老爷叫伯父。听口音不是本地人。他们就在会客室里呢，您要不要去见一见？"

外地的兄妹俩……齐知礼想起几日前遇到许印娜的事，觉得恐怕就是她与兄长许印泉了。他晓得早两日许印娜是只身在海城，如今许印泉恐怕放心不下小妹追过来了。既然来了，自然是要登齐家门的。

但齐知礼对许印泉一向没什么好感，此人商人气息过重，言谈间总要不经意露出钱权二字来，齐知礼并不愿深交；至于许印娜，天真无邪，倒胜过其兄十倍，可惜蜜罐泡大的娇小姐不好伺候，一见面免不得又要"知礼哥"长"知礼哥"短，他少说得陪上一个时辰。

是以，他吩咐秀春："给我煮碗面送到我房间来，别提我回来的事。"

稍后秀春来敲门，带来的除了面条还有一句话："那个客人说等您吃完了下楼一起叙叙旧。"

齐知礼接过面条："你没说我不在吗？"

秀春咧了一下嘴："是我不周全，您的大衣没挂里间，他看见了。"

齐知礼只好去见许家兄妹俩。

推开门时，许印泉正和齐父谈着什么，许印娜本来正专心致志地剥着手里的杏仁，一见齐知礼进门，跳起来笑道："知礼哥，我哥刚说你早就回来了，怎么不来看我们？"

"我以为是父亲的生意伙伴。要知道是你和印泉哥，早就来了。"

许印娜推了推自己身旁的凳子："知礼哥，快坐。我们刚刚还说到小时候呢——小时候你和知慧姐每年暑假都来西楚玩，多开心！"

"是啊……"齐知礼也怀念起那个时候来，那时候煤矿经营得很好，连阿姐都还小，带着他们捉迷藏，吃冰棍，不晓得多开心，甚至连母亲都还在……

"可是自从你上了大学你们就很少来了……"许印娜说到这里有

点沮丧。

"毕竟西楚会战之后，煤矿一度连生产都停了，我们……都没有去的意义了。"

许印泉忽然插进话来："所以我刚才也同伯父商量，我们许齐两家合资经营煤矿多年，从前当然没话说。"他看向齐树新，"伯父您每年来西楚参与经营工作，树人伯父也一度常驻西楚，后来他资金吃紧，把股权转给您，照理说，您此后应该花更多时间在煤矿经营上，可是这两年来，一直是我们许家在做经营工作，您甚至两年没有踏足西楚了。"

"这两年确实，你父亲辛苦了。替我转达谢意，我等忙完这阵子，一定亲自上门致谢。"

"我想伯父您也知道，当年扶桑军队飞机飞到矿区狂轰滥炸，炸死炸伤矿工平民二十余人，后续都是家父一手摆平的。"

齐树新已听出他的意思，微微一笑："所以随后我秘请日耳曼万隆洋行以债权人的身份接管煤矿，利用扶桑与日耳曼的轴心国关系以使矿产免遭倭寇掠夺。"

"自宗山二十七年五月西楚沦陷以来，矿区所遭苦难岂止这区区一件？家父事事斡旋才保有今日煤矿成了安全区的果实，怎么齐伯父上下嘴唇一合，家父的一切努力都成了泡影呢？"

齐树新敛了笑："据我所知，日耳曼的朗格先生出力甚多，怎么你上下嘴唇一合，他霎时就成了吃白饭的了？"

气氛甚为微妙，许印娜也顾不上和齐知礼说话了，静静盯着面前的兄长与父亲旧友。

许印泉忽然笑了一声，这笑并不太自然："齐伯父，今日难得一见，谈论这些未免没什么意义。明人不说暗话，你我不如开门见山。消息我已经听见了，知慧姐如今下落不明，您又抵押了那么多东西……"他说到这里扭头四下打量着屋子，"连这么好的别墅都押了出去，多可惜。齐家是靠纺织业起家，您连厂子都押了出去，是从此打算金盆洗手吗？"他说到最后轻笑了一声，深藏的恶意霎时泄露无疑。

"我自有分寸。"那句"还轮不上你多嘴"齐树新忍住没说出口，他与许印泉之父许令藩合作多年，犯不上此刻言语尖刻弄得彼此面上都不好看。

"照我说……"许印泉把一根雪茄夹在指尖，"伯父，何不把煤矿股权转给我们呢。反正您身在海城也是鞭长莫及，还能把知慧姐的赎金凑齐，不用卖房卖地，多好。这房子一押，万一真有个三长两短，那可真是回天乏术了伯父。"他点燃雪茄，深吸了一口，一脸居高临下看戏的神色。

齐知礼一直没有插话，直到这个当口，齐树新脸色铁青，他不得不站出来说话："许大哥，我在这里尊您一声大哥，您要是来吃饭喝酒，我们齐家随时欢迎，来趁火打劫，对不起……"他拉开会客室雕花木门，"请。"

"知礼，你急什么。"他缓缓吐出烟圈，"我还没说价钱呢，怎么就说我趁火打劫。"

许印娜颇为尴尬："哥，别说了。"

许印泉不为所动："我觉得这是个不错的建议啊，伯父，真的不考虑吗？"

齐树新拍了拍许印泉肩膀："你还不配和我谈，叫你父亲来，我或者还能赏脸考虑考虑。"

许印泉一时有些尴尬，脸上一阵青白："那就告辞了。"他站起来夺门而去。

许印娜快步跟上兄长，临走到大门口，回转身来对屋里的齐知礼鞠了个躬："哥哥实在太无礼了，我替他向伯父道歉。"

齐知礼勉强笑了一下："不是你的错。"

许印泉站在花园里往回看，大声喊："娜娜！还不走！"

许印娜又鞠了个躬，快步跑出去。

华历2162年12月6日下午　16点30分

大同大学校门口。

齐知礼来得早了些，约莫还有一刻钟才要放课，他坐在车里，坏情绪像雾气一样罩住全身。

许印泉登门，一早就是存着趁火打劫之心。要不是这次，齐知礼不知道许印泉竟然已到了民族利益都不顾的程度了，只想独吞煤矿。眼下是日耳曼人朗格以债权人身份接管矿区，如何还能动股份关系！一点风吹草动都可能使得朗格假债权人的身份曝光，届时扶桑军队侵吞煤矿将轻而易举毫无顾忌。这点许印泉不是不知道，但他偏偏要铤而走险，因为时机仅此一次，一旦齐家解决了知慧的危机，他绝不会再有第二次接手另一半股权的机会。

这事本来也不足挂齿，无耻之人哪里都有。可阿姐的事却如何是好？齐知礼毫无头绪。让赵铁柱他们去查三浦一时半会儿也还没收到消息；父亲和大伯派出去的人更是全无回信，毕竟对于阿姐的所在他们毫无线索，这无疑大海捞针。

齐知礼想到这里靠在椅背上闭紧双眼，无力感似海浪将他席卷。

忽然有人敲了敲车窗，他睁开眼，江雁宁正笑眯眯地站在车外。

绝望感骤然褪去，齐知礼大松一口气，转而愣住了，他被自己的念头吓一跳，隐隐约约忽然意识到自己某部分的情感，但眼下绝不是时机，齐家风雨飘摇，阿姐的事也没有解决，对方也该好好当一个学生，而眼下——眼下他只想放纵自己，看一场无伤大雅的电影，彼此做一对无关风月的朋友，或者也是好选择。

想到这里，他伸手推开车门。

江雁宁笑眯眯地迈上车："等了好久了吧？"

"刚来。"

"是不是好冷？"她把手里一个套着橡胶盖的玻璃瓶递给齐知礼，"快捂捂手，你鼻子都红了。"

"我不冷。"齐知礼笑了一下，飞快把手背往江雁宁脸上贴了贴，"是吧。"

江雁宁下意识往后一缩，但神色并不是"惊恐""抗拒"中的任何一种，反而可能更像出乎意料的腼腆与羞涩，她有些嗫嚅："嗯，不冷……那我自己捂了啊。"

"好。"齐知礼发动引擎。

天色已有些黯淡了，夕阳的余晖映红地平线，太阳悬在楼房的背后。行人、草木、建筑、飞鸟，都笼在这暖色调的橙红之下。路旁的一切景物都快速地消散在身后，街道仍然是吵嚷的，但隔着车门万物的声音都小过往常，江雁宁觉得自己平行于这俗世之外，不远不近，刚刚好。

二人看完电影出来，江雁宁显得有些兴奋："周曼华演得可真好……我上次看电影还是刚来海城的时候呢。"

"为什么，没有感兴趣的剧目吗？"齐知礼开着车随口问。

江雁宁用一种不可置信的眼神看着他："大少爷，你想什么呢，当然是因为没有钱啊！"说到这里她"嗷"一声抱住脑袋，"怎么办，我还欠好多钱。"她伸着手指算了算，"起码得有三百块。"

齐知礼被她数手指的样子逗笑："几岁了，还掰手指。"

江雁宁瞪了他一眼，默默把手插进大衣口袋里。

齐知礼放慢了车速侧身看她："你听我一句。"

"听啥？"

他彻底停了车，借着透进车厢的月色看她："不要算得太清楚，欠我的能不能不要老是想着还，能不能当我是一个特别的人？雁宁。"

月色之下，江雁宁的瞳孔一瞬间瞪大到极致，她不知道是被齐知礼"雁宁"这个亲昵的称谓吓到，还是被整个句子所传达的意思所震撼。

彼此间有一段长久的空白。

是江雁宁率先叫起来："啊！对了！我的书包是不是还在你车上？"她尽力显得格外的咋呼，以表心绪不曾被影响。

齐知礼冷静下来，他开始觉得自己方才的言论是丧失理智的表现——已经说过，眼下不是儿女情长的时候。

他开始若无其事地配合江雁宁，轻快地应对："你看看后座有没有？"

江雁宁凑头往后瞧："看不见啊！"她把腿盘上椅子，探出上半身一点点挪到后座，最后欣喜道，"找到了！在这里。"

齐知礼听见她在后座窸窸窣窣地翻书包，边翻还边说："今天上课课本都没有，幸好严婉玲借我一起看，婉玲对我真是再好没有了……齐知礼，你下次来带你认识吧……"

"可以啊……"

"哎呀！"她忽然叫起来，"怎么忘了这个！"

"怎么了？"

"你看。"江雁宁从后面攀上齐知礼的肩，"那个女人写给她妹妹的扶桑文信件！"

齐知礼瞄了一眼，才发现是那封他临摹的日文信。这阵子事务繁多，过了两三日，早把这事抛到九霄云外去了："平平安安从钱塘回来了，这信想来也和我们无关了。"

江雁宁想起沈彩莉，琢磨了一下说："怎么办，可是我还挺好奇的。"

"你不是说这是别人的东西吗？"

"可这是我们俩拼了小命留下来的呀。"

齐知礼失笑："那你明天带给你们汪老师看，他懂日语。"

Day 7

" 齐知礼眼下困扰诸多，夜夜失眠，
但此时此刻，倒想由衷感谢上天。"

华历2162年12月7日上午　7点15分

齐宅。

"叮铃铃铃铃！"一阵急促的电话铃声吵醒睡梦中的齐知礼，他近来夜夜失眠，要待到天色微曦才能沉沉睡去。

那头是齐知廉的声音："知礼，知慧的事想来是有线索了。"饶是一贯冷静的他，语气中都有一丝欣喜的紧张。

齐知礼握着听筒从床上翻起来："阿姐在哪里！"困意全消了。

齐知廉细说昨日的事。

从打算给江凤平一个机会起，讲到从老太太上饶的女儿家出来。随后，老太太坐在车里一路领他们到自己玉山县下镇的家中。车停在半里外的一间屋后，老太太留在车里，二人举枪赶过去，屋里却只余狼藉的杯盘，再无人影。这一带是国统区边界，丘陵纵横，再过去到另一边的吴村镇，就是之江的地界，伪政府的辖区。老太太住的村子邻居都不近，只在沿河边的小道上稀疏地排列着几间屋子，一里半里才有一两家住户，甚至没有正规的村名。

齐知廉返回车里，让江凤平开着车挨家挨户上门打听，车开到两里路外的吴家，才得到一点消息。吴婶说几天前走亲戚回来，看到老太家门口有一个人在给驴套车，这人面生，她就多看了两眼，结果对方恶狠狠地瞪了她一眼，面相凶恶，吓得她赶紧走了。

齐知礼抓住重点："套车？往哪里走了？"

"说是往西，应该是还在国统区。"齐知礼给堂弟吃定心丸，"这样的话就比较好查了。"

“果真是扶桑人吗？”他从梅勇宪处得来的消息，已第一时间与齐家上下通过气；昨日审问扶桑女人的进展，也早已传信给父亲和大伯。

“对。老太太听到对方骂的是扶桑语。”

“现在我们整理一下。”齐知礼捋了捋手头的消息，“一，梅勇宪和老太太都证明对方是扶桑人——但不排除细微的假扮可能；二，我们前十五天收到五封勒索信，三天一封，由路人送达，配不断更新的《海城报》，足以证明当时阿姐所在地与海城之间交通便捷，否则信和报纸都不可能按时抵达。”

但齐知廉说出关键：“但我们找不到，距离那样近，显然是在沦陷区，我与你大伯都力不能及。二叔所托巡捕房，能力范围也只在租界。”

“是。”齐知礼难免沮丧，“再说第三点，第六封勒索信的收款银行变了，和前几封信提到的全无痕迹的账户不一样，这次我们查到了往来方，对方是开户人的妻子。”他粗略说了说昨日境况，“所以一是可以确定对方确实是扶桑人；二是，我们收到的第七封信，距离第六封时隔四天，并且根据扶桑女人的口供，是三浦拟成后电话通知她书写，也就是说，他们此刻应该已经远离海城，交通不便，并且，牵涉进太太说明已经没有协助人手。”

“正是。”

“并且原本的汇丰银行换成了花旗银行，可见他们根本已经起了内讧。绑匪起二心之后，二度绑走阿姐！”

“所以他们不会再回扶桑军队势力范围内的之江，但也不会深入江南西道腹地。”齐知廉感到一点欣慰，“他们只会流连在国统区与沦陷区边界。"

"短期内能找到吗？"齐知礼听见自己剧烈的心跳声，"今天是交赎金的最后一天。"

"你放心，他们既然起了二心叛离原主，即是豁出命来绑知慧，又怎么会在没收到钱时对知慧痛下毒手呢？"

齐知礼吃下定心丸："但是父亲一直是主张交钱与搜查共同进行的，昨日我盘账，钱今日即可凑齐，恐怕他马上就会去转账。"

"我即刻联系他。一定要稳住，钱一旦到账，知慧毫无利用价值才是性命堪忧，眼下我敢打包票一定不会出大事。军队的人要保家卫国我不能遣他们做私事，但方才我已经给父亲打了电话，他已关照守关卡的严加注意，又派了人乔装去搜，应该很快会有消息。"

齐知礼松了一口气，仍然紧张，但心不再全无目的全无依傍地漂在茫茫一片名为"惊恐"的海洋里。

"还有，派人去扶桑女人的住所守了吗？一旦接到三浦电话，可即时谈判，我们手中筹码可不小。"

"派了，但三浦还没有电话来。"

"好。你我随时保持联系。"齐知廉挂上电话。

华历2162年12月7日上午　9点05分

大同大学。

江雁宁一路跟着汪品夫走回办公室。

汪品夫放下手里的书，笑道："怎么了，又来探听知礼的消息？"

江雁宁"啊"了一声反应过来，脸都红了："汪老师你不要寻我开心了。"

汪品夫正色起来："那是怎么了？"

江雁宁拿出那封临摹的信："您帮我看看，上面的日文写的是什么？"

汪品夫接过来，扫了两眼脸色凝重起来："这你哪来的？"

江雁宁被他的反应弄得丈二和尚摸不着头脑："上次去钱塘的时候被一个人塞过来的。"她粗略讲了讲，忍不住好奇，"这上面到底写了什么？"

"大多都是些无关紧要的事，只有一句，说最近在哥谭市置业不是好选择，因为扶桑军方决定不日出兵花旗国。对方请收件人趁早办好未决之事，届时共享荣华——收件人恐怕是个汉奸。"

江雁宁的关注点倒是："'出兵花旗国'？花旗国那么大，枪炮又多，听说还有什么叫'航空母舰'的，扶桑是不是疯了——也是，早就疯了。"

汪品夫忍不住问她："你这信来源到底可靠吗？"

江雁宁想了想当日火车站情景，摇了摇头："刚才说过了，不太可靠的样子。"

汪品夫啼笑皆非："算了，不讲。我也不太懂战略问题，先不说这不知道是哪来的小道消息，就算是真的，这等大事也实在远远超出一个普通民众的能力范围。"

江雁宁知道汪老师说的是对的，这是一个不足采信的消息，退一万步讲，即使可靠，他们也决计无力改变。但她就是想第一时间告诉齐知礼，这封信是齐知礼辛辛苦苦一笔一划描摹出来的，他应该要知道这究竟是一封怎样的信。

江雁宁在教室里走了神，想即刻去见齐知礼，却苦恼地发现，自己根本不知道能去哪里找他。

只好又在课后去求助汪老师，尽管心里觉得并不太妥当——她已多次找汪老师联系齐知礼了，未免有点不好意思，但眼下又没有别的法子。

所幸汪品夫也不多问，摇号给齐知礼："有没有空来学校一趟？"

齐知礼一凛："马上。什么事？"

"江雁宁要见你。"

电话那头一阵沉默，然后含含糊糊地"哦"了一声："我稍后过来。"也不问缘由了。

汪品夫挂上电话："他说马上来。"一脸若无其事。

江雁宁脸红到耳根。

汪品夫仿佛看不出什么："你下午要请假吗？"

"啊？"

汪品夫从抽屉里拿出一张假条推到江雁宁面前："如果请假的话，写好明天交到我桌上。"那封日文信夹杂的汉字一早暴露出那是出自齐知礼之手，江雁宁此刻急吼吼地要找他，为的十有八九就是这事。学生心怀家国天下，是可贵且应该的事，即便螳臂当车，也该让他们去试一试。何况……就当是看在兄弟情分上，也不能拒绝江雁宁嘛。

华历2162年12月7日上午　11点30分

沙利文西餐馆。

自从阿姐的事以来，除了钱塘那回，齐知礼已多日没喝咖啡吃西餐了。这回恰巧在午餐时间，离学校又不太远，正好带江雁宁来尝一尝。她本来不肯来，想来是嫌贵，直到齐知礼说："可是我忽然特别想吃，不能陪我去吗？"他居然不动声色地扮了次可爱。

于是两个人就坐在这里了。

侍者上来摊开菜单，选中牛排后，问："请问要几分熟？"

齐知礼照一贯口味："五分，谢谢。"牛排要嫩，熟到口感都老的话，不如回家吃爆炒的。

偏偏江雁宁说："十分熟，非常熟！谢谢。"虽然没吃过，但听严婉玲说过，外国人吃牛排喜欢那种切开还带着血水的。噫，可怕。万万没想到齐知礼也是这样的人，她瞟了齐知礼一眼："哼，茹毛饮血！原始人！"

齐知礼看着她气哼哼的样子笑坏了："又没吃你，你鼓着脸像个河豚做啥。"

江雁宁朝他扮鬼脸："要是我是河豚，你还敢吃我，我就毒死你。"

齐知礼摇头笑："现在已经快毒死了。"

他说得倒平常，语气也是一贯的，但江雁宁忽然想得有点远，远得旖旎，心虚得没敢应声，低下头喝了口加糖又加奶的咖啡。

齐知礼把话题拉回来："不是说要找我说信的事吗？信怎

么了。"

"哦对！"江雁宁毫无必要地摊开那封他们谁也看不懂的信，"汪老师说是扶桑要把花旗国拉进大战里，准备轰炸花旗，就在最近。"

"'最近'是多近？"

"那我哪知道。"

说话间，服务生端了牛排上来，齐知礼问江雁宁："什么都不知道，那你打算怎样，力挽狂澜，救花旗国人于水火？"

"不然呢？知道了也不管吗？"

齐知礼哭笑不得："怎么管，你现在去求见委员长？"

江雁宁蔫下来。

齐知礼说："你不是对沈彩莉绝无好感吗？怎么一封给她的信倒这样相信。"

"我也不知道。"江雁宁看着自己裹着纱布的手，把侍者放好的刀和叉换了个位置，用受伤的右手捏着叉子按住牛排，"我是不是太当真了？这种消息怎么会流出来，我还有点当真，是不是很蠢？"这么说着的时候，她正皱着眉用左手奋力地切着牛排。肉和某些事一样，如果太熟了，就不太容易下手。

齐知礼不做声，默默伸长臂膀，握着餐刀在江雁宁的牛排上一划，对准纹理切下去，肉块一分为二。

"你刀功很出众嘛。"

"尚可。"

江雁宁举着刀叉，视线在手和齐知礼之间来回移动："你猜我现在的眼神是什么意思？"

齐知礼只当不知："什么意思？"

江雁宁不高兴了，举着那只木乃伊手："你是不是来看我这个伤患好戏的？"

齐知礼小心思被识破，忍俊不禁："哪有。"他移过江雁宁的餐盘，一块块切好再还过去。

"我还以为你要饿死我。"江雁宁吞下一口肉仍然恨恨然，"下一趟不要请我吃这种好吗？你不觉得中餐更好吃吗？"

齐知礼笑坏："好好，下次吃腌笃鲜和狮子头好哇？"说完反应过来"下一趟"才是重点，"不对，下次该你请了。"特地逗她。

"好呀！我知道有家羊肉面特别好吃，改天一起去。"江雁宁笑眯眯的时候，眼里像有小星星。齐知礼眼下困扰诸多，夜夜失眠，但此时此刻，倒想由衷感谢上天。

吃过午餐，江雁宁提议去附近的公园走一走。

"你不嫌冷？"

江雁宁摸着脖子害羞地笑："有一点，但是我太撑了，想消消食。"

齐知礼忍住笑："走吧。"两人并肩走向公园。

公历十二月份的海城，尽管还不到一年中最冷的时候，但也足以让人瑟瑟发抖了，一阵冷风吹来，江雁宁裹住大衣打了个寒颤。齐知礼停了下来。

"你怎么不走？"江雁宁也顿住脚步。

齐知礼笑了一下，那种微微扬起嘴角，很清淡很温柔的笑："这条围巾戴了第二天了，你介意吗？"他解下脖子上的那条浅灰的开司米围巾，绕在江雁宁脖子上。

江雁宁瞪大眼睛，听见自己的心蹦蹦蹦地乱跳，嘴里却还要嚷嚷："我还没有说不介意……"

"没办法，你错过答题时间了。"齐知礼的手绕到她脖子后面，一种近似拥抱的动作，而说这话的时候，他温热的气息就在自己耳畔，江雁宁甚至能感觉他的绵长的呼吸扬起了自己某几根发丝，感官在这一刻竟是超乎寻常的灵敏。风声划过街道，太阳的光影映在眼角，她被齐知礼周身清浅的肥皂香包围、裹挟，大脑一片空白，有一瞬间，她甚至觉得时间仿佛在这巨大且无尽的宇宙中暂停了运作。

很快，齐知礼退后一步，那个利落的围巾结落在颈畔，江雁宁低头看了看，她的理智渐渐回笼，试图用玩笑掩盖方才那样显眼的入神："还蛮新的呢，不还你了啊，改天我就去当铺当了换钱，很快就能发家致富。"

齐知礼睨她一眼："早知道该像上次一样，把你嘴也围起来。"

江雁宁朝他做了个鬼脸。

齐知礼哭笑不得，想起昨天的事来，正了色："对了，我让为鸣去了银河街。令尊令堂不肯搬出来。"

江雁宁默不作声地朝前走了一段才开口："其实想想也知道，我爸妈肯定不会搬出来。平白无故的，怎么好受你们恩惠。"

"什么是受我恩惠，是我受你恩惠才对。"

"我们在银河街的大房子住了这几十年，不是恩惠是什么？"

齐知礼不和她在这个问题上争执："为鸣也说了你口无遮拦那件事，伯父伯母的意思是，一来王七贵口风还算紧，眼下没什么风声；二来，这本也不是事实，犯不上亏心。"齐知礼不经意间变了称呼，称呼江父江母"伯父伯母"。事实上，董心兰给出的理由还有第三个：即便要搬，也不会住到齐家的房子去，本来干干净净的一家人，要是这么一搬，就真的落人口实不清不楚了——但这一点，齐知礼忽然不想说。

江雁宁叹了口气："随他们去吧。何况，我爸妈这话也并没有错——哎对了，听说公园里有个动物园，还有狮子老虎呢！你去看过没有？"她不动声色地换了话题。

齐知礼顺着她的话说下去："好久没去了，还蛮想再看一看的呢。"

江雁宁来了精神："好呀好呀，听说孔雀……"

她正兴致勃勃地讲着，对面一个穿白狐大衣的姑娘忽然快步迎上来："巧呀！知礼哥。"

齐知礼显然愣了一下，但很快笑出来："印娜妹妹，怎么一个人上街？"

许印娜撅着嘴："我哥来了之后烦死了，天天派人跟着我，一点自由都没有。"

齐知礼正色："他们不知道你出来？等等该到处找你了。"

"不会，我装午睡偷偷跑出来的，没人知道。"她笑嘻嘻的样子甚是得意。

江雁宁没说话，她神色拘谨眼神放纵地盯着许印娜，看见她大衣里面穿着精致的天鹅绒苏绣滚镶旗袍，皮肤吹弹可破，在珍珠耳环的衬托下愈发唇红齿白，更莫说一阵阵扑面而来的香粉气息了，那哪是粉啊，根本就是逼人的富贵气息啊！

江雁宁有点自惭形秽，又去看齐知礼。最近见他真的次数太多了，渐渐对他的龙眉凤目习以为常，可是抛开这种惯常的眼光，她才又一次看清了齐知礼。挺拔，挺拔得像一颗松树。脚下那双黑皮鞋锃亮得能泛出光，一身拷花开司米西式套装穿得严丝合缝，熨烫得无一处不挺括活泛，连胸前那块手帕都绣着姓名，兔子呢礼帽又衬出几分沉稳的儒雅来。

无可挑剔。好得江雁宁想生气。再低头看看自己一身略显臃肿的丝绵，真是深切体会到什么叫自惭形秽。

她自己心里一番山崩地裂，旁人倒是全然不知。许印娜还揶揄齐知礼："知礼哥要带这位小姐去哪里？这大冷天的，怎么也不开车，一点都不懂怜香惜玉，你说是不是……"她说到最后，已然是和江雁宁搭讪了。

"我、我们是要去散步，所以……所以走着去。"江雁宁恨不得朝自己翻个白眼：有点出息没有，看到人家优雅又漂亮怎么还结巴起来了！

许印娜用一种带着八卦的求证眼神看齐知礼："知礼哥，哦？"

齐知礼倒坦然："你要不要一起去？"

"我还是算了，不要那样不识时务——哎，这样吧！知礼哥咱们好不容易见一次，不如你带着这位小姐屈尊上我那坐会儿。我来海城这几天呀，找了个师父学茶道，不如试试我的手艺怎么样？"

齐知礼看向江雁宁，并不说话，只挑了下眉，但询问的意思尽数在了。

江雁宁又不知这位大小姐什么来头，哪好做什么反应。

许印娜看出他们的犹疑："我哥不在，他去谈生意了，晚上准得上百乐门，都不知道弄到几点，放心，遇不上他的！"她又伸手去拉江雁宁，"走吧！我都好久没人一起玩了。"

江雁宁被她的自来熟弄得有点尴尬，心里却也觉察出许印娜的可爱来，点了点头："嗯。"

华历2162年12月7日下午　14点05分

大马路华懋饭店。

小丫鬟搬出茶具摆好，许印娜将她轰进里屋，自己开始煮水纳茶。她主动提起那场争执："知礼哥，昨天的事，我代哥哥向齐伯父道歉，他实在有些无理了。"

齐知礼一向不太喜欢许印泉，故此并不打算在此话题上多做停留："算了，过去的事别再提了。"

江雁宁有点好奇昨天发生了什么事，但终于还是忍住了没问。

"你呢，去花旗国的时间定了吗？"

"定了，这月十二号，到时高卢邮轮"图卢兹"号会从海城前往马赛，我本来还想在海城多住几日呢，霞飞路都没有逛仔细就要走，真的是心有不甘。"许印娜笑着用茶则把铁观音自茶桶中取出，"不过哥哥的意思是尽早过去熟悉一下环境，他也不打算在海城久留，打算把我这个大麻烦送走再回去。"

齐知礼笑道："听说London繁华得让人流连忘返，恐怕你去了再也想不起霞飞路。"

"我看不见得。外国人白的白黑的黑，哪有留在自己国家好。"许印娜朝着窗外望了望，轻叹一声，"可惜……"后面的话没讲出来，但是谁都懂：可惜倭寇铁蹄践踏疆土，山河破碎生灵涂炭……三人都说不出话来。

齐知礼转了话题："七月份你过生日的时候我们没来真是抱歉。"

许印娜"哼"了一声："知礼哥这是要给我补过一次吗？先说好，我要'文都拉'的意大利蛋糕。"她把茶倒进品杯中端给江雁宁，笑问，"他一直这样非得等犯了错才弥补吗？"

江雁宁又道谢又摆手："不不，这我不了解，我和他才认识的。"她说着侧头看了一眼齐知礼，确认般地问，"是吧，才认识的吧？"

齐知礼脸色不是太好看："行吧行吧，就当才认识的吧。"

许印娜一脸揶揄："看来知礼哥对这个说法有异议啊。"

"她说什么就什么吧。"齐知礼接过茶，"阿姐夏天的时候托人带了个Rolex的手表回来给你当生日礼物，可惜没赶上你生日，我本想下次到西楚再带来，如今你来了海城真是再好没有，回头我给你送过来。"

本是件欢喜的事，但眼下送礼之人生死未卜，收礼的人自然也开心不起来，道了谢后，三人一时无言，只好默默饮茶。

门铃忽然响了。

"印娜！印娜！"有人在门外叫，是个女声。

"我嫂子。"许印娜起身。

齐知礼讶然："你哥又娶亲了？"

"嗯。有一年了。"许印娜扬眉笑了一下，"不过别担心，她和我同一条战线的。"她走去开门。

门口的女人一眼瞥见屋子里的身影:"有客人?"

"是,老朋友。"

女人站在门口不走。

许印娜说:"进来一起喝茶?"

女人也不推辞,边走边说:"我还当你又溜出去了,楼下那两个真是阴魂不散。我……"话音戛然。

江雁宁手一颤,杯中茶洒了出来——火车站的女人!

电光火石间,两个人俱是心惊肉跳。

许印娜还没注意到,嘴里还在嚷嚷:"我确实溜出去了……"

齐知礼却已看出身侧人的反常来,正待要说话,江雁宁倒是先开口了,她对着女人笑了一下:"几天没见,差点认不出您。"面前人身着华服,莫说那一身价格不菲的织锦缎,就是领口襟上小小盘香纽都可看出手工繁复。

女人坐下来,颔首:"当日多谢小姐出手相帮。"

许印娜一头雾水:"嫂嫂和密斯江认识?"

"见过一次,江小姐助人为乐。"女人连信是否送达也不曾过问,似乎并不想多谈的样子。

"夫人怎么称呼?"江雁宁不好说自己拆了她的信件,沈彩霞这个名字照理来说她是不该知道的。

"沈彩霞。"

"江雁宁。"两人手握了一握。

齐知礼注意到沈彩霞的服装发饰都极传统,全程也没有看他,料想该是位做派保守的女士,搭腔未必合适,他便状似不经心地换了话题："对了，印娜，你去益格鲁之后，可就能看上费雯·丽和罗伯特·泰勒的《魂断蓝桥》了，听说去年播了之后万人空巷，我可是神往已久。"

许印娜来了兴趣："我也在报纸上看过照片了，听说是个芭蕾演员和军人的罗曼蒂克故事。真的有那么好看吗？"

"阿姐前阵子看过，说再动人心弦没有……"话甫一出口，齐知礼脸上的笑僵了一僵。意识到自己的失礼后，他又挤出个勉强的笑，抿了一口茶，"这个铁观音真是不错……"

许印娜自然知道，知慧的事犹如一根点燃的导火索牵在齐知礼心中，是随时可引爆，以至他情绪精神乃至整个人生震动的。她只能说："知慧姐吉人天相，一定会没事的。"

沈彩霞似乎对这些话题并没有兴趣，起身退了出去："既然客人在，我就先回去了。"

余下三人又零零碎碎地聊了点无伤大雅的杂事，许印娜看出齐知礼心神不宁，齐知礼又觉得江雁宁情绪并不高昂，江雁宁则苦于沈彩霞的离开让自己无法问个清楚，三人心思各异，又吃了几杯茶便散了。

出了门，江雁宁迫不及待讨伐齐知礼："你刚才干吗啦，我正要问沈彩霞信的事。"

齐知礼哭笑不得："你信也送到了，沈彩霞没事也看到了，还要问什么？别人的事情非要那么寻根究底吗？"

江雁宁被他一说，也有些尴尬："是啦是啦，我就是好奇……"

"Curiosity killed the cat。忘记在钱塘半夜被查的事了？"

江雁宁缩缩肩："行行，我马上kill我的好奇心。"

齐知礼对她笑了一下，但这笑有些敷衍，事实上他之所以阻止江雁宁的好奇心，更大程度上是不想和许印泉有过多来往，他一贯对这人印象不太好，去年听说许印泉的原配妻子溺水死了，想不到新太太已经娶了，全然没有通知齐家喝喜酒。这也勉强可以理解，但沈彩霞为什么要逃？为什么要塞信给江雁宁，是许印泉又包藏什么祸心吗，还是只是个巧合？毕竟那天江雁宁的出现也在意料之外，甚至连自己现身火车站都是情势所迫的临时决定。他想不明白，但没有必要再想，离许印泉越远越好，要不是看在幼年情分上，今天甚至连许印娜也不该来见，毕竟许印泉利用起人来那样不动声色，也许连印娜也浑然不知自己早成了线人。

两个人并肩往电梯口走，走道边某扇虚掩的门骤然从里拉开。江雁宁吓了一跳，才看清面前站着的正是沈彩霞，她压低了声音："能不能打扰两位十分钟？"她把门全然敞开，"屋里只我一个。"

江雁宁有点怵："不能站在这里说吗？"

她眼神往走廊尽头瞟了瞟："还是屋里说更方便一些。"

"为什么？"江雁宁甚是不解。

"那屋里聊吧。"齐知礼对江雁宁使了个眼色，跟着沈彩霞进了门。

她倒两杯水搁在桌上："两位与印娜妹妹是什么关系？"

"家父与许老先生是旧识，我少时即与印娜相识。"他说到这里余光瞄一眼江雁宁，加一句，"不是兄妹胜似兄妹。"

"那想来同印泉也是好友了。"

"印泉大我一旬，我俩并不十分相熟——倒是夫人，我与许多家往来不算少，却是第一次见您。"

"我与印泉……交往不过一年，您不知道也是应该的。"

江雁宁忍不住开口："许小姐叫您嫂嫂，我还以为……"她说到这里闭了嘴。

但沈彩霞倒是毫不避讳："许老先生认为我家境贫寒，高攀印泉。"即是无名分。

江雁宁与齐知礼面面相觑。

沈彩霞说到关键点上去："上次托江小姐转的信……"

"已转到了。"

"给您添麻烦了。我妹妹……收信人还好吗？"

江雁宁想起沈彩莉浓妆艳抹目中无人的样子，默默在心里翻了个白眼："看起来……还好。"

沈彩霞脸上的不安散了大半："既然如此，我就放心了。有劳江小姐。您稍等……"她起身进卧房，少顷拿出一个小木盒，掀开来是一支珍珠银簪，"我觉得这只簪子很衬江小姐，一点小意思，不成敬意。"

江雁宁连连摆手："不敢当不敢当，举手之劳而已。"

齐知礼听在耳里觉得好笑得紧，还"举手之劳"，那天送完信回来吓得半死的不知道是谁。那两个人在一旁推让拉扯，齐知礼也不去过问。

直到江雁宁"呀"了一声："夫人这么冷的天怎么不穿鞋子？"齐知礼闻言低头一瞥，果然沈彩霞只穿了双棉袜，看上去倒是厚实，可是这种天气，穿棉鞋也未必见得暖和。

沈彩霞脸上僵了僵："说来话长。"但她也并不说，只管把簪子往江雁宁手里塞，"我出来得匆忙，没带什么东西。这簪子收下吧，我知道你眼下短发也用不上，但就当个纪念吧。"

齐知礼也帮腔："夫人的心意，那就先收下吧。"

话说到这份上，江雁宁也不好再推辞，嗔齐知礼："齐大少爷，你不劝夫人就算了，还要劝我受这无功之禄。"

沈彩霞忽然想起什么似的："你看我真是糊涂，这么许久，还没问先生怎么称呼呢。"

齐知礼虽然心下略觉怪异：这都快走了，还有什么必要问姓名，但仍然据实以告："姓齐，齐知礼。"

沈彩霞抿着嘴，用力地笑了一下，颔首道："是个好听的名字……"是一阵短暂的沉默，然后她说，"屋里也没什么待客的东西，不好意思久留两位。但愿下回有缘再见。"

委婉的逐客令正中江雁宁下怀，遂与齐知礼一同告辞。

华历2162年12月7日下午　15点55分

车上。

出了饭店，齐知礼取了车送江雁宁回学校。

一路上江雁宁还在说："你觉不觉得沈彩霞有点奇怪？"

"哪里奇怪？"

"说不上来。"江雁宁歪着脑袋想了一下，"哪里都奇怪。"

"别想了。回学校早点休息，功课记得看，不能落下，不然我不好向你们汪老师交待。"又想：恐怕你父母也不会轻易放过我……

"知道啦！"

"晚饭不陪你吃了，手上的纱布今天还没换吧，记得去换。"

"是是！你是少爷做够了想当管家吗？"

"若是你非要我管的话……"车停在学校门口，齐知礼侧身静静看着江雁宁，伸手将她发丝拢到耳后，轻笑了一声，"可以啊。"

江雁宁脸绯红得犹如春日桃花，推开车门拔腿就跑，跑到校门口又回过头来，见车还停在那里，顿了步子，大概是有短暂的犹豫，随后她朝齐知礼挥了挥手，眼睛是眯着的，想来在笑。

华历2162年12月7日下午　16点30分

齐宅。

秀春甫一见齐知礼就说："少爷您可算回来了，知廉少爷中午来过电话。"

"说什么了？"

"没说什么，知道您不在就挂了。"

齐知礼拨过去，知廉口气平静："没什么大事，想和你讲我已说服二叔不交赎金的事，至于搜查方面，你大伯已动员多方力量，只要他们还在国统区，相信不日就会有消息。"

知廉说话一贯甚少水分，他这样笃定，齐知礼心下稍定。他忽然想起那件事来："听说扶桑不日要袭击花旗国。"齐知廉皱着眉："你哪里听来的消息？"

齐知礼大略说了一下经过，但自己也有点怀疑："哥，你说这是假消息吧？"

"真假难辨，扶桑若是真要打花旗国也不是没有战略理由。不过这信来路不明的，正儿八经地分析未免……不过退一万步讲，就算是真的，连你都能知道，花旗国会不知道？他们要是真打起来，世界形势决计是不一样了。"齐知廉说到这里叹了口气，"即便可能是影响我们每个人的战役，我们却全都无能为力。这样的大事，不是你我能改变的——不说了，我还有事，再联系吧。"

华历2162年12月7日晚　18点05分

山野。

天已经黑了。确切的位置齐知慧说不上来。

四下是寂静的，静得令人心惊。借着微弱的月光，她看见自己的身影长长地映在这枯黄的杂草地上。

应该要走，继续走下去，一直走到看得见世间的光亮才行，而不是留在这混沌的、分不清天地的旷野里。但她眼下真的无能为力，力气都像被掏空了，骨骼似乎都已被拆解，只余一堆瘫软无力的皮肉。

自从绑匪几天前让一个被打伤的老太逃走后，为防暴露，他们带着她住到另一间离镇不远的草屋里。今天早上三浦去买干粮——为避免人多眼杂，向来是一个人去，另一个留下看她的。谁料三浦一走，渡边那个王八蛋就要对她不轨，挣扎间渡边竟然磕在桌沿晕了过去。真是天助她也，这是近十天来唯一的机会。

从香岛被挟持之后，渡轮过江到穗州，匪徒多天日夜兼程，最后将她带到一间乡野的老宅子里，说实在的，那段时间还不算特别坏，除了那两个绑匪，还有一个持枪的道上人，另加了个老妈子在车上伺候。到了宅子更是多了个伙夫照顾，并没有受意料之内的苦。但数天后的某个早上，醒来她发现自己在颠簸的马车里，那两个绑匪显然是起了二心，不知在饭菜里下了什么毒，吃得她昏昏沉沉睡足二十个小时。自此她开始全然颠簸在路途上，一开始他们对她还带着一点仅有的克制，到后来动辄打骂。渡边也不是第一次起歪念了，都是三浦制住了他，三浦当然不是好人，他只是看出自己是个烈性子，怕她死了发财的黄粱梦一场空……没什么好说的，好歹是逃出来了。

但这里也不是安全的场所，四下无遮无拦，他们若是一路寻过来，自己难保还能躲过一劫。所以她必须不停地走——即便她甚至不知道自己此刻身在何方。头越来越晕，这两日她一直发着烧，在茅草屋里还有点药吃，尚能撑一撑，但眼下莫说药，连吃的都没有，肚子越来越饿。

我不能死在这里！我不会死在这里——齐知慧这样想着，眼前霎时连黑也看不见了……灰黄的草长到人的小腿，风一吹像海浪一样摇曳在这干枯的田野里，也和海浪一样，足以掩埋人身在其中的痕迹。

Day 8

"危险近身，命运立于悬崖上。"

华历2162年12月8日凌晨　4点05分

窗棂震了一下，像是剧烈的爆炸声。

齐知礼醒转过来，他本也睡得不沉，瞪眼看天花板在黑魆魆的夜里显出一种黯淡的灰。窗口猛然亮了一下，这灰的色调忽然淡了一瞬，紧接着又淡了一瞬，须臾，遥远却刺耳的啸声直击耳膜。

齐知礼拖鞋都没来得及趿，赤足跨到窗边，浦江方向，有炮弹的火光划破黢黑的夜空。盘旋着的轰炸机连连往下扔炸弹，十里外的齐宅都仿佛听得见炸裂撞击起的水声。

出事了！

只这一瞬，听到响动的人便都晓得出事了。这夜处在轰隆声中，却仿佛是更安静了，除了江上那炮弹引出的惊雷，再无其他声响了，像是全城都在屏息。

齐知礼猛然想起那封信，料想信上提到的事恐怕是落在实处了，花旗国的某个地方此刻大概也是不得安宁了。

他也顾不得披上外衣，只着了那一身绸质睡衣去父亲的卧房，门虚掩着，他轻轻敲了敲，屋里应了一声"进来"。他推门进去，屋里没有掌灯，帘子倒是拉开着，齐树新就着月光站在窗前。

父子俩一时无言。

还是齐知礼先开的口："恐怕是扶桑和花旗国打起来了。"江上停着的向来是外国船，本国水深火热，莫说船本就少，就是多，眼下也没有泊在港口的福气。

齐树新没有回头，听不出情绪地说了一声："租界怕是要变天了。"

齐知礼醒来时看了时间，此刻怀表还握在手里，借着些微的月光，他看见时针指在"Ⅳ"上，分针堪堪划过"Ⅹ"，四点十二分："时间还早，父亲，您再睡会儿。"

齐树新回过身来摇头："哪还能睡着。还有很多事要去做呢。"

楼下黄管家秀春还有几个仆人都披了衣服出来在客厅里坐着，聚在一起在讨论这炮声。有人说是扶桑军队和伪政府起了冲突；也有说是政府军打回来也未可知；还有人说是东洋人和西洋人互相打，不关华人的事；有人出来驳他，在华人的土地上怎么不关华人的事；更有人说这响声太近，恐怕不太好。这话是人人亘在心里不敢说的，眼下有人出了口，便都闭了嘴安安静静地坐着，海城是多年没有炮声了，在租界这孤岛里住得久了，难免有种天下太平的恍惚，这回炮声响到了耳边，才意识到这片土地上的华人，个个皆是亡国奴。眼下人人心里祈祷稍后天光时，租界仍旧歌舞升平，但若是真有了差池，这些只有缚鸡之力的普通人能做什么呢？能的恐怕只有静候命运光临。

齐知礼站在二楼看他们，什么都一览无遗：沉默、惊恐、无奈……他没有说话，退回卧房。

华历2162年12月8日上午　7点05分
大同大学。
汪品夫是走过来的，没有坐家里的车。

181

堪堪六点，家里的电话便响个不停。汪品夫被吵醒了起来洗漱，父亲已经西装革履地坐在餐厅吃早餐："怎么今天这样热闹？"

汪庚同看了他一眼："你昨夜没听见枪炮声？"

汪品夫摇摇头，他一向睡得沉。

"凌晨四点，停泊在浦江上的扶桑军舰忽然向停在其旁的花旗和盎格鲁舰艇开炮，盎格鲁炮舰'比德尔号'已被击沉，花旗国炮舰'威克'号也升了白旗。"汪庚同边说边撕开吐司，"花旗国也出了事，扶桑偷袭了美军的造船基地玛瑙港，花旗方面太平洋舰队损失惨重，据说光战列舰就击沉四艘，飞机损失保守估计也在百余架。"看似气定神闲，但一贯爱吃的花生酱就在手边却没有涂。

汪品夫悚然："扶桑真的袭击了花旗？"

"各大报刊已经在做专题，无线电也播了。"

汪品夫想起江雁宁那封看似无关紧要的信件，背上一阵寒意。

汪庚同把身侧属于儿子的餐盘推了推："赶快吃了早饭出发，学校的事趁早安排，至多明日，扶桑人就会占了租界。"连孤岛都要沉没。

汪品夫一颗心跳到喉咙口，火急火燎，哪里还吃得下东西，抓起讲义就跑向学校。

华历2162年12月8日上午　7点15分

海城齐氏纺织实业公司。

天是大亮了。齐知礼沏了茶放到齐树新桌前，后者端起来饮了一口，晨曦穿透玻璃照进屋子，灰尘在那一道暖黄的光线中舞动，屋子显出一种沉重而古旧的静谧。

父子俩相对坐着，自从四点被炮声震醒，齐知礼便再也没有睡着。父亲更是不必说，他这几日忙得脚不沾地，要应对的绝不只有工厂的事，"远东号"在红海沉了的事早上了报纸，轮船公司几次三番地上门来核对齐氏的损失，无非是想把赔偿款降到最低，父亲一直力争权益，但对方是盎格鲁公司，又有公董局撑腰，能赔上一半损失已算不错。齐家是有些资产，齐父放到附近哪里也算得上数一数二的富户，但在海城，也不过是个还算叫得上名的纺织老板罢了，光一条马思南路，就不晓得有多少家财万贯的大户。

本来……那些棉纱绸缎只赔一半，对齐家来说也不是什么太大的事，可要命的是，偏偏还有一箱前朝瓷器，当时是塞了钱才瞒下轮船公司运上船的，眼下船一沉，这话如何说得出口，这哑巴亏是吃定了，毫无余地。

货主和客户老历八早已经找上门来，齐父已经率先赔了一小部分，故此，当时城东代工厂的薪资才发不出，惹得陈炳光上门要债。齐父这几日一直分别就两处的赔偿款斡旋，但余地很小，他愁得脸都垮了下去，发丝里透出银色来。

昨夜听到浦江之上的惊雷，又听齐知礼提起他誊抄的那封信，晓得不好，天还黑着，就开了车带着齐知礼到公司来整理文件。扶桑军队若是占了租界，这办公室也未必能保住，公司的所有资料都要提前理好收藏妥当，若情况比想象中还差的话，华界的几处工厂恐怕都要停下了。谭为鸣也被从床上喊了起来去城南安排厂子的事。

齐知礼问父亲："何老板那边的款子还缺多少？"何老板就是那

个古董商。

"还差一点。"齐树新眼窝深深凹陷，顿了一下说，"我能解决。"他点了一根雪茄，吸了一口，眼里露出一点疲惫，"你放心，你将来娶媳妇的钱我还是有数的。"

"父亲！"齐知礼哭笑不得地叫了一声，"你说什么呢，怎么还有心思开这种玩笑话！钱不必替我留着，我有手有脚您不必操心。"

齐父充耳不闻："知慧那儿的钱我还没付，你们都说不能付，知廉还特地打了电话来，说是……"他眼里有光芒短暂地闪了闪，"有知慧的消息，但还摸不清具体的地址，要再等一等——这先不去说。知礼……"他唤儿子名字，"若是你姐能平安归来，那自然是没话说；若是……知慧有个三长两短，我真是……我真是往后死了都没脸去见你娘。"他语气不算激烈，但说到这里，一双眼血红。

"父亲……"齐知礼喃喃叫了一声，"如何会说到这份上。您放松点，阿姐不会有事。"也不过是凭空的安慰罢了。

父子俩不再说话，饮尽杯中茶，仍旧细细整理纷繁文件。

稍后职员来上班，齐父发了话，说扶桑军队一旦进驻租界，公司即刻放假，待时局稳一些，会在报纸上放出启事召回开工。

办公室里一时寂静，各人皆已听到风声，这回老板又发了停工消息，都甚是惴惴，物价涨得不像样，随时手停口停，只盼扶桑军队占不进租界来。

华历2162年12月8日上午　7点45分
大同大学。

花旗船投降，盎格鲁船沉没的消息已传遍全校，传言的细节处微有些区别：一说盎格鲁士兵凫水上岸被机关枪扫射纷纷死在了水里；一说华人用舢板救了几个盎格鲁士兵，但也全叫扶桑兵俘虏了。总之，扶桑打赢了两国，高卢租界怎么样还不晓得，公共租界算是保不住了。

大同大学在南车站的校舍自宗山二十六年被炸毁后，先后搬了三处，眼下新闸路的校舍坐落在公共租界，是宗山二十八年新盖的，一众师生本以为能安安心心办几年教育事业读几年书，这下怕是又要成泡影。

汪品夫到了学校，往日热闹的园子里、走廊里全空无一人，走得近了些，才发现教室里坐满了学生，个个神情肃穆，没有教师在，全低着头在自习，竟无一人交头接耳。晨光里，偌大的的教学楼一片安然，却静得没有一丝声音，静得犹如夜深时一般。

他跑到校长室，不大的一间屋子挤满了人，有些微零碎而低声的交谈，校长胡敦复先生伸手压了压，屋子里霎时静下来："各位同仁，相信凌晨的事大家都已听说了，方才我已与先到的几位校董、教授决议，但凡有一个扶桑兵、一面扶桑旗经过校门，就立即停课，关闭学校。"

屋里鸦雀无声，只短短几句话，无尽苍凉悲壮。

上课铃响，江雁宁坐在教室里，静静地看着门口。这是一节物理课，门口年近五十的胡刚复教授推门进来，脸上很平静，简短地把校长决议转述一遍，随即一如往常道："把书翻到一百三十三页。"

教室中人人脊背挺直，神情肃穆，一时只有纸张翻动的声音，胡教授转身在黑板上写下本节教学课题，忽然停下来，转身撑住讲桌："同学们，大同自立校始，便是要为诸华争独立的学术地位，但我们要独立的……"他顿住，四下环视，眼中坚定凌厉，"绝不只是学术——好，继续上节课的内容。"

江雁宁与严婉玲对视了一眼，彼此几乎都要落下泪来。

汪品夫上课的教室在底楼，站在讲台上可以望得见街道，他望着一众学生，校长的话已传达过了，此刻年轻人的脸上除了悲哀与伤感，更多的是一种满含决心的坚毅。他开始接着上一节课讲高数，格外地认真、格外地镇定，但语音里总像是有些异样，所有的学生都沙沙地在纸上记着笔记，心无旁骛。

直到远远地传来车轮碾地的沉重声，汪品夫终于放下手里的粉笔，扫了一眼全班："他日，光复华夏之时，诸位所学，便可振兴实业，届时百废俱兴，正是我等为国出力之时，假以时日，我诸华定可挺起脊梁！"

他说完这一句，门口满载扶桑兵的军用车徐徐驶过校门，旭日旗中间血红一个圆圈，触目惊心。教室里没有人鼓掌，但不少人伸手去拭眼角。

汪品夫知道自己是绝不该说这些话的，但又忍不住不讲。他合上书本，站得笔直，再一次扫过全班，用少见的高亢声音宣布："下课！"

学生齐刷刷起立，无人说话，无人迟疑，无人彷徨，人人心中都自有方向。

华历2162年12月8日上午　10点05分

齐家父子从公司出来。

已有传言说，扶桑军队开始从苏州河上各桥梁进入南岸，很快就会全面占领租界。

父子俩是乘了自家车来的，一旦扶桑军队进驻，在路上行车便极易成为目标。车驶到华懋饭店不远处，齐知礼想起自己昨夜把允诺送给许印娜的手表放在了车上，眼下正好给她送过去，不能再等，对方十二号便要前往盎格鲁。

他让齐父先行归家，齐父本来不肯，说眼下正是危险的时候，不应在外面游荡，但拗不过齐知礼，只好再三嘱咐了几遍才放他下车。

齐知礼熟门熟路上到许印娜的房间，小丫鬟出来开门，咿咿呀呀的歌声即时从门缝里泄出来：去年今日此门中，人面桃花相映红，人面不知何处去，桃花依旧笑春风……

见了齐知礼，许印娜起身走到门口，手朝着唱片机挥了挥，示意丫鬟调低了音量，亲自把齐知礼迎进来："知礼哥，喝什么？"

齐知礼往屋里迈了两步："不喝了，我马上就走。"他递上一个丝绒盒子，"喏，昨天说的手表。"

许印娜道了谢接过来："就走吗？还是喝杯咖啡吧。"

齐知礼正要推辞，沈彩霞忽然走出来，屋里的沙发被墙挡着，他没有想到还有人在。

沈彩霞对他颔首微微笑了笑："齐先生好，江小姐没有跟您一起来吗？"

说到这个齐知礼也有些忧心："没有，她在学校。"沈彩霞这样主动地招呼让他觉察出一点不寻常。

"上回江小姐说常能见着我妹妹，我想托她带几句话。"她盯着齐知礼，脸上有些笑意，但细看颊上的神经突突地跳，再僵硬没有。

这是显然的不寻常了。江雁宁从没有讲过还能再见沈彩莉，齐知礼想起那封堪称预言的日文信，心中的狐疑愈发强烈，斟酌了片刻："不知我可以代为转达吗？"

沈彩霞犹豫了一下，询问般地看向小姑子。

许印娜笑起来："你们书房谈。"虽然哥哥将嫂子看得紧，但她自小认识齐知礼，知道他品行端正，并不担忧。

两人进小书房，沈彩霞走在前头，齐知礼跟在身后掩上门，想了想又拧开锁，留出一条虚掩的缝隙。外间黎明辉还在唱"回想起去年今日，朝朝暮暮共逍遥"，音量开得不小，想来是许印娜特地掩住谈话声留空间给沈彩霞说家事。

沈彩霞与齐知礼面对面坐下，握拳的手松了又紧，紧了又松："齐小姐是在衢县失踪的。"

齐知礼愣了一瞬，愕然道："你怎么知道？"

"我就是那天从许家逃出来的。"

齐知礼盯着她，喉头发紧，一时竟然说不出话来。

"许印泉要去海城送印娜的事我早听许家人提了，我想这是我逃出来的好时机，摸不准许印泉几时走，我就多留了心，那天那个叫山本的扶桑人又来了……"

她一直在讲题外话，齐知礼有些摸不着头脑，但没有打断对方，由着她讲，只觉得自己的心跳得太快令人慌乱。

"说手下出了叛徒，齐家那女人被带走了。"

齐知礼目眦尽裂，指甲掐入掌心，强搁在桌上的臂膀抖得按都按不住，半晌才咬牙切齿问："是许印泉？"

沈彩霞微微撇过头，并不正面回答，又说："他们在之江和江南西道边界设了卡，毕竟人是从许印泉衢县的宅子里跑掉的。他到处在派人搜，一直早出晚归，想来还没有消息。"

齐知礼猛吼一声："这个王八蛋！"他蓦然立起来，提步就要冲出门。

沈彩霞一把拉住他，往门口看了看，压低声音："齐先生！"

齐知礼回头看了她一眼，胸口起伏不定。

沈彩霞喉头动了动："他不在，而且……"她斟酌了一下，艰难地说，"你现在去找他，我怎么办？我再也走不了了。"她泫然。

齐知礼没有动。

沈彩霞松了手："现在齐小姐在哪里他也不知道。"她动之以情，"我本没想到那位齐小姐就是您姐姐，昨日听江小姐叫您，我问了名字才知道……早知道那日在火车站……"

齐知礼闭目回了神，叹了口气，退两步复又在椅子上坐下："你为什么要逃？"

"许印泉父亲认为我高攀，顶多只能做妾。"

这昨日已讲过，但照理来讲，只会私奔，何须要一人出逃？当然，许印泉爱财如命，是绝不会私奔的——齐知礼腹诽。

"我家在沛县有几分薄田，日子还过得去，去年秋天夜里，家里忽然起了大火……"她哽咽着几乎说不下去，最后吸了口气，下了大决心说，"活活将我爹娘烧死在屋里。"

齐知礼惊愕不已，不敢插嘴，连呼吸都放缓了。

"是许印泉经过救了我，这一年多来，我一直把他当救命恩人，莫说做妾，就是做牛做马都没有二话。"沈彩霞梗着脖子，眼里一股决绝的恨意，"后来我无意间在他柜子里看到我家地契……那东西本该已烧成灰的！我才知道……"她胸口起伏，两行泪生生滴下来像断了线一般，"才知道那夜的火就是他放的。"

齐知礼悚然，深知安慰亦太过单薄，一时竟不知如何开口。

沈彩霞用手背掩去泪滴，吸了吸鼻子："齐先生，派人去衢县附近找一找吧。你留个电话，许印泉这边有消息我会想方设法联系你。"

"你若是要走，我可以派人接应，稍稍计划，应该不成大问题。"

沈彩霞摇摇头："齐小姐的事情还没有解决，齐先生不应该和许印泉起冲突。我在这里这么久了，也不差这一时半会儿。"

齐知礼由衷致谢："如果需要帮忙，随时打电话给我。"

沈彩霞点了点头。

屋里有短暂的沉默，齐知礼在这沉默中衡量再三，终于道："说来不妥，其实我看过沈女士给令妹的信——因为在钱塘夜间突遭扶桑人搜查，我担心因信所起，故此冒犯，很是抱歉。"

"不不，抱歉的是我，惭愧给两位带来麻烦。"

"我、我能问一下，那封日文信是你提到的那个山本寄的吗？"

沈彩霞摇摇头："我不知道，我是整理房间的时候在柜子底下看见的，看起来是掉下去许印泉没有发现——怎么，信上写了什么？"

"写的正是今早收音机里播的事，花旗国的事。"

沈彩霞一震，按着胸口，许久才说："我们讲得太久了，别叫印娜起疑心。"她起身向门口走。

齐知礼跟上，走到快门口的时候，犹豫了一下问："印娜……知道这些事吗？"声音压得格外低。

沈彩霞手握在门把上，摇了摇头。

外间在唱周璇的《天涯歌女》，许印娜靠在沙发上轻哼着曲调，手里一只高脚杯还在悠悠地晃。

沈彩霞叫了她一声："印娜。"

乐声太大，许印娜没有听见。

沈彩霞上前轻拍她肩膀："印娜。"她这才回过头来。

"齐先生要走了。"沈彩霞说。

"啊？"许印娜放下杯子站起来，"吃点东西再走吧，我已经叫了蛋糕上来。"

齐知礼已经走到门口："不了。"他顿了顿，转身对着许印娜微笑，"印娜妹妹，你出国前我恐怕不会再来了，祝你一路顺风，鹏程万里。"

许印娜没有上前，也颔首笑了一下："知礼哥再见。"

华历2162年12月8日上午　10点30分

等到再出门，才发现外面全然不是原样了。

扶桑海军陆战队开着装甲车轰隆隆地驶在大街上，每辆车上站着二三十个扶桑兵，士气高昂地挥着一面硕大的旭日旗，道路两旁立着不少民众，彼此面面相觑，偶有细微的人声不知在说些什么。

齐知礼一颗心沉沉地坠着，为脚下的土地，也为阿姐。他根本顾不得去看这令人心碎的"热闹"，在心里把沈彩霞的话理了理，发现一切都对上了：堂兄知廉说，见到阿姐的老太太家住玉山一带，正是之江和江南西道边界，与衢县相去不远。而衢县，可由铁路经钱塘转海钱路线，直达海城，每三天一份《海城报》，绝对在可行范围！

堂兄的搜查方向是正确的，电话可以先不用给他打，眼下紧要的是去找江雁宁。租界一下变了天，各校的教学工作恐怕都要停上一段时间了，江雁宁又是住校的，这么一来恐怕暂时没有地方可去了。

他自大马路一路向西，每一道路口站着荷枪实弹的扶桑兵，旁边还贴着布告：自今日暂时禁止一般外国人之通行……扶桑和盎格鲁、花旗是剑拔弩张了。齐知礼来不及细看，一路小跑到新闸路大同大学门口，步履不停，竟不觉疲倦。

校门敞着，学生已跑了十之八九，齐知礼直冲向江雁宁的教室，他曾看她从那里出来，但眼下，教室里空无一人。他赶去汪品夫的办公室，那里门锁紧闭，整个学校像空了一样。他沿着走廊小跑了一段，听到校长室门口有窸窸窣窣的谈话声，走过去才发现是一众教师挤在屋里，汪品夫朝门口站着，从窗口一眼瞥见他，推了门出来："找江雁宁？"他这回倒不是玩笑腔了。

齐知礼被老友一眼看穿，讪笑着说："怎么，就不能来看你？"

汪品夫露出这天第一个笑："睁眼说瞎话有意思吗？"

齐知礼往他肩上拍了拍："课停了？"

"可不是。照这行情还不知得停多久呢。"他叹了口气，说到齐知礼关心的话题上，"刚才的课我不在江雁宁班上，十点二十全校都放了，你去教工寝室看一看，二楼最东那一间，她没处去照理不会走远。"他回头看了看办公室，回拍了一下齐知礼的肩，"先不说了，在商量迁校事宜呢。"

二楼最东那一间的教工寝室，齐知礼拍着门叫她名字："江雁宁！"但没有人应，他心中的忧虑开始一点点放大：除了学校她还有哪里可去呢，根本没有啊！难道是回了银河街？照理说也不该啊，这会儿电车都停了，总不见得走着去车站吧？都这个点了，就是车站还发车，也没有回银河街的班次了。他搓了搓脸，心里乱糟糟一片。

等手放下来的时候，面前站了个穿校服的短发姑娘，年纪和江雁宁相仿，上下打量着他："你来找谁？"倒像主人家的口气。

齐知礼本来正半倚在门口，这时候站直了："你认识住这里的同学？"

对方目光由打量转为审视："是我在问你。"

齐知礼看出来她一股"护犊子"的劲儿："我找江雁宁。"

小姑娘退后一步全身打量他："你姓'齐'？"

要不是心急如焚齐知礼觉得自己这会儿能笑出来："你好，我叫齐知礼。"

姑娘褪去脸上的警惕："我叫严婉玲。"她凑到窗口想去看里面，无奈窗帘遮得严严实实，"雁宁不在吗？"

"不在，你知道她去哪儿了吗？"

"我也在找她啊！刚才全校一起下课，人太多我也没看到她，还想说会不会回寝室了呢。学校不能待了，雁宁又没地方去，本来还想实在没办法能来我家挤一挤呢。"严婉玲皱着眉，"现在怎么办？"

"她平时都去哪？"

"能去哪啊，就一直在学校啊——啊对！她有个打字员的工作！会不会去哪里了？"

"打字员？"这有点出乎齐知礼的意料，"她还有这身份哪。"

"其实也不算工作，就是兼职。江家伯伯原来在报社做会计的，雁宁经常去，有时候帮着干点活赚零花钱——她还在报纸发过文章呢。"严婉玲又想了想，"不过自从她爸妈回老家后，雁宁好像没有再去过了。"

"那她会不会回原来住的房子？"他想起钱塘回来那日江雁宁说房子也不是不能再住一两日。

"你说爱多亚路的亭子间呀！不会去的。前天雁宁说有本张恨水的小说落那了要去拿，我顺路经过就去看了看，早被别人顶去了。"严婉玲说，"要不你还是去报社看看，听说那儿有江家伯伯体己的朋友，会不会去投奔他们了？"

"哪家报社？"

"《大陆报》，你找到雁宁记得让她给我打电话。"

华历2162年12月8日上午 11点45分

《大陆报》报馆门口。

空无一人。煞白的封条交叉成"×"贴在门上，是扶桑军队查封占领的痕迹，齐知礼探头从窗口往里望了望，桌椅稿件水杯钢笔全横七竖八地摔在地上，一片狼藉。

齐知礼的恐惧瞬间炸开来，街上扶桑军队的装甲车缓缓开过，他不敢去想江雁宁可能遇到的麻烦。

这八天来所有关于江雁宁的记忆一一在脑海闪过，他强迫自己冷静下来：江雁宁又横又机灵，不会有事的不会有事的不会的……

他站直了，有一点踉跄，但还好，马上调整过来，快步跑下楼，正要冲出门，背后忽然有只手拉住他衣袖。

齐知礼一惊，回头去看，整颗心都即时落回胸腔，他以为自己会深表关切，却觉察声带猛震了一下，听见自己厉声道："你跑哪里去了！"一把拽住江雁宁的手腕。

江雁宁哪见过他这个架势，竟然犯了怂，没敢顶嘴，嘟囔道："就、就一直在这里啊……"

"还敢撒谎！"明明他来了许久了。

"我没有！"她有点委屈，"我一直躲在那里……"她指了一下楼梯下三角的小空间，"刚才来了好多扶桑人……"

齐知礼见她撇着嘴，眉毛皱在一起，可怜得像个小孩子，气骤然消了大半："没地方去不晓得来找我吗？"语气缓了下来。

江雁宁甩开被他握着的手腕，"哼"了一声撇过头："我哪里知道你在哪里！"

"让品夫联系我呀，一个人跑到这里多危险你知不知道！"

"你现在是在怪我吗？"江雁宁瞪着他，气哼哼，"你当我不知道危险吗，每一个街口都站着持枪而立的扶桑兵，我还被他们拦着盘问，可是我不来这里去哪里？学校不能待，婉玲家已经够小了，好不容易跑到这里还没遇到钱伯伯扶桑人就来查封报社……"她越说声音越小，咬着唇双眸染上一层水雾。

齐知礼真是一点脾气都没有了，伸手去拉她手腕，把她往里拽了点，墙壁挡住光线，走道里有一种静谧的昏暗，齐知礼一手牵着她，一手去抚她眉心："不难过，啊，不难过。"

他不说还好，一说江雁宁的眼泪哗啦啦地掉，不敢哭出声来就一直抽噎着。

齐知礼不作声，静静地看着她哭，手掌从腕间向下滑，握住她手。

江雁宁用空着的那只缠着纱布的手胡乱地去抹眼泪，齐知礼把她手拉下来，抽出胸前那块丝巾轻轻掩她脸上的泪，抽噎声渐渐停下来，齐知礼看着她，声音异常温柔："我不是怪你，我是担心你。我不能让你像我姐一样……你知道我怎么来的吗？我一路从学校跑到这里，没有停过。"他说了句俏皮话，"你看，皮鞋都脏了。"

江雁宁低头看了一眼他蒙灰的鞋子，没有笑，眼眶通红，但眸子已然平静了下来。

"一路上我都在想，要是你丢了，我怎么办。"他伸手拨开江雁宁额前细碎的发丝，声音轻得像哄孩子，"以后有什么事，要来找我，你第一个想到我，我就有第一等的开心。"

江雁宁抬头看他，觉得他眼神异常柔软，却又异常明亮。她不晓得该说什么回应，只听见自己心砰砰地跳，跳得腿都要发软。

齐知礼双手捧住她的脸，用拇指拭她眼角又溢出来的泪："走吧，先回我家。"他重新牵起江雁宁的手，掌心厚实温暖，江雁宁僵硬地试探着动了动，对方手上的力道又紧了些，她抑住要显到脸上的小雀跃，指尖轻轻弯曲了一下，严丝合缝地，两只手扣在了一起。

齐知礼自此觉得自己有了鲜明的性别色彩，是个男人了，主动开始去担当，不再只是个因为年过弱冠而不得不被称为大人的人。

华历2162年12月8日下午　13点35分

旷野。

大风过境，草被压低；风静下来，草又昂了头，像海浪，一波又一波。

一个灰色的事物在风吹草低的时候现出来。

四下是混沌的，长久的黑暗退去了，在神智清明起来之前，更早苏醒的是动物的本能。齐知慧无力的双手率先动了动，紧接着漫无目的地四下抓了一把，某些东西被紧紧地攥在手里。许久，耳边开始听见风声，脸部开始察觉出刺痛的冷来，她费力地翻了个身，天上日光刺目，眨了眨眼，才看清头上没有云，目之所及全是浅淡无力的蓝。她把手举到眼前，摊开掌心，是几根杂乱的枯草。

她踉跄着站起来，身上灰色的大衣沾满泥土和草籽，已是顾不得去拍了。四下茫茫一片，前方的土坡挡住了远处，齐知慧做了个深呼吸，感到喉咙口有着强烈的干涩，她抬起似有千斤重的腿，向土坡挪去。

华历2162年12月8日下午　13点50分

齐宅。

江雁宁有点拘谨，歪着头往齐知礼那侧靠了一下："齐伯父不在家吗？"

"他还有生意上的事要处理。"

秀春把热好的饭菜端上桌，好奇地打量着江雁宁。

江雁宁本就不太愿意来，这下好，被人看得脸都快烧起来了，她朝齐知礼挤了挤眼，意思是快打发走一众明里暗里围观她的仆人，结果没想到齐知礼忍笑给大家介绍："这是江雁宁江小姐，我的……"

江雁宁瞪着他。

齐知礼接收到杀人眼神，立即识相道："好朋友。"

"噢噢噢。"秀春一脸八卦，"我晓得的，少爷我晓得的，你放心噢，我肯定照顾好江小姐的。"她边说边朝齐知礼挤眉弄眼。

"识相倒识相的。"齐知礼想。

王妈进来擦刚擦过的柜子，眼睛瞟着江雁宁，嘴里倒在应齐知礼："少爷的朋友就是我们大家的……啊客人，对，客人！百分之百照顾好的，少爷放心！"

"眼色还是有眼色的。"齐知礼想。

江雁宁没好意思抬头，约莫也听出了他们的言外之意，只管认真地往嘴里塞米粒。

"吃呀江小姐。这个花生猪脚汤补的呀。"秀春拿了个空碗给江雁宁舀一碗，"不要客气噢，当自己家一样！"

江雁宁蚊子般应了一声："谢谢。"头埋得更低了。要换了平时，上人家家吃顿饭她是没这么扭捏的，可是今天到这里，一来自己有点心虚，像那什么登门一样；二来这些目光仿佛全看透了她的心虚。江雁宁觉得自己不光是脸红了，好像耳朵和脖子也要热得红起来了。

齐知礼没有再逗她，遣走家丁，看着江雁宁慢慢抬起来四处打量的头："秀春专门给你舀的汤，喝了吧。"

一早起来匆匆忙忙的，没吃早饭，此刻才是今天第一顿。江雁宁早就饿坏了，看四下无人，捧起碗来捂着手喝汤，眼睛四处瞟。

齐知礼说："你看什么？"

"屋、屋里装饰真好，这灯你看，哇！真漂亮！"

齐知礼忍住笑意："我这人你怎么不看？"

"哎呀一直看见的。"她还是抬着头看屋顶上的水晶吊灯。

齐知礼由着她看了几秒，忽然冷声说："是因为我不好看吗？"

"怎么会！你那么好看！"她马上反驳，收回视线去看齐知礼，才在对方脸上寻出了调笑揶揄的踪迹。

她羞得脸上又是一阵红："哎哟，你干吗这样！"

"汤还要吗？"齐知礼没有深究她的脸色。

"不要了。"

"味道合意吗，淡了还是咸了？"

"正好。"

"再吃吃看别的，如果有不喜欢的提出来。"

"嗯。"

"不要随口'嗯嗯嗯'，我是在认真和你讲，不喜欢要说出来，你在这里不是只吃这一顿的，日子长着呢。"

江雁宁听见自己心脏狂跳的声音，只好又把头埋进碗里。

"看来是不打算理我了。"

"嗯——不是！没没没！"江雁宁把头探出来，"我是说……菜挺好，我都可以。"

秀春理了间客房出来。

江雁宁神经绷了许久，又跑了两回，吃完午餐，困意来袭，实在难以抵挡，就进房睡了一觉，自己觉得也没有太久，但起来一看已是午后四点。

她走到楼下，发现齐知礼正在打电话，见她起来便收了线迎上来："睡得还好吗？"

她点点头："挺好的——谁的电话？"刚问出口，自己便窘了一下，这管得也太多了，都有点像那什么，咳咳，夫妇间的对话了。

"我堂哥。说我姐一时还没找到。"他毫不避讳这多少显得有些亲密的问题。

江雁宁知道齐知礼甚是在乎齐知慧的事，眼下看他失望的神色，不知该如何安慰，只隔着沙发轻轻拍了拍他手臂。

齐知礼抿着嘴尽力扬起唇角："对了，我去学校找你的时候遇上你同学了，严……严什么来着？"

"严婉玲！"江雁宁跳起来，"你见到她啦！婉玲是不是特别好！是不是！"

齐知礼想起那姑娘一脸的"护犊子"，哭笑不得，忍不住说："是是是，特别好！严婉玲让你安顿下来了给她打个电话。"

江雁宁拨号给严婉玲，有公用电话的烟纸店老板中气十足地喊一声："严家囡，电话！"

没过多久，严婉玲接过电话，还因为跑步过来喘着气："雁宁！你可急死我了！找到住的地方没有？"

"嗯。"她对严婉玲毫不避忌，"我现在在齐知礼家呢，没办法只能先住一晚，好在他家屋子宽敞。"

"没办法""只能""先"这几个字都怪不入耳的，齐知礼在一旁气呼呼地看着江雁宁。

可惜江雁宁没发现："学校不知道什么时候才开课，我打算明天一早坐车回老家了。"

"回老家好！回老家好！我跟你说……"那头捂住话筒，压低声音，"我家隔壁《正言报》的编辑刚才被抓了！"

江雁宁吃了一惊："为啥？上午查封是查封了几家报社，但没听说抓了人啊。"

"是悄无声息被带走的，要不是房子隔音差我也不晓得。今年早些时候，《正言报》不是发了篇《国际反侵略进行曲》吗，我家隔壁那个就是版面编辑。扶桑人肯定早就留了心了，这下好，时机一来，马上报复！"严婉玲四下望了望，看见没人留意她，狠狠"呸"了一声，"你们《大陆报》有没有写过啥不能写的东西……我的天！"她想起什么似的倒吸一口凉气。

这边的江雁宁手脚冰凉，她也反应过来了：今年七月份的时候，《大陆报》上刊了一篇文章，是写租界当局对华文报刊进行非法审查，而对扶桑报刊采取容忍态度，当时即遭高卢租界发禁售令。这样一份孔先生控制最大股份、杜先生任董事长的报纸，是如何连一份禁售令都压不住的呢？显而易见是高卢总领事遭到了扶桑方面的巨大压力。

当然，扶桑军队没有进入高卢租界，高卢国的傀儡政府刚刚向扶桑的盟军日耳曼投降，现在的高卢租界，名义上属于日耳曼人。但是……

《大陆报》的报馆在公共租界，那篇文章两个署名其一是

"江燕"。

眼下，日方秋后算账的时机到了。

十二月的海城，气温只有个位数，江雁宁背上渗出一层细密的汗。

严婉玲掩着话筒："你马上走！外面电车已经恢复行使了。不对！不能坐电车，电车太危险了……"

江雁宁强迫自己冷静下来，抱着一点侥幸："也不一定能找到我，用的是笔名，何况我又不是固定职员。"

"和你一起署名的那个记者叫什么来着？"

"陈庆桓，他也用的是笔名。"

"但他是报社职员，笔名也是惯常用的，扶桑人找到他还不是易如反掌。找到他不就等于找到了你？"

"婉玲你别说了，我有点怕。"江雁宁觉得自己握着听筒的右手有点抖，伸出左手握住右手手腕，试图制止这令人心焦的抖动。

齐知礼就站在一旁，听到这一句接过话筒自报家门，问了一遍来龙去脉，最后说："放心，我来解决。"

严婉玲松了一口气："那就谢谢你了。"

齐知礼面不改色："是我谢你才对。"

挂了电话，他问江雁宁："你知道陈庆桓住哪里吗？"

江雁宁摇摇头。

"有谁知道？"

"钱伯伯也许知道，但钱伯伯住哪里我也不是很清楚，只知道在山东路中段，哪个弄堂记不清了。"

"好，我知道了。"他拨号给汉口路宅子里看着扶桑女人的赵铁柱："你离山东路近，现在去山东路中段的弄堂里找一个叫钱世儒的报社记者，说你是陈庆桓的朋友，问他陈的地址，告诉他陈庆桓有危险要即刻转移，说动钱世儒一起走，带去关扶桑女人的屋子。你再打听一下出海城的关卡盘查严不严，确保万一失了再送他们出去。"

话毕他去推谭为鸣的门："为鸣！"谭为鸣凌晨即去厂子安排事宜，以应对浦江事件后可能出现的消极影响，这时候刚到家没多久，才刚沾上床就被叫醒。

齐知礼话不多说："起来替我去打听巡捕房有没有《大陆报》的记者编辑被逮捕，尤其注意一个叫陈庆桓的人。"

谭为鸣也不多问，返身起床，即刻披上外套，出了卧房看到江雁宁愣了一下，随即竟然"噗嗤"一声笑出来："江小姐，在这里尽管吃好住好。我们少爷不怕暴脾气，也有的是爱心。"

被齐知礼一把拍在后脑勺，大笑着跑出门去。

江雁宁这时候也顾不得脸红了："我呢，我是不是现在就走？"

齐知礼看了眼手表，已经下午四点半了，他看了看窗外，天已经开始显出暗沉色。他迅速在头脑里盘算了一遍："再等一等消息吧，扶桑人刚接手租界，街口的兵是撤了，还不知道通往外面的看守严不严，要出海城恐怕得经好几道关卡，天一黑盘查又严过白天，如果陈庆桓安全的话，你应该不会有问题，我们就不用冒险走夜路。等打点好，明天一早就出发。"

江雁宁点了点头，眼下在齐家，水晶吊灯、真皮沙发、红木桌椅、花纹地砖，富丽堂皇之下哪里有什么危险近身之感，只有静下心来，回忆起白天每个街口荷枪实弹的扶桑兵、轰隆轰隆驶过的装甲车、贴着刺眼封条的报馆……才真切地晓得，危险就在身边，而命运立于悬崖上。

Day 9

" 人一辈子只当船是不够的，
真正的幸福是，可以当让所爱之人停靠的港湾。 "

华历2162年12月9日凌晨　0点30分

齐宅。

齐父归家甚晚，这会儿洗过澡，披着睡袍敲了敲齐知礼的门。

屋里的人拉开门，有点讶异："父亲，你几时回来的，我怎么都不知道？"

"你现在只关心小姑娘了还顾得上我。"齐父笑了笑，进门拉了张椅子坐下，"看你屋里灯还亮着，怎么，睡不着？"

齐知礼在床沿坐下，父子面对面："父亲……"他斟酌了一下，依旧觉得一时难以开口。

齐父耐心地陪着他沉默了一会儿："没事，想说什么尽管讲。"

"我……阿姐还没有消息，我谈这个总觉得心下有愧，惶恐得很。"

"我们父子俩坐在一起吃饭的次数倒是多，谈心寥寥无几。要讲的事，但凡与找你姐不相悖，就不必愧疚。国家这个样子，国人不也还是要吃喝拉撒，照样读书喝茶，照样吹拉弹唱地结婚摆宴？救国的事当然要做，但照样生活也不是罪过。"

齐知礼听出来了——父亲恐怕心中已然有数，他也不再遮掩："我是想请父亲允许我和江雁宁……交往。"

齐树新还算平静："但你们认识的时间不算久，在城南工厂你提过，是第一回去收银河街那次，距今……不过七八天。"

"我们在钱塘合力躲过扶桑军队搜查，她在城南拼命救我，今日如有意外我也要竭力救她。这七八天不亚于七八年。"

"我听为鸣讲，小江因为写文章的事惹了麻烦？"

"可能，眼下还不确定。同一个报馆的编辑暂时都没出什么事。"

齐父点点头："知礼，我问你一句。"

"您讲。"

"你是和小江是共患难了，但换了别人呢，往后假使与别人共同进退过，你是不是要再来请求一次我的允许？你还年轻，切不可冲动，凡事三思，做了决定是要负责任的。"

齐知礼坐直了，是慎重的样子："如果是别人，根本不会有机会和我去钱塘共患难。"

齐父站起来，没有再多讲："你早点休息吧。"

江雁宁是被争执声吵醒的。

拉开窗帘，晨曦从东方照射而来，齐家院子里的冬青和腊梅都枝繁叶茂地沐浴在日光里，单看天气，这无疑是个不错的日子。

可惜楼下争执颇大，她穿戴好衣物，端着茶杯站在楼梯口往下望。

一个约莫三十出头的壮硕男人，翘着二郎腿坐在椅子里："知礼，你这就不对了。来者是客，何况我说这些也是好心好意，你不领情也就算了，怎么还这种态度？"

"许印泉。"他连那声"哥"也不叫了，"上回你来说这事，家父已然讲得很清楚，我不觉得还有必要在这个问题上谈论下去。"

他起身打量了一下四周："你们不会是真的打算连这房子都卖了吧。听说这儿可是你爷爷在你出生那年请邬达克亲自设计的，别说你们齐家人了，就是我，都觉得……啧啧……可惜。"

齐知礼瞪着他。

"可惜呀！齐家大姐遭人掳……"他扯着嗓子，仿着京剧的老生唱腔，"一来是齐家钱少无力赎，二来是老齐失道人寡助……"

齐知礼怒火中烧，心想这王八蛋绑架我姐不说，眼下还要来觊觎煤矿，真真是一颗火球堵在嗓子眼，但想起那日沈彩霞的话又发作不得："滚！"

秀春也站在一旁欲要送客，拉了门看许印泉："请。"

谭为鸣和齐父一早出了门，王妈菜场还没回来，这会儿只余黄管家还在，眼下黄管家站在门口，脸上亦写满愤恨："快走！"

许印泉倒是满不在乎："那怎么行，我还在等齐伯父回来和我商量股权转移的事呢。"他转身走了两步，站到屋子中央，再自负没有，"不想转？那你们也得有不想的本事——"

"哐"一声，一个玻璃杯从天而降，力道遒劲，堪堪砸在许印泉脚边。

所有人都抬头去望，只见江雁宁居高临下地站在二楼走廊，那只裹着纱布的手按在栏杆上，另一只手指着许印泉，咬牙切齿地瞪着他："不走正好！有人罩着是不是！那你也得有本事出去！你摸摸你头上那颗脑袋，是铁打的还是怎么着？"说着又操起个杯子，"看我今天不砸死你个混蛋！"

莫说许印泉，连齐知礼都被她吓了一跳。

还是许印泉最快反应过来："好！好你个丫头片子你给我等着！"色厉内荏，夺门而逃。

华历2162年12月9日上午　8点45分

江南西道北部，沙溪。

齐知廉坐在副驾上，抽着支"老刀牌"，定神看着窗外。

江凤平看了他一眼，又看了他一眼，待他一支烟抽完，终于说："齐长官，前面就到镇上了，要不要给您买点啥垫垫肚子，您看您早饭都没吃……"

齐知廉回过神来，靠上椅背："行吧，要能带在路上吃的，别汤汤水水的。"

"是！"江凤平停了车，向不远处的包子铺跑去。

齐知廉轻嗅着指尖残存的烟味，视线里，江凤平迈着长腿小跑向人群聚集的集市中心，他的身高算是个长处，挤在人堆里也算得上显眼。但隔得远了些，齐知廉看不清他的动作神态，只远远瞧着人群起了骚动，一个矮个子男人冲了出来，江凤平紧随其后，男人撞翻辆推车，车上土豆散了一地，把江凤平的脚步扰了，以至他生生被甩下近百米。

矮个男人哪里是在跑，真是离弦的箭一般"射"出去的。齐知廉撑上仪表盘，奋力一跃，以迅雷之势跳进驾驶室，握紧方向盘极速一扭，"呼"地横在对方面前，这人正要避，说时迟那时快，他一掌拍开车门，"砰"一声，矮个当即倒地。

江凤平半点没松懈，快步跑过来，脚下生风，扬起阵阵尘土，倒是脸不红气不喘："齐长官，这人有问题！"

江凤平绑了矮个，任他躺在地上，蹲着问他"哪里人"、"叫什么"、"做啥的"，统统不答。他来了气，揪住对方领口，喝道："哑了？刚才不是还要买'刘个报子'吗！现在怎么屁都不放了！"

矮个还是半分撬不开嘴。

齐知廉站着瞧那被绑起来的人，细看的话，扶桑人还是和诸华人长得有些区别的，扶桑人的眼间距要窄一些，肤色通常比诸华人要浅一点，还有……齐知廉示意江凤平，"脱了他鞋袜"。紧接着他退了两步。

江凤平被这命令弄得云里雾里，但还是照做。那矮个眼里放着恶狠狠的光，两腮凸起，想来是早已咬牙切齿了。

齐知廉远远盯着这人光着的脚，拇指与食指叉开着，这样扭曲的骨骼形状，必是自幼便穿木屐。他勾着嘴角无声笑了一下："我斗胆猜一猜，阁下是三浦先生吧。"

那人眼里闪过一丝惊惶。

对于他的沉默，齐知廉不以为意："阁下一双公子真是，活泼健壮啊！"

这人脸上泛出难以掩饰的恐惧来。

"不瞒您说，尊夫人和令公子，都在寒舍。"齐知廉微微含笑，"三浦先生，请好好想一想……"他往前走了几步，虚假的笑意一点点放大到瘆人的地步，死死盯牢那人眼睛，一寸更近一寸，目光似剑，像要剜到你心里去，"想一想……你是谁，要做什么，为什么在这里。"

齐知廉又退了几步，朝着下属："我自己去买包子，你在这里陪三浦先生想一想他到底是谁。"走了两步又转身，"江凤平，你要甜的还是咸的？"

齐宅。

齐知礼上楼去看江雁宁，笑不可仰地问她："哗，太厉害了，你哪来的主意？"

"什么'主意'，我不过是吃了雄心豹子胆罢了。"江雁宁说着自己都笑起来，"骗你的——其实……"

"其实什么？"

"要是我说实话会不会影响我在你心中高大的形象？"

"你确定是'高大'吗？"

江雁宁瞪着他。

齐知礼相当识相，马屁拍得全是痕迹："我觉得是'伟岸'——不论你说什么实话，都同样伟岸。"

"其实我砸第一个杯子的时候连自己都被吓到了，第二个是万万不敢再砸的。"

齐知礼拉她坐下来，把她散落的几缕发丝夹到耳后，看了她一会儿。

江雁宁被他看得耳朵都红了，伸手去摸脸："是有什么东西吗？"

"没有……就是看我们女侠怎么那么好看。"

"感觉像在给我灌迷魂汤。"还不是太习惯亲昵的相处，好像努力破坏掉暧昧的气氛，江雁宁这个"野得像兔子"的姑娘会更自在一些。

齐知礼笑了一下："今天你非常棒，我发自内心感谢你。但是下次不要再这样了。"他比往常更温柔一些，"但凡我在的场合，这些都让我来处理……"

江雁宁这下是真的不高兴了："你是觉得我处理不了吗？是我比你笨，还是觉得女孩子就不应该这个样子？"

"你知道我不是这个意思。"齐知礼真是有苦难言，怎么好好的绅士品格到了江雁宁这里就被如此解读了，"我只是希望能够保护你，难题由我来解决是天经地义的。"

江雁宁严肃得像参加辩论赛："还是大男子主义。第一，男女的差异在生理不在智力，难题你解决是天经地义，我解决一样是理所当然；第二，你希望保护我，没有问题，你已经做过很多次，但同样的，我也希望保护你。人一辈子只当泊岸的船不是真的幸福，幸福是可以当所爱之人停靠的港湾。你不能剥夺我当港湾的权利。"

几乎是，一生的情绪都涌上来。委屈散尽、仇怨化解、愤懑消弭，所有收获的理解都数倍放大，全部得到过的爱都逐渐清晰。不止心情，连人生都明媚起来。齐知礼没有说话，安静地坐着，看她，看眼前这个人，终于点了点头："好。"

江雁宁看着一脸动容的齐知礼，觉得不太对，把刚才说的话反刍了一下，想起那句"所爱之人"恨不得咬掉自己的舌头："喏，我补充解释一下啊，我说的'爱'，是指孙先生常说的'博爱'，'博爱之为仁'！这个意思。"

齐知礼点点头："我知道。'博爱之为仁'出自韩愈《原道》嘛。我不光知道这个，我还知道'此地无银三百两'。"

江雁宁走到窗口望望天："今天天气真是不错，怎么肚子有点饿……"

电话骤响。

秀春在楼下喊："少爷！知廉少爷来电话了！"

齐知礼进书房接了电话，那头一贯不喜形于色的齐知廉相当激动："知礼！三浦找到了！"

齐知礼喜不自胜："怎么样！阿姐怎么样！"

知廉沉默了一下："暂时还没找到。知慧机灵，自己逃了出去。我们正要去找，打算地毯式搜索把附近都查一遍。"

"扶桑鬼子不会说假话吧？"

"不会。江凤平去买馒头，遇到三浦，他看上去非常拮据，面对我们敌意相当大，咬紧牙关极度抗拒，我只好给赵铁柱打了电话，听到那个扶桑女人的声音才开始崩溃。他自己说和另一个叫渡边的本来已经闹翻，苦于双方都担心对方告密，才捆绑在一起行动。随后我们在临街不远的废弃茅草房里找到了渡边，确实，屋里没有知慧，也没有第三个人生活的痕迹。"

"那阿姐是几时逃出去的？"

"据他们交代是7号早上，距现在将近五十个小时了。"

齐知礼甚是忧心："别是出了什么事吧？"

"扶桑人手里都能逃出来能有什么事。别着急，我们的人已经开始搜了，相信马上就会有消息。"

电话还没挂，楼下忽然有人大喊："齐少爷！出了大事了！"

齐知礼听出了赵铁柱的声音，匆匆挂了电话跑出去，从走廊里探出头问："怎么了？"

"陈庆桓被抓了！"

"不是一直在宅子里吗？"齐知礼狂奔下楼。

"因为是您请来的人，我们当客人待的，没派人看房门，昨夜睡觉前还特地嘱咐我们别叫他，说要睡个懒觉，看他快九点还没出来我才敲了门，谁知道屋里屁个人影都没有，连什么时候跑的都不知道。派出去的兄弟在华德路附近看到陈庆桓被带上扶桑车，最后车子一路开进提篮桥监狱里。"

齐知礼点了点头："好，我知道了。别再管他了。"他吩咐黄管家，"拿点钱给兄弟们买酒喝。"自己两级台阶一跨踢脚绊手地上了楼，对着江雁宁，脸色都变了："听到没有！快带上东西马上走！"

"现在？"

他没有回答，冲楼下喊："秀春，拿一套你的衣服给江小姐！黄管家，把你最旧的衣服借我。"

华历2162年12月9日上午　10点50分

华界。

江雁宁听见自己的心在胸腔里砰砰跳的声音，就在五分钟前，两人接受完哨卡检查后跨出了租界封锁线，

齐知礼看她脸都白了："怕不怕？"

江雁宁摇摇头，又点点头，到底还是据实以告："吓死了。"

"镇定一点，等下出海城还有哨卡，尽量若无其事。"

214

"我当然知道！"嘴还是要硬的，"你看我！"她把身上秀春那件棉袄捋捋直，"一个多么淳朴、多么敦厚的小保姆形象。你再看看你！你穿个不合身的旧中山装你还……"

齐知礼想笑："我还怎么？"

"昂、昂首挺胸，一股……一股穷书生的酸气！"

"好好好！我酸！我离你远一点总行了吧！"边说往边上挪了好几步。

走了一段……

江雁宁忍不住了："哎哟，这么大的人了，做啥啦，还闹脾气啊！"

齐知礼看了她一眼扭过头："怕你闻到我一股酸味。"

"哎哟，别这样啦！成熟一点！"她跑过去和齐知礼肩并肩，从口袋里摸出两块从家里带出来的太妃糖，"吃一颗。"

"你吃吧。"

江雁宁拉住齐知礼，剥开糖纸，往他嘴边喂。

他不打算张口。

江雁宁哄他："啊……"

鬼使神差地，齐知礼张嘴"啊"了一声。

"好吃吧？"江雁宁笑眯眯地看着他。

某人一本正经："还行。"

另一个人笑不可仰，忍不住用手捂住嘴："你再闻闻，甜味加上你的酸味，是不是一股糖醋排骨味。"

齐知礼瞪着她。

江雁宁慢慢收了笑，自觉有点过分，讪讪道："走了走了，我们还要赶路。"

两个人又往前走了一段。

齐知礼沉默了很久，终于说："你有没有感觉到我生气了？"

江雁宁默默地点了点头。

"就这样？"齐知礼这下认识到自己的表里不一了，因为他看着江雁宁这个样子心里其实乐不可支。

"那你问问我。"

齐知礼斜睨她。

"你问问我爱吃什么菜。"

"好——你爱吃什么菜？"

"狮子头、红烧茄子、丝瓜炒蛋、鲫鱼汤……但是最爱吃糖醋排骨。"

"……"算了，注定连表面的气愤都维持不了。

华历2162年12月9日下午　　12点40分

霞飞路。

这是一家名为"巴拉拉卡"的基辅罗斯式高级餐厅，海城人俗称"罗宋大菜"，但此刻坐在这里的两人却都不知这个本土称谓，他们一个来自产矿的某地，一个来自隔海相望的岛国。

说着蹩脚国语的人先开了口："八嘎！"很愤怒的样子，"现在还没有找到吗！"

"斯密马赛！中佐！衢县附近我们全都派人搜过了！大范围地搜！都没有！我认为，三浦和渡边这两个八嘎是到了那边了。"这人有点小心翼翼，一边态度激亢，一边又尽力压着嗓子。

"还要找！让他们落到那边的手里，不行的！如果找到……"扶桑人大力震颤着喉咙发出一声恶狠狠的"咔"。

"是！那么那个女的呢？"

"还要找！一直到找到！"

"她父亲好像是怕我们收到钱之后撕票——什么是撕票？啊，撕票就是把她杀掉，她父亲怕，所以一直不肯给钱。"

"八嘎！现在海城都是皇军的，钱？不重要了。"

"那我应该怎么办？"

"皇军要的是什么？"

"煤矿。"

"哟西！"扶桑人露出狰狞的笑，脸上的肌肉一抖一抖，"你去找那个老头子，告诉他，他的女儿，在你手上。不想她死，就签股权转让协议！"

"中佐，这个……不太好吧，毕竟老头子和我爹认识……"

"叫你去你就去！"扶桑人声音沉下来，一股杀气。

另一个人有点犹豫的样子，吞吞吐吐地："那个女的如果找到，中佐，怎么，咳咳，处理？"

"哈哈哈，许桑还是忘不掉嘛。你带走，养在外面也不错嘛！"

"谢谢中佐赏赐！"

上来的奶油红菜牛肉汤还没吃完，某个人就步履匆匆地出了餐厅门。

另一边的卡座里，娇俏的小姐望着那个熟悉的背影，不得不放下握着的杯子，因为那双手，抖得已经停不下来。

华历2162年12月9日下午　14点05分

得月楼。

已经出了海城，两个人都稍稍放松了一些，坐在茶楼里饮着水。

齐知礼看着江雁宁冻得通红的手，心疼得紧："冷了吧？"

"背上热，脸上冷。"秀春的针织围巾根本挡不住寒风，网眼里不停灌冷风进来。

"快喝点热茶。"

江雁宁手里那杯茶已降到半温，她拿起来贴在脸上，舒服地喟叹了一声。

齐知礼走过去握住她手腕，把茶杯取出来搁在桌上："不能忽冷忽热的，会长冻疮。"

江雁宁撇嘴看着他："菜呢，菜怎么还没来，我又冷又饿。"

齐知礼找了小二问，对方说："真对不住，这两天客人多，您再等一会儿，马上就来。"地球那头炮声一响，这头的租界也不太平了。还留着的人当然也多，但是出来的人也不少。这个离海城极近的小镇，人流比往常大了两倍，倒是热闹不少，连午后时光都有风尘仆仆的行人来吃饭。

齐知礼回来和江雁宁说："'吃'恐怕要再等一等了，'冷'倒是可以暂且解决一下。"他忽然抓了江雁宁的手握住，轻轻地搓着。

江雁宁瞄了一下四周，想把手缩回来："别……好多人。"

"我知道。就是好多人才这样给你捂嘛。不然……"他往前凑一点，几乎抵住江雁宁额头，用只有两个人能听见的声音说，"你可以抱我，我毛衣里面好暖和。"

"你、你、你……"

"你要不要试试？"

"流氓！"

齐知礼摆正头颈，手里仍然裹住那双微小些的手轻轻搓着，脸上倒又一本正经得很了。

稍后小二送了菜上来，滚烫的清炖牛肉，炒青菜，肉圆鸡毛菜汤，倒是色香味俱全。齐知礼大手大脚惯了，但身上黄管家的旧中山装一再提醒着他眼下的麻烦，不好再高调张扬，连菜都只有三个。

他问江雁宁："嫌不嫌少？"

江雁宁朝他努努嘴，示意他看隔壁桌，也是二菜一汤，但却是四个人，素到没荤腥：豆腐汤、炒青菜、炒豆芽。齐知礼这才回忆起小二送菜时看着他的着装而露出的怀疑眼神。本还以为这回够勤俭节约的了，好嘛，还差得远呢。

"快吃吧，吃完快让小二撤了。"低调！要低调！

荤腥味大，隔壁二菜一汤的小孩不停扭了脖子往香味来源处瞧。

江雁宁看着小孩，又看菜，再看齐知礼，来回看了两遍，正要看第三遍，齐知礼说："你送过去吧。"

"可是你还没吃，你不是爱吃牛肉嘛。"

齐知礼夹出来一块又大又诱人的，示意她："好了。"

江雁宁笑眯眯地把菜端到隔壁桌，逗小朋友"多吃点哦"，被七嘴八舌地谢了一回，回到座位上赫然发现那块最诱人的肉在自己碗里。

吃过下午茶时间的午饭，齐知礼又叫了壶茶，叮嘱江雁宁："你在这里坐一会儿，我出去一下。"

"去干吗？"

"为鸣这个点应该快到了，我去路口等他，别错过了。"

江雁宁有点懵："啊，他怎么会出来？"

"走之前我让黄管家转告他把车送出来，毕竟我们俩，咳咳，一股酸甜味，不能开车出来。现在这个点他应该就快到了。"要真走回银河街，那怕是月亮都得上来了。

江雁宁蹦起来："我跟你一起去！"

齐知礼把她按回凳子上："你好好在这坐着，我等下来接你。"

"可是你一个人等多没劲呀。"

"不会，我可以想你。"

"……"江雁宁红着脸推他，"那你快走！"

"你可不许乱跑啊。"

"不跑不跑，等你回来。"

华历2162年12月9日下午　14点40分

公路旁。

齐知礼有时候想，人一旦站到大自然中，历史与时代仿佛都瞬时消弭了。树、草、风，这些东西，千百千万甚至万万年前就有了，眼下还有着，万万年后也仍旧会有。时间是什么呢？时间什么都不是，一切都还是一切；时间也什么都是，是开了的花、流动的水、飘荡的云，是无尽的变幻。

而眼下，时间带来了更具体更物质的东西：被修筑起的公路、被发明了的汽车，还有一路疾驰而来的伙伴。

谭为鸣下了车："少爷，你怎么等在这里？"

"怕你找不到我们。"齐知礼跳上车，往后排望了望，"什么都没带？"

他的伙伴丈二和尚摸不着头脑："带什么？"

"你知不知道我去哪里？"

"银河街啊……"

"对啊！银河街！"齐少爷瞪了小谭一眼，"亏我一直把你当心腹！就这个觉悟吗？"

谭为鸣一拍脑袋："少爷你看我，糊涂！见亲家老爷亲家夫人怎么能空着手去呢！"

"算了，也怪我没说——这附近有没有地方能买点合适的礼物？"

"小镇上恐怕没什么——哦不对，上回我临时在街尾刘祥记买了点茶叶，货色倒出乎意料地好。隔壁好像还有家裁缝铺，买点好的衣服料作应该不成问题。"

"也没办法了，就先这么办吧。"他示意谭为鸣开车，"你先带我过去。"

"不先接江小姐？"

齐知礼斜睨他。

"哦哦，我知道！给老丈人买礼物总归有点不好意思是吧哈哈哈哈哈！"

"你今天话太多了。"

刘祥记的掌柜正在打包茶叶："先生识货的，这个十五年生普是我们的镇里最好的茶了，保管您尝过之后忘不了……"

外面忽然人声嘈杂，路人像雨前的蚁群一样往街头涌去，齐知礼侧身看了一眼，发觉每个人脸上都有着巨大的惊惶："为鸣，外面怎么了？"

谭为鸣疾步跨出门外，外面开始有尖叫声传来，齐知礼开始不安，刚要伸手去接掌柜递来的纸包，谭为鸣踢脚绊手地冲进来："少爷！外面起火了！"

齐知礼手顿在半空，咽了口口水，强压住不安："哪里？"

谭为鸣握紧的拳头松了又紧："得月楼。"

"哪、哪里？"

"得月楼。"再一次艰难地说出这三个字后，谭为鸣觉得自己甚至能看清少爷一点点放大的瞳孔，脸上的血色瞬间完全褪去，时时挺拔的人忽然一下子软下来，像精神气整个儿地被抽走了，谭为鸣几乎以为他站不住了，伸手便要去扶。

须臾间，齐知礼醒悟过来，拔腿就往外冲，跑得太快，趔趄地绊在门槛上，跌跌撞撞地往街头跑。魂魄是全没有了。风，没有风；声，没有声；光，没有光。世界都摈弃了，红、烈焰红、血红的眼里只有熊熊燃烧的烈焰红。

得月楼前远远地站着许多人，火焰的热度烧红空气，十二月的天气却令人大汗淋漓。齐知礼拉住围观的人心急火燎地问："里面的人怎么样了？有没有救出来了！"

"哪里啊，一个都没出来，扶桑人浇了火油烧的，火窜得不晓得多快！唉！"

齐知礼觉得自己开始看不清面前的一切了，脑中的氧气像被吸走，面上潮湿一片，分不清是汗是泪。腿软，软得要跌下来，但又不能跌下来，他的小雁宁还在里面，他让她不要乱走，小雁宁还在里面！他要进去找他的小雁宁！他要进去！

身后有人拦腰抱住他："少爷！少爷你冷静一点！不能进去火太大了！"

齐知礼还要往前扒，被谭为鸣死死抱住："少爷！"

门梁塌下来，齐知礼一双手拼命去扯谭为鸣的困住他的手；窗户塌下来，齐知礼狂扯狂拍狂拉谭为鸣的手："为鸣你不松开我们兄弟做到今天为止了！"他吸了太多烟雾，声音哑得像啼血子规。谭为鸣没有说话，困紧齐知礼的那双手上，被抓出的血痕触目惊心。

二楼房顶轰然塌下来。

拼命挣扎着的齐知礼僵住了，像被抽走了最后一丝气力般，颓丧地倒了下来。

谭为鸣小心翼翼地松开手，试探着叫了一声："少爷。"

齐知礼跪在地上掩住脸，液体从指缝间流出来，无穷无尽地流，尽力地掩住抽噎声，肩膀却仍然不住抖动。

谭为鸣站在一旁守着他，不敢问、不敢碰，跟着心酸。他从来没有见过少爷这个样子，无奈无力无措。

齐知礼觉得世界都暗了。

谭为鸣拍他肩，自己由得他拍了两下，他却还不收手，齐知礼要去掸开他手："你让我静静。"

"别静了，再不走天都快黑了！"

齐知礼伸出去的手僵了一下,猛然扭头去看来人,哽咽声一时刹不住车,抽噎着转了调子,在未尽的抽泣中笑出来,一把握住江雁宁的手,四肢的力气又神奇地回来了,猛地跳起来抱住她!

江雁宁一脸嫌弃:"你傻不傻,活不见人死不见尸的凭什么就以为我牺牲了啊!"这样说着,眼角却湿了。

"是是是,我傻我傻!"齐知礼抱住她,狠狠地抱住,像要把对方嵌入自己身体那样抱住。

江雁宁没有动,任由他抱着,双手垂在身侧。

齐知礼用下巴摩挲她头顶:"你个小混蛋,你知不知道我都要吓死了!"

江雁宁吸了吸鼻子,垂着的手动了动,揽住对方宽厚的背,一下一下地拍着,心里五味陈杂,泛滥成了一片,不知道该说什么,却晓得自己是丝毫看不得齐知礼露出哪怕是半点难过的神色了:"是我不好,我不该让你担心的。"

"是我不好,我应该带你一起走的。"

江雁宁靠在他胸前闷声说:"你不带我,我自己也会走啊。"

齐知礼松开怀抱握住她肩,两人面对面:"往后我也不会让你一个人了——我的意思是,我们选个时间把婚订了。"

"啊?"

"时间你定,你觉得几时比较合适?我会正式拜访伯父伯母。"

江雁宁变了脸色,把他手从自己肩上拍下来:"你说什么呢!求婚吗?平白无故地我为什么要和你订婚?"

齐知礼懵了,小心翼翼想解释:"我、我就是……想我们可以一直在一起。"江雁宁仍然脸色极其慎重,他干脆豁了出去,"是,是我想和你一直在一起，可能你未必也一样这么想。但我认为自从昨天在报社楼下我们有了共识后，这一步只是时间问题不是吗。如果你还没有准备好，我说过，时间你定，我随时可以。"

江雁宁真是想翻白眼，这个人到底会不会抓重点啊！这么一本正经干啥？看来不得不提点一下他了："报社楼下怎么了，达成共识了吗？我还以为没有呢，毕竟你什么都没说，我可是不太清楚齐少爷的确切态度啊。"

齐知礼在恍然大悟之中失笑："下次我一定隆重补上。现在——"他情不自禁去抚她眉梢眼角，"雁宁，我有点紧张，接下来如果语无伦次，你大人大量理解一次……我想这一辈子都和你一起过，一起吃饭、喝茶、浇花，一起抚养孩子、照顾老人，将来赶走了扶桑人，还要一起建设国家。夏天我们在花园里种上瓜果，冬天在屋里热了黄酒招呼朋友……"他拭去江雁宁眼角的潮湿，"我们还会有小小的你、小小的我……"

江雁宁咬住唇间的笑："不要脸！"

"给'不要脸'个机会好不好？"

江雁宁长长的睫毛覆住眼睑，是少见的羞赧："好……"

华历2162年12月9日下午　16点10分

车上。

谭为鸣开车，齐知礼和江雁宁坐在后座，仍然穿着那一身旧衣。出了海城岗哨松一些，但也不是顶安全，要真遇上搜查，后座两个人一身土气，多少还能冒充一下落难亲戚。照理一路走回去是最不引人注目的，但路途不近，也未见得多么安全，干脆冒险开车，速战速决的好。

谭为鸣有点苦恼："自打扶桑人进了租界，外面汽油都买不到了。"

齐知礼忧心道："这趟来回没问题吧？"

"应该可以。家里还有几桶存货，但往后恐怕不能时常开车出门了。"

江雁宁靠在车窗上，听着他们对话却全程毫无反应，齐知礼凑到她面前瞧她，见她眼里一片迷茫的空洞，知道是刚才的火灾吓着了，伸手揽了一下她的肩，江雁宁的头遂顺势靠在了他肩上。

一时无话。

许久，她才说："你记得隔壁桌那一家吗？"

齐知礼的心像被针扎了一下。

"不知道他们有没有逃出来，我走的时候他们还在吃饭。"江雁宁边说眼泪边扑簌簌地落。

"肯定早就出来了，一顿饭能吃多久，是不是。"这话连齐知礼自己都觉得没什么说服力，他转移话题，"你呢，你是什么时候出来的？"

"你一走，我就跟上来了，一直偷偷地跟着你。"

"跟着我干吗？"

"怕你无聊。"

"那为什么不和我一起走？"

"怕你说我。"

"哗，你几时怕过我？"

"是，是不怕。所以你刚才哭天抢地干吗，真的觉得我会听你话不乱走？"

"……不会……那你到底跟着我干吗？"

"不干吗，就想跟着你。"

谭为鸣在前座咳嗽了一下。

江雁宁坐直了身子，脸上的悲伤仍然没有散尽："到底他们为什么要烧得月楼？"

谭为鸣深深叹了口气："听说是扶桑宪兵队遭到了抗倭便衣队袭击，吃了瘪，才放火焚烧得月楼。"

几个人都不出声，愤懑难平，深觉悲凉。

车快开到银河街，江雁宁忽然想起一个不小的问题来："伯父知道你出来吗？等下见不到你他该担心了。"

"黄管家会转达。"齐知礼想起凌晨与父亲的谈话，甚为感谢他的通情达理，眼下看着江雁宁，只觉得是这许久来，晦暗人生中最明亮的光。

"那就好。"银河街就在不远处，江雁宁这才褪了脸上的伤感，有了一点轻松的神色，"我妈见到我，保准开心得不得了——不对不对！保准让我吃生活！"她想起上次回学校时，母亲叮嘱的"可不准再半途回来"以及"考试要是考不好，看我怎么收拾你"，不由有点哆嗦。转念又一想：嘻！不怕！不能怪自己，这回是学校被扶桑鬼子逼得放假的。

齐知礼却没有接过这个话头，只说："雁宁，我有件事情要和你讲。"

"嗯？"江雁宁坐直了，她察觉出齐知礼的严肃来。

"你也知道，留在海城已经不安全，那银河街呢，离海城这样近，真的安全吗？"

江雁宁默不作声，是的，这个问题她自己也意识到了，却不敢去往深处想。

"所以……"齐知礼说，"你这次回去，主要是见一见伯父伯母，稍住一两天，我马上找人安排你去渝州，不能再待在伪政府的地盘了。"

江雁宁心里颤了一下，但也知道唯有这个方法了。陈庆桓逮了进去，下一个是谁，会不会就是她，没有人能知道，但还是忍不住问："那你呢？"

"阿姐的事还没有着落，我不能抛下父亲走。"

江雁宁沉默着点了点头。

齐知礼知道她心里难受："你不用太担心，伯父伯母我和为鸣会照看。我大伯在渝州，你的安顿不成问题。阿姐的事情一解决，我会尽早去找你。"他说完拍了拍江雁宁的手背，"好不好？"

江雁宁知道这是最好的办法，点了点头，又疑心在夜色之中齐知礼看不见，轻轻"嗯"了一声。

又是一段长久的沉默。

齐知礼忽然想起了什么："为鸣！停车！"

谭为鸣减了车速停下来："在你旁边座位上。"

齐知礼摸到一个纸袋，推门下车。

江雁宁摸不着头脑："他干啥去了？"问完才察觉出自己的鲁莽，半路下车能干啥，还不是，咳咳，那什么，人有三急啊，遂很识相地扭过头。虽然外面本也早已乌漆墨黑地看不见啥了。

很快，齐知礼上了车，五分钟后，车准确地停在了银河街江家门口。

华历2162年12月9日晚 18点05分

银河街，江家。

屋外车灯大亮，衬得屋里的油灯像只扑朔的萤火虫。

江志高从屋里出来，见到谭为鸣吃了一惊："谭先生，怎么……"又来了。

话还没说完，江雁宁从车上扑下来："爸！"

江志高被扑了个满怀，惊讶转瞬即逝，马上笑呵呵："雁宁怎么回来了，还跟谭先生一起？"

董心兰从屋里跑出来，手里还拿着个牛津鞋底，鞋面缝了一半："又回来了是吧！还没放假又回来了是吧！"

江雁宁即刻往后躲，把江志高推到前面："爸，爸，你快替我挡一挡！快！"

董心兰伸手去江志高背后抓她："你给我出来！"

江雁宁缩在背后："妈，妈，有话好好说！好好说！"

"你出来不出来！"

"伯母……"另一边的车门忽然也打开来，"是学校停课了，雁宁没有逃学。"

董心兰和江志高双双回头去看，都吓了一跳："是……齐少爷？"

"您叫我'知礼'就好。"他手里提着两个袋子，"这是给伯父伯母的一点心意。"

夫妇俩都愣住了，董心兰率先察觉出不对来：女儿坐他们的车回来，如今这齐家少爷又这样客气……她进了屋，吹熄蜡烛，拉亮电灯泡："两位屋里请。"

及至此刻进了门，江雁宁才算晓得刚才齐知礼下车是为了啥：他眼下又穿着他的定制西服和麂皮鞋了——居然特地在漆黑的夜色中吹着西北风换衣服，精神实在可嘉。

江雁宁趁着母亲烧水的当口，溜上楼去看奶奶，老太太吃过饭正要上床，见孙女回来，高兴得觉也不睡了，一股脑儿地问"老师讲的都懂了吗"、"学堂里怎么这么早放了"、"扶桑人真进了租界了呀"、"那你当时住哪里"此类问题，江雁宁仔仔细细答一遍，等下了楼，发现齐知礼杯中的茶已经见了底，这才意识到自己的糊涂来：这下可好，他们聊了什么，自己全然不清楚。那个……就那个……咳咳，订婚啥的，不知道齐知礼向自己父母提了没，哎呀，说真的，要是父母和她谈起这事，问她自己的想法，那还真是挺害羞的。

眼下，父亲正问齐知礼扶桑人进租界的事，听说海城的银行都关了门，不觉心有戚戚。江雁宁站在一旁听了听，觉得两人的语气间都没有任何蛛丝马迹，便默默坐了下来。

后来聊到陈庆桓，江志高甚是惋惜："有什么办法呢，眼下的海城，在报上说句华人该说的话都是罪。"他说着看向身侧的女儿，伸手揉她头，"雁宁，我们都为你骄傲。去！去渝州！知识青年志在四方，自己的国家，自己的土地，去到哪都不用怕！"

想来齐知礼早把该说的话都同父母讲过了，眼下父亲这样一说，甚是动容，却亦心酸。

她还来不及表态，董心兰已经泪眼汪汪地嗔了丈夫一句："就知道说漂亮话！雁宁人生地不熟的，又几时离开我们那么久……"

"伯母，您放心，我会尽早……"

江雁宁还不太好意思，用眼神制止了齐知礼，上前挽住母亲手臂："妈你放心吧！你也知道的，我天不怕地不怕，去哪都不是问题！"

董心兰挤出微笑来，拍了拍江雁宁手臂："带齐……"她顿了一下，"知礼，去看看你奶奶。"

谭为鸣目送那两人上了楼："江先生，江夫人，有件事我家老爷托我转告二位。"

夫妇俩听出郑重的意味来："您说。"

"少爷的意思，想必两位都清楚了。但我家老爷希望，江小姐可以去盎格鲁，那边几个学校都不错，牛津、剑桥、杜伦，对于学数学的江小姐来说是个不错的选择。"

江志高一凛："不是说盎格鲁眼下也不太平了吗？"

"胜过渝州。渝州一年多少空袭您想必也清楚。"

"雁宁人生地不熟，英语也不够好。"

"我家老爷有朋友在当地，江小姐的英文想必可以应付日常生活——此去渝州，路途遥远，关卡众多，江小姐已被通缉也未可知。去盎格鲁就不同了，船一出海，即刻就是自由身！再多说一句，自八号起，泊在港口的船可都被扶桑人扣下了，只有这一艘高卢船，唯一一艘！维希政府再三斡旋，才得以能返航，错过这一班，再想去欧洲？遥遥无期。"

董心兰冷脸相对："谭先生，我不得不问一句，为何一定要我家雁宁远赴盎格鲁？"

谭为鸣斟酌了一下，据实以告："老爷有更中意的儿媳妇人选。"

江氏夫妇一阵沉默，董心兰一贯是要据理力争的，但眼下可真的是"齐大非偶"了，硬贴上去岂不让人误以为图财？那不是读书人所为。无可奈何之下想要答应谭为鸣，却又不忍女儿远渡重洋，是以没有做声。

"还有一件事。"谭为鸣以为自己的理由还不够充分，"凤平先生的事，已经托了我家堂少爷，眼下就看……"他有点难以启齿，觉得自己不甚磊落。

董心兰却是听懂了，和江志高对视了一眼。终于，江志高挥挥手："我会和雁宁说的。"

楼梯上，江雁宁和齐知礼忽然双双冲下来："天哪天哪！"

"怎么了怎么了！"急得夫妇俩不约而同站起来，"怎么了？奶奶还好吧！"

"不是奶奶！奶奶很好！"她语无伦次，"那个、那个、真的打仗了！打仗了！"

"什么？"

齐知礼一双拳头握紧，两眼放光："国民政府正式对日宣战了！"

楼下三个人俱是一震，江雁宁奔进房间，捧出那架收音机，调到最高，一个洪亮女声在播报：数年以来，我国不顾一切牺牲，继续抗战。其目的不仅以保卫诸华之独立生存，实欲打破扶桑之侵略野心，维护国际公法、正义以及人类福祉与世界和平……特此布告。

紧接着是一阵嘈杂的波段声。江雁宁关了收音机，屋里是巨大的静寂……"好！"江志高猛然击掌，大喝一声，拔腿就往屋外跑。余下四人皆醒悟过来，步伐紧跟，出门一看，街上已然立了不少人，屋里还不断有人跑出来。

这夜星光零落，但银河街众人齐齐立在苍穹之下，是个个心怀璀璨的。

华历2162年12月9日晚　20点45分

旷野。

孤独的车光在茫茫四野中渐次散开，以致最终只仿佛一层淡薄的雾。

齐知廉异常焦灼，打从上午逮了三浦和渡边，晓得知慧已然逃了出来，但这几日搜救队却毫无消息后，始终有种令人心惊的揣测堵在胸口。自打六号起，四天里每日出来寻知慧，师长脸色已日渐不善，留给自己亲力亲为的时间已经不多，然而只有自己是最能找到知慧的人，其他人只能凭借一张不甚清晰的照片，自己却只需在茫茫人海中看一眼。

车子被一个长长的土坡拦住去路，江凤平加足马力往上奔。齐知廉靠在椅背上，被他勇猛的驾驶野心折服："开不上去就绕一绕。"

江凤平感受到来自长官的关怀："没事没事，齐长官，我可以的，您放心！"车上了坡顶，夜色之中也提供不了居高临下的观感，江凤平踩住刹车，由着车子慢慢滑下去。齐知廉干脆闭了嘴什么也不想说，眼下命是交到这个下属手里了。

江凤平倒笃定："齐长官，您放心……"话音戛然而止，车子开始加速下滑。

齐知廉脊背僵直："喂喂喂！江凤平你干什么！"

"你快看！"驾驶座上的人语速极快，连尊称都忘了。

薄雾般的车灯光里，一个身披大衣的女人抱膝靠坐在树底下。

Day 10

"此后，诗和远方都不是虚妄，
万千星辰皆能依偎同赏，世间五味尽可毕生共享。"

华历2162年12月10日凌晨 0点05分

善钟路，齐宅。

眼下的"灯火通明"或者该用"张灯结彩"形容。

齐树新老怀大慰，知慧没事，是他这些天来听过唯一的，却也是最好的消息。

老爷多日没有好好地吃过一餐饭了，秀春在厨房里忙忙碌碌地煮宵夜。

半个多小时前，少爷和谭为鸣回到家中，满脸写着旅途劳顿，老爷刚刚睡下，大概是听见了汽车声音，披着大衣下了楼，没有什么好脸色："锦衣夜行啊！知礼，你不如住在外边！"

"不敢，父亲言重。"

齐树新正要再说，电话铃声突响，他站着没动，齐知礼只好移步去接。

"真的？"齐树新看见儿子问出这一句后眉间全部展开，骤然狂喜，"太好了太好了！"叠声地说，紧接着转过身来朝他挥手："父亲，阿姐找到了！"

"什么？"几乎是不可置信的。

"阿姐找到了！快来！快来接知廉哥电话！"

齐知廉的狂喜是退了，但语调仍有止不住的轻快，把遇见知慧的过程讲一遍，又说："请小伯放心，知慧我已安置在医院，她身体太虚，高烧还没退，挂了点滴已经睡了，等明后天让她给您打电话——没事没事，没有大碍，知慧还是机警——我抽不开身，暂时是不能送她回来了，干脆就在这里调养一阵子——是是，您不用担心，我一定会照顾好。"

齐树新卸下重担，古董商那里的债还没结清，几个厂子依旧押着，但也算不得大事了，他甚至笑了一下，女儿没有大碍，身外之物何足挂心。青山仍在，自有柴烧。

秀春的酒酿圆子端上了桌，秋日腌渍的冰糖桂花飘在汤面上，有若隐若现的淡香。齐家父子食指大动，连汤都喝尽，相视而笑。

屋里的气氛是彻底轻松下来了，秀春理了碗筷，齐树新大手一挥："都去睡吧，这阵子大家也都累了，明天上午都休息半天吧。"

华历2162年12月10日上午　8点50分
华懋饭店。

北窗开着，冬日清冷的空气前赴后继地灌进来，姑嫂两个面对面坐着。

"真没想到轮船要提前开，那今晚妹妹就要走了吧。"

"是，我会挂念嫂嫂。"

沈彩霞微微笑了一下："挂念我干什么，早点找个更值得你挂念的人吧。"

许印娜没有说话，风吹得脸上泛凉，她直直盯着对面的人："嫂嫂是不是很想离开这里？"

"去、去哪里？"

许印娜直视着她："随便去哪里，离开哥哥。"

沈彩霞眼神慌乱："妹妹说什么胡话！"

"是哥哥害死了嫂嫂的爹娘吧，是吧？"

沈彩霞瞳孔放大，脸上有显而易见的惊恐："你、你听谁说的？"

"那天嫂嫂和知礼哥的对话我听到了。"

沈彩霞垂下眼睑，不再掩饰万念俱灰的绝望。

"走吧！"许印娜急切地看着她，"你跟我一起走，让冬梅留下，我不需要人伺候。"

沈彩霞摇摇头："妹妹的心意我领了，会记挂一世的。但我不能走。"

"为什么！"她不能理解，"我哥……这个样子——不不！嫂嫂你不能这样！你看在我的分上，不要记他仇。"

沈彩霞牵着嘴角笑了一下："说什么傻话，一日夫妻百日恩，我就算不为自己想，也要为孩子想啊……"她轻抚了一下腹部。

许印娜愣了一下，跳起来："真的吗嫂嫂！天啊！我要当姑姑啦！要当姑姑啦！"

沈彩霞却是平静的："你去外国，不比在家样样有人打理了，人生地不熟，凡事都要小心，照顾好自己。"

"所以嫂嫂，是……真的决定留下来，留在哥哥身边吗？"

沈彩霞没有笑："不然呢？"

华历2162年12月10日上午　9点05分

齐宅。

这一夜所有人都睡得很好，以至于日上三竿齐知礼才起了床。扣衬衫扣子的时候，楼下忽然一片嘈杂。

他简单洗漱了一番下楼，许印泉翘着二郎腿坐在客厅，大概是上次吃了瘪的缘故，这次带了个人高马大的壮汉来："齐伯父，怎么样，想好没有？转让协议一签，你我一手交钱一手交货，赎出知慧的钱马上解决。您这房子也不用押了，安安心心住着不是很好吗。为什么还要自讨苦吃，是不是？"

齐知礼没有和父亲谈起阿姐被绑的真相正是许印泉这只黑手在背后操控，一来当时阿姐下落不明怕父亲气得急火攻心；二来，知道也无益，不过平添烦恼。昨夜本倒可以讲，但大喜之下一时忘了提，这下倒好，王八蛋自己上门来了。

齐树新不知真相，心情着实不坏："不劳你操心，我们齐家的事，齐家人自己会办。"人虽然笃定，见到眼前这人却是不可能有好口气的。

许印泉又碰了个软钉子，焦灼之气蹭蹭地往脑子里窜：中佐为了煤矿的事不止发了一回火了。齐家老头子倒真是看不出，骨头那样硬，啃了这么久都啃不下来，再磨下去，中佐那边怕是真的不能交待了。何况，这种事情要讲时效性的，三浦和渡边已经跑了，万一真的落到华军手上，事情怕是僵得一点转圜之地都没有了。眼下唯有铤而走险的一招……

"如果你再怎么办，我都不放呢？"许印泉把手里的雪茄往茶几上敲了敲。

齐树新听出什么来："你什么意思！"

"我的意思是……知慧在我手上。"

齐树新瞪着他，没有动。这神情落在许印泉眼里便是惊慌失措：

"每三日一张《海城报》，我没说错吧……"

齐树新目眦尽裂，许印泉的上一句他还当他为了转让协议口不择言，听到这一句知道真是这王八蛋下了黑手，当下就要扑上去。

不料儿子更快，操起手边花瓶，就往许印泉头上砸。那保镖眼疾手快，抬臂一挡，花瓶"哐当"一声砸在沙发背上。许印泉躬身躲过，往门口走："知礼兄弟，我劝你冷静一点，外头都是我的人，你们占不了上风。"

齐知礼往外看，果然大门外的福特车旁，站着好几个魁梧的壮汉。

"我是带着诚意来的，底也跟齐伯父交了。桌上的协议一签，伯父……"他伸着食指指了指脚下，"我保证知慧安然无恙地回到这里。"

齐树新气得跌坐在椅子上，胸口剧烈起伏："滚！你给我滚！"

"你没有时间考虑，下午我来拿协议，到时候还没签的话……"他狞笑了一声，转身拔高嗓子，"替齐知慧收尸吧！"

齐树新抓起桌上的烟灰缸，"乓"一声砸在许印泉背上，"这女儿我不要了！你有本事就杀了她！"

许印泉被砸得一个踉跄，勉强站住了，只觉背上有剧烈的疼痛，但心里慌乱更甚，没敢回头："你确定？"快步出了门。

齐知礼抚着齐树新的背："父亲，不要再气了，气坏身子不值得。好在阿姐找到了，许印泉那个王八蛋翻不出什么花样来。"

齐树新却甚是忧心："知礼，你出去要注意一点，我担心这王八蛋绑架知慧不成，算盘会不会打到你头上。"

"不会的，我会当心的。"

"先下手为强，我们不能坐以待毙。"齐树新按着眉头，"得想一想……"

午餐时分。

门房进来送了封信："说是给老爷的。"

齐树新打开一看，一张照片，在华懋饭店楼下拍的，是齐知礼和江雁宁并肩走出大楼的合影。照片背后有一行字：江雁宁，笔名江燕，《租界审查制度三问》著者，扶桑宪兵队搜查对象。齐树新瞪了一眼儿子，将照片交给他。

齐知礼刚摸到照片，电话骤响，握起来听，那头是许印泉的声音："照片收到了吧？我把她交出来你看怎么样？"

齐知礼咬牙切齿："无耻！"

"抬举。"许印泉笑了一声，"你说我雇的人多有眼力见，知道你是我的重点关注对象，看你去见印娜就马上拍了下来呢。旁边这位……江小姐是吧？你打算怎么解决呢。只要齐伯父签了字，我连底片都交给你。不然……窝藏犯人可不是小罪呢。"

齐知礼气得手都发抖，一把将听筒砸回话机上。

父亲说得不错，不能坐以待毙了。

他想起……那封日文信。

华历2162年12月10日下午　12点30分

华懋饭店。

谭为鸣借总机电话给某个房间打了个电话，那头是个女声："您好。"如果是男声，谭为鸣会即刻挂上电话。

"您好，我受齐知礼先生所托，请问现在方便上来拜访吗？"

三分钟后，谭为鸣坐进沈彩霞的房间里，令他没有想到的是，许印娜也在。

"许小姐今晚就要出发了吧，怎么不休息一会儿。"

许印娜瞥他一眼："谭为鸣，许久没见，你这第一句话就是要赶我走啊！"

"不敢。"

沈彩霞一脸平和："谭先生有什么话尽管讲，没什么要瞒印娜妹妹的，她全都知道了。"

"什么？"倒是谭为鸣吓一跳。

许印娜叹了口气："我哥绑架知慧姐的事我已知道了。实在愧对大家。我本想替我哥去向齐伯父道歉，想想还是算了，他恐怕现在也不想见我。"

谭为鸣不置可否。

许印娜回过神来："怎么，你来是要说什么？"

谭为鸣沉默了一下，终于看向沈彩霞："我是想来带沈女士走的。"

姑嫂俩俱是一惊："怎么了？"

"少爷打算向许……印泉……"他斟酌了一下称呼，"摊牌他知道那封信的事。"

沈彩霞显得不安："又发生什么事了吗？"

许印娜的关注点却是："什么信？我怎么不知道！"

谭为鸣犹豫了一下，朝着沈彩霞："发生不太好的事，少爷担心他知道了信的事后会找你麻烦，所以让我先带你走，我们楼下有人接应。"

"我能知道具体是什么事吗？"

"恕我无可奉告，请见谅。"

"我理解。"沈彩霞挤出一点笑，"但我还不打算走。"

"可是沈女士，这信事关重大，我们恐怕不得不与许印泉对峙了。您不走的话，我们实在……"

"谭先生，请您转告齐先生，他想做什么尽可去做。"她说，"我怀孕了，虎毒不食子。"

谭为鸣不知沈彩霞身世，但眼下只看她眼神，已觉一震，犹豫了一下道："那么，您多保重了。"他起身。

许印娜送他到门口："替我向知礼哥道别，还有江小姐，我与她一见如故，可惜，恐怕难有机会再见了。"

谭为鸣有漫长的沉默，但终于说："那倒未必，或者您在船上能遇见江小姐。"

"什么？江小姐也要去欧洲！"

"是。"

"和知礼哥一起吗？"

"不，她一个人。如果方便，还请许小姐适当关照。"

许印娜上下打量谭为鸣，眼里有狐疑："这话为什么要你来说，难道不该知礼哥亲自和我讲吗？"

"这是老爷的安排，少爷恐怕还不知道。"

"那你怎么敢让我知道？"

谭为鸣欠身微微笑："家里电话您知道吧？那就麻烦您了。"他退出门去。

华历2162年12月10日下午　14点10分

齐宅。

许印泉这日第二次登门。别人不晓得，但他自己知道，不能再拖。山本中佐那边步步紧逼，煤矿的股权转让协议能不能签下，不光关系着他的钱包，更关系着他的命。如果一早知道会走到今天这一步，这进退维谷步步惊心的一步，他就不该在那天去赌场，不！一早就不该去赌，不该得陇望蜀欲壑难填。但眼下都太晚了，太晚了。

许印泉仍然坐在上午的那个位置上，一样的趾高气昂肆无忌惮："怎么样，想好了吗，签不签？"

但齐知礼和上午不一样，剧烈愤怒中的某一部分被冷静所取代："你来得不是时候，家父不在。"扶桑军队进军租界后，银行停了三日不曾营业，今天起再度开门，莫说各式商户要去占位置，连平头百姓都在银行门口排起了长龙。齐父这些日子来在银行有诸多业务，除去与商户的资金往来，还有自家工厂与银行的抵押业务，忙得停不下来。

"齐伯父在哪，我不介意亲自去找他。"许印泉从西服口袋里摸出支钢笔，"你瞧，我连笔都给他带上了。"

"不必。这种小事我来解决就可以。"齐知礼在茶几上坐下，与许印泉面对面，长腿交叠，姿势非常随意，"许桑，你好。上回你在信中提到要为我俩共同置业的事，我认为哥谭市不是好选择。夏天的时候，天皇亲自出席御前会议，正式批准了袭击花旗国的行动，而在刚刚结束的会议上，军方已经决定要付诸行动……"不是对话，他是在背诵某样东西！

许印泉的笑容几乎是在刹那间消失的，他一把上前揪住齐知礼领口："哪里来的！"

"什么？"

"别他妈装蒜！问你信是哪里来的！"

"你认为你现在还有资格问这个问题吗？"

许印泉一把推开他："信不信我让你永远见不到齐知慧！"

"不信。"齐知礼理了理领口站起来，居高临下看着坐在沙发上的人，"还没有人告诉你吧，家姐昨夜已经找到了。还有三浦和渡边，你想见一见他们吗？"

许印泉腾地站起来，面色通红，咬牙切齿："齐知礼！你他妈别得意，信不信我们走着瞧！"

齐知礼没动，站着看他："怎么瞧，是要我把信送去给宪兵队瞧吗？你猜，到时候你会不会有事，山本会不会、有没有能力再保你？哦，可能有能力也不会保你吧，毕竟转让协议你都没签成呢。"

许印泉喘着气猛踹茶几，脏话连串地蹦。

齐知礼转身："送客。"

齐知礼坐进书房，有些苦恼：阿姐的事是解决了，江雁宁上内地的事却要再安排安排。若是稍微延几天的话，还来得及接阿姐回来。就怕这边风声越来越紧，届时雁宁不好出去，但若是让她先走，又一路颠簸艰险，实在令人不放心。去了之后，住哪里、怎么进中央大学学习……都是问题，得一一安排才行。

华历2162年12月10日下午　15点05分

华懋饭店。

许印娜不是不犹豫的，真的要掺合进齐家的家事中吗？本来依自己看，作为许印泉的妹妹，她最好不要再出现在齐家的视线里，更别提做惹恼齐老爷子的事了——但谭为鸣拜托了自己，齐知礼与江雁宁的关系，她也看出了十之八九，自己与齐知礼往昔又以朋友相待……

就这么办吧！她拨号过去。

接电话的正是那位朋友，听出她的声音后，力图显得礼貌，但始终还是有难以掩盖的生疏甚至……厌恶。

许印娜已料到等待自己是这种待遇，但真的察觉出对方的态度来，还是失望与委屈，却也晓得无从辩驳。哥哥挣来的好处她领受了不少，相应的，哥哥带来的屈辱，她也不得不领教。

好在，齐知礼还肯维持一点表面的礼貌："印娜。"再也不肯加"妹妹"两个字了。

连寒暄都徒增尴尬，许印娜只得开门见山："江小姐要去欧洲了，你知道吗？"

齐知礼一惊，反问她："你哪里听说的？"

"谭为鸣中午来见嫂嫂时提起。"

"什么！"

"说是齐伯父的意思。"

齐知礼想起昨日凌晨父亲同他谈起江雁宁的事，气氛融洽，他还以为父亲已然默允，却不晓得原来在此处等着他呢！回头再一细想，才琢磨出父亲连半句松口的话都没有说过。

许印娜听那头沉默，就知道他确实蒙在鼓里，眼下是失措了："本是十二号的船，时局变了，今晚十点就要走。"

齐知礼这下是大惊了，电话也来不及说，直冲着门外喊："为鸣！为鸣！"

秀春跑出来："谭先生两个钟头前就出去了。"

"怎么走的。"

"开车子。"

齐知礼一掌拍在桌上，懊恼不已。想起许印娜还在电话那头，拿起听筒："印娜，谢谢你。"

"是我该道歉。"

华历2162年12月10日下午　　16点20分

银河街，江家。

董心兰替女儿整理东西，将家里唯一的行李箱塞得满满当当："出去不比在家里了。吃要吃饱，穿要穿暖。有了什么事……爹娘也帮不上忙了。可得安安心心念书，再不许惹麻烦了。"她说到这里眼眶潮湿，语调都变了，"要是、要是真的待不下去，就回来，啊！家里总有你一口吃的。"

"妈，你看你。"江雁宁伸手替她拭泪，"你女儿上哪没吃的呀，机灵活泼，怕什么，是不是！"

董心兰破涕为笑，指尖在她额头一点："你倒信心十足！"

老太太是已经哭成了个泪人，往昔她待在楼上不肯下来，今天小孙女要走，愣是下了楼，因为生了肺结核的缘故不敢去握孙女的手，只站得远远地哭："啊呀呀，我们小雁宁几时离开老太婆这么久呀！啊呀呀，雁宁你要是三年五载的不回来，恐怕就再也见不上奶奶了。"她捏着手帕边哭边擦眼角。

江雁宁含笑看着她："奶奶你又胡说八道！收音机里说了，外国人造出一种叫盘尼西林的药啦！肺结核马上就能治了，可不许说死啊死的，等我回来您还得给我做好吃的呢！"

江志高站在一旁默默地看着，始终没有说话，直到帮女儿把箱子提出门口，才终于揉了揉江雁宁的脑袋："我要说什么，你都知道的吧！"

江雁宁笑嘻嘻地点着头："知道知道！"

谭为鸣站在车门口："江小姐，要走了。"

江雁宁回头扯着嘴角笑一下："马上。"她握住父母手，"你们保重，女儿不孝，不能陪……"

江志高手一挥："说什么戏文里的胡话，读书人志在四方，放心大胆地去！"

"好！"江雁宁握拳一扬，"那我走了！"笑容灿烂。她一脚跨进车里，弯腰前的那一刻，深深环顾银河街……李奶奶家门关着，本想打个招呼的，算了，走吧……这样想着，毅然钻进车内。

谭为鸣掉了个头，开出银河街，弯弯曲曲地驶上柏油路，车外冬景萧瑟，起了细微的雨声，车内是清冷的沉默，雨声渐大，后座的人忽然呜咽着哭了出来。

华历2162年12月10日下午　16点30分

海城齐氏纺织实业公司。

齐树新刚从花旗银行回来，歇业三天的银行终于开了门，门口排满长队，齐树新起始以为不会太久，没有找人代排，结果竟花了四个小时才进了大门。扶桑方面对提款金额做了限制，只能提取极少一部分用以支付必须的薪金。故此，公司大楼虽然没有被占，运营却也有些勉强。

齐知礼一路上以为自己见到父亲必然极度愤怒，怨他自说自话想要送走江雁宁，但真的见了父亲，看他布满红血丝的眼睛，质问责怪的话又难以出口。

他站在办公桌前看算账的父亲，是意料之外的心平气和："为什么要偷偷送走江雁宁？"

齐树新毫不避讳，头也不抬地打着算盘："你不是不知道，我与你汪伯父一向看好你与汪品蓁，品蓁学识、家境，哪样不胜过小江？何况你与品夫又是朋友，他要是做了你的堂舅子，岂不亲上加亲。"

齐知礼叹气："我与汪品蓁只见过寥寥数面罢了。"

"但两家知根知底。"

"哪来什么知根知底，您多了解汪品蓁，知道她性格好坏脾气大小吗？父亲，拉倒吧，你我都不了解那位汪小姐。"他说到这里，拉了椅子坐下来，"何况，您觉得咱们家现在这种境况，人家还肯跟你知根知底吗？"

齐树新狠狠剜了他一眼。

"父亲，昨日你要问的话也问过了，我郑重地讲，是不会离开江雁宁的。至于汪品蓁，您想过没有，如果她不信'父母之命'这一套，那怎么办。您要绑，也只能绑我，奈何不了人家的姑娘。"

齐树新从卷宗中抬起头来看他，用一种近乎审视的眼光："知礼，我不认为送小江去盎格鲁是坏事，照她现在的境况，要是往内地去，火车怕是不能坐了，水路汽车一路颠簸，安全尚且不说，也不知几时才能到渝州。去盎格鲁就不一样了，轮船直达港口，届时有人接应。那边几个大学也是一流……"

"父亲，您知道我想谈的不是这个。"

"我要说的都说了。"

"我不知道您为什么不喜欢她。"

"我没有不喜欢她。但是知礼，凡事需得三思而后行，我怎么看你，都觉得你是冲昏头脑。等小江回来，你要是还这样想，我保证没有二话。"

"我不可能让她一个人漂洋过海，这两年盎格鲁都已经凭票供应粮食，留学生骤减，去那里哪有好日子过？"

齐树新冷笑一声："好日子？知礼你在想什么，全世界都打起来了，哪里还有好日子！"

"所以我更不能让她一个人去！父亲，如果你非送雁宁去盎格鲁不可……"他站起来，缓慢而坚定地说，"我会一起去。"

齐树新放下手里的笔，仰身靠在椅背上："你不会。船票早已售空。"

"那我就带她去渝州！"

齐树新没什么耐心了："我讲得不够清楚吗！辗转几个月去渝州

对她来说不是好选择。"

齐知礼一时无言，站在书桌前盯着父亲，良久终于说："父亲，您知道我一向敬重您，但有些话我还是要说。"

齐树新抱胸看着他，一言不发。

"您还记得迟常轩吗？"

齐树新移开视线。

"宗山二十五年，阿姐北上认识迟常轩，隔年，迟常轩登门。您本是中意他的，可惜，忽然发现他是前朝族人，'前朝余孽'嘛，说什么都不同意。阿姐不像我，不肯忤逆您，后来怎么样？"齐知礼红着眼眶，"那年九月份，迟常轩跟着阎司令，死在山西战场。"

齐树新没有说话。

"想想阿姐到现在还是一个人，父亲，你不会觉得那些毫无缘由的偏见根本是没意义的吗？它并不会让我们活得更好。"

齐树新看着他："我没有说不同意你和小江，只不过我不赞同冲动之下的决定。"

"是吗？"

齐树新站起来走到窗口，从西伯利亚吹来的大风拍动窗棂，像一只无形而巨大的手。正如对风的逆来顺受一般，普通民众对待时局，也是相似的无可奈何。每一个人都无法全然地掌控人生，能切实自我决定的，也不过是眼前所正存在着的情义。对父母的、子女的、友人的，自然，也该包括对爱人的……齐树新回头看了儿子一眼："她应该快到汉口路的宅子了，要去哪里……随便你吧。"

华历2162年12月10日下午　17点00分

汉口路宅子。

和许印泉摊牌之后，那个扶桑女人和她的孩子已被送了出去，她走之前被允许和三浦通了个电话，三浦得罪中佐的事，如今她是再清楚不过了，故此连日所发生的事，必然是不敢对外声张的。另有一点令所有人没想到的是，那女人其实不是三浦的太太，三浦妻子在扶桑一直被那位山本中佐所监视，山本以为扼住了三浦弱点，才敢将见不得人的事交给他做，却没有料到三浦是只狡兔，早建了新窟。

齐知礼到的时候，江雁宁坐在沙发里捧着杯子喝水，身上还穿着秀春那件花大衣，为了掩人耳目，她坐谭为鸣的车到了城外后，是被赵铁柱以外地亲戚之名接进来的。父母亲早已同她讲过昨夜谭为鸣的话，齐老爷子的意思她不可能不懂，故此在此处见了齐知礼，显然一愣："你怎么来了？"

齐知礼来时路上内心焦灼，催着脚夫一路狂奔，及至眼下见了江雁宁，焦虑才层层褪去，但火气却还有一点："傻不傻，人家说什么你都听啊，叫你去哪你就去哪？"

"可那是你爹啊……"

齐知礼都给气笑了："都孝顺起我爹来了，可你爹娘说的话你也没听啊！"

"哪有！"

"要不要我说？那天……你妈叫你跟着李奶奶去医院你怎么不听？叫你少管闲事你怎么不听？我叫你去渝州等我你也不听。好嘛，我爹托为鸣带两句话，你倒好，跑得比谁都快！"他瞪着江雁宁，气呼呼的。

江雁宁抬头看着他，无可奈何地叹了口气，伸出食指去戳他因为生气微微鼓出来的脸颊："你是小朋友吗？"

齐知礼还是瞪着她："你孝顺公公也不是这种孝顺法嘛。"

江雁宁放下手里的杯子，嘴角抖了一下："你说什么？再说一遍！"

齐知礼抿嘴忍住笑："下一遍等以后再说以后再说……"他正色起来，拉她手，"走吧。"

"去、去哪里？"

"我家。"

"啊？"

"不去盎格鲁了，今晚跟我回去正式见一见我父亲，然后我会尽快找车送你去内地。"

"不去盎格鲁吗……伯父……"

"他同意了。等接了阿姐回来，我很快会去找你。"他把赵铁柱喊进来，"替江小姐拿一下行李。"

这行程变得也有些太快了吧？江雁宁"喂"了几声，得到的回应只是手被牵得更紧。一路被齐知礼拖到路边，赵铁柱替他们叫了两辆黄包车，刚把江雁宁的行李箱放上去，对面蹭蹭蹭地跑来三五个扶桑宪兵，直往他们面前冲。齐知礼和赵铁柱俱是一惊，江雁宁还没反应过来，赵铁柱一把把她扶上车："家里的事不要担心，哥哥不能一直照顾你，你要……"宪兵小跑过身侧，骤然拐进宅子。

赵铁柱把钱往车夫手里一塞："快走吧，天黑了。"车夫即刻疾步往前跑。

一切只在片刻间，江雁宁方才还在想赵铁柱为什么要装自己哥哥，须臾间已经反应过来！陈庆桓被捕了，宅子暴露，方才那些人恐怕就是来找她和钱伯伯的！江雁宁只觉得一股寒意从脚底泛上来，周身汗毛林立。

华历2162年12月10日下午　17点50分

齐宅。

"恐怕我要收回说去渝州的话了。"齐知礼与江雁宁相对而坐，食指快速地敲着桌面，"外面应该已经在找你，我们没有时间再等去内地的车了，现在天也黑了，哨卡那边会查得很严。去盎格鲁，十点的轮船，两个半小时之后，我送你走。只要能安全上船，就万事大吉了。"

"那你呢？"

齐知礼摇摇头，眼里是疲惫和无奈："恐怕要等一阵子了，今夜的票早已抢光。"

江雁宁愣愣地看着他，刚才听他说不用出国，还很是开心了一下，以为不久就能再见，可眨眼间，形势急转直下。不管哪国的轮船，都已叫扶桑人扣下，今夜走的这一艘，恐怕是未来很长时间内仅有的班次。这一分别，真是不知猴年马月才能相见了。

门外忽然有汽车停下的声音，屋子大门被用力推开，齐知礼一颗心悬到喉咙口，看清来人才放下心来——是父亲和谭为鸣。

齐树新疾步进屋，指着儿子语速极快："知礼，没有时间让小江去渝州了，今晚，马上走！马上走！"

"是！我已和雁宁商量过，等下我就送她走。"

"很好——你跟我上来。"

书房里，齐树新深深地叹了口气："你这哪是桃花运啊，桃花劫啊！"

"父亲，您还有心思开玩笑。"齐知礼苦笑。

"那不然呢，怎么办，让你把她交出去？"

"我知道您不会。"

齐树新在脸上抹了一把："汉口路的房子，用的虽然不是我们的名义，但倘若扶桑人要查，很快……"他摇了摇头，"所以，知礼……"

"嗯？"

"要去渝州的是你。"齐知礼神色一凛，齐树新继续说，"去接你姐，跟她一起去渝州。一旦扶桑人查到我们身上，不是闹着玩的。"

齐知礼胆战心惊，他知道父亲说得没错："那您呢？"

"我手上的事情了结之后，也会过来。公司做不下去了，欠账勉强能平，但几个外国银行八号以后已经基本取不出钱，花旗币流通也停了，我们在花旗银行的钱恐怕要打水漂了。"

屋里一阵静默。

楼下，门房进来："谭先生，外面有位小姐找您。"

谭为鸣出去，看见许印娜坐在黄包车上，见他出来，起身上前："江小姐已经接来了？"

"是，正在屋里。许小姐要见一见吗？进屋喝口茶。"

"不了，齐伯父与知礼哥应该都不会想见我。"她苦笑了一声。

谭为鸣忍不住说："我家大小姐已经找到了，您知道吗？"

许印娜眼神有刹那光彩，吁出一口气，由衷说："太好了。知慧姐没事我就放心了，哥哥总算没有造大孽——对了，欧洲……知礼哥一起去吗？"

谭为鸣摇摇头："船票早已售空了，老爷托了不少关系，才好不容易拿到一张送江小姐走。"

"知礼哥肯定不好受吧？"

谭为鸣叹气："有什么办法呢。"

许印娜打开提包，递出一张票子："这是一张二等舱，如果知礼哥决定去的话，请他将就一下吧。"

谭为鸣没有接，这有点出乎他的意料："你不走？"

"当然走。这是小菊——我丫鬟的票子。"

"那你……"

她笑了一下："都要去外国了，难道还当什么小姐吗？"

谭为鸣还要再说什么，她转身摆了摆手，坐回等在一旁的黄包车上："走吧。"

桌上是许印娜送来的那张票。

齐知礼盯着看了一会儿，对谭为鸣说："送回去给印娜吧，她当惯了大小姐，没有丫鬟怎么行。"

莫说谭为鸣，连齐树新都愣了一下："怎么，不走了？这不是你梦寐以求的东西吗？"

"不走了。"如果这票早到十分钟，他或者也就欢天喜地收下了，但方才父亲说工厂已经难以为继，资金又被冻结，这等情况，怎么好只图情情爱爱，让父亲独自扛下艰难，扛下上千工人的生计？

"是想留下来帮我？"知子莫若父。

齐知礼挤了个笑，没有说话。

"走吧。"两个小时前，他站在公司窗前，听儿子提起宗山二十六年那件事的时候，就想通了。人生苦短，时局极坏，他能护住的东西太有限。工厂、工人、煤矿，都是拼了命在护，唯有一双儿女……知慧为了煤矿被绑，吃尽苦头；知礼不过是要爱一个姑娘……

齐知礼愣了一下，齐树新转身进屋，招呼儿子："你进来。"他自保险柜中拿出五个金锭，还有一张存折，"黄金你带上，必要时候可以应急。存折是我存在香岛花旗银行的，趁着香岛目前还安全，船到九龙的时候你把钱全取出来，都是花旗币，带去盎格鲁应该不成问题，够三两年用度的。还有，雁宁的护照我已经托你大伯办了，届时你去找花旗银行的李修志。"

"父亲……"千言万语，此刻却都说不出来了。

齐树新拍拍他肩膀："父子之间，就不要多说什么了。你要说的我懂，我想讲的，你应该也清楚。"

齐知礼含笑用力点点头。

"还有一件事，你要马上办。"

"嗯？"

"你和小江去外国，独身身份多有不便，打个电话给她父母，把婚事定下来吧。"

这样的速度，连齐知礼都吓一跳："现、现在吗？"

"不然呢。"

齐知礼愣了一下，随即高兴得跳起来，跑到走廊上喊："为鸣！为鸣！快替我去买订婚纸！"复又跑进屋里，想笑，眼眶却已经湿了，"父亲！"

齐树新拍拍他肩膀，笑道："这可不是自说自话的事情，快去找小江谈一谈。"

江雁宁洗过了澡，在床沿上坐着，顺手翻一本《古文观止》。齐知礼敲了门进来，她露出意料之中的微笑，但设若细看，神情中却泄出一点紧张。

齐知礼站着，伸手抚她发丝："看书？"

"嗯。"她合上书页，"你家好多藏书……"仰起头说，"羡慕。"

齐知礼没有应，慢慢蹲下身子，把手轻轻覆在江雁宁膝盖上，仰着头看她："今晚我能和你一起走吗？"

江雁宁身子往前倾："当然。怎么，弄到票子了？"脸上有欢喜。

"是。印娜送来的。雁宁……"他半跪着身子，"我们订婚，你看好不好？"

江雁宁方才听他喊为鸣去买订婚纸，就有一些预感，但真的听他说出来，还是觉得震颤："我……"顿了许久，仍说不出话来。

齐知礼含着笑，下巴搁在她膝上，长久地看她："雁宁，十天以前，我还没有想过'一生'这样的问题，但是这十天来，我把余下的一生都计划好了……"

真实感渐渐复苏，江雁宁忽然觉得心安："你计划了什么？"

"我说谎了。"齐知礼趴下来，伏在她腿上，轻声嘟哝了一下。

江雁宁一下下地拍着他的肩："什么谎？"安定感生了根，她毫

不忧心——知礼是值得信赖的人，

齐知礼去抓那拍他肩的手："其实我还没有完全计划好，细节要等你商议。"

有一瞬间的沉默。

然后江雁宁忍不住笑起来："好。"

齐知礼把她手拉到面前，贴在脸上："怕不怕？"

"你问什么？"

"问……"

"别问了，什么都不怕。"

华历2162年12月10日晚　18点50分

银河街，街头裁缝铺。

整条街唯一的电话机前，江志高和董心兰面面相觑，这个消息实在来得突然了些。

对方叫他们"伯父伯母"，自报姓名之后，胆大包天地说"请允许我和雁宁订婚"，二十四小时之前，这人还坐在江家屋子里，趁着雁宁上楼，谨慎恭敬地说"请允许我和雁宁交往"，这样的进度，也着实有点吓到江家夫妇了。

江志高忍不住说："怎么这样急？"

"我打算与雁宁一同前往盎格鲁。"

"令尊不是……"

"家父在此，想与您通话。"

那是江志高第一次与这个他听说了几十年的海城纺织大亨说话，

对方并没有居高临下的腔调："做父母的，不就是盼着子女快快乐乐地生活嘛。"不讲他由反对到允许的缘由，只说这一句，但已有足够说服力。

又说："兹事体大，本该提早上门拜访，但事出突然，难免疏漏，我替犬子告罪，聘礼近日择日会送到府上。等两个孩子日后大婚之时，一定办得风风光光。"最后说，"往后要与亲家常来常往。"毕竟商人，嘴上客气，实际早已样样计划好，全没给人商榷余地，好在江家夫妇也没什么异议：齐父这一番话，全无疏漏。更紧要的是：齐知礼这孩子品行如何，是一早看得出的。

只是……还真有点不愿意承认，小小的，不过一臂之长的孩子，样样需要父母亲亲力亲为照顾的孩子，如今已经大到足以振翅高飞，大到可以完全开始自己的人生——不论怎样努力，酸甜苦辣都会俱全的人生。

华历2162年12月10日晚　20点30分

汪公馆。

汪品夫望着提着行李箱的两人，倒也没有料想中那样的出乎意料："你们一起走？"

齐知礼笑起来："是。"他自行李箱夹层中取出两张纸，摊开来看，赫然是一双订婚证书。

汪品夫接过来看，纸上赫然写着二人生辰八字，及"指山海以为盟百年好合，撷芙蓉以为珮双笑谐欢"的誓词，倒没有什么新奇之处，订婚证书都是相似模板，但看着还是笑出来，由衷说："恭喜。

知礼你好福气，雁宁——不对，该叫弟妹了。"

江雁宁捂住脸："汪老师您可别这样，我都羞死了。"

齐知礼侧着头看她笑，忍俊不禁："你可得习惯习惯了。"他自胸袋中摸出钢笔递给汪品夫，"也别研什么墨了，这里……"他指着"证明人"一栏，"你得给我签个字。"

"伯父不是已经签了吗。"

"雁宁父母没有赶得及来，一日为师终身为父，你当回干爹……"

汪品夫大笑："这要说起来，可不光是给江雁宁当干爹了，还得给你……"

齐知礼扑上去捂住他嘴："你快别说了！给我签！签完还是你弟妹！"

几个人笑成一团，好容易才敛住，彼此间心意是心照不宣的。

汪品夫说："是去哪个国家？"

"盎格鲁。怕是日子也不好过。"

"熬一熬吧，总能战胜法西斯的。不过……短期内是不回来了吧？"

"我想也是……"齐知礼几不可闻地叹了口气，"所以走之前得来和你辞行。"

汪品夫笑："要是你晚来两天，恐怕上门辞行的就是我了。"

这倒是齐知礼绝没想到的："你要去哪里？"

"打算和苏碧宁一起去李庄，同济学堂正缺数学讲师。"

"苏碧宁……"齐知礼哑摸了一下，觉得这名字有些耳熟。

"就是给你送知慧姐行李箱那位小姐——对了，知慧姐怎么样了？"

"托福，昨夜刚刚让我堂兄找到了，在医院养着，没什么大碍。你和伯父真是出力不少。"

汪品夫大舒一口气："真太好了！我一直记挂……"

齐知礼拍他肩："先不说这个，我实在好奇，你和苏小姐几时熟到这个地步了？"

"……"

华历2162年12月10日晚　21点20分

码头。

冬日九点半的海城，还称得上热闹的地方不会太多，但这里便算一处。

一艘庞然大物停在港口，借着码头边树立的灯杆，老远，江雁宁就细细打量它了，活了二十年，这还是第一回看见真的邮轮呢。

她有点激动，但更多的是忧心："知礼，等下那儿会不会有扶桑宪兵查人啊？"

这一点也正是齐知礼所担心的，只是这忧虑却不能露出来，他把大衣裹了裹，感觉到几个金锭压上来的触感，一旦有什么突发事件，如果这些东西第一时间出手，或者还有些渺小的希望。但更好的办法是，不去让他们注意少爷身旁一无特色的丫鬟。

所以，江雁宁正拖着两个箱子低头哼哧哼哧地跟在齐知礼身后。

齐知礼头也不回地催她："快点。"行李箱轮子滚动的声音让齐知礼确定她就在身后，丫鬟就要有丫鬟的样子，这样冷的天里，一个丫鬟应该是双手通红额角却冒着细汗的——只有毫无破绽才能万无一失。

江雁宁明知缘由却还是气哼哼地小声嘟囔："你拎试试看啊！"

哪知前面的人头也没回："干活就干活，不要多嘴。"

"……"你给我等着！

华历2162年12月10日晚　21点40分

华懋饭店。

桌上是几支俄国餐厅带回来的伏特加，空了的两瓶歪歪斜斜地横在桌上，许印泉仰面躺在椅子里，眼神呆滞。

沈彩霞从卧房里出来，没有穿鞋，脚上是一双棉袜。她走到许印泉身边去扶他，声音是一贯的温柔："印泉、印泉，不要再喝了，进屋去睡吧，啊？"

许印泉一把掸开她的手，目眦尽裂："是不是你把信给齐知礼的！"

沈彩霞没有说话，直直地盯着他："我不知道什么信！再说，你连一双鞋都没给我留，我怎么通风报信？"

许印泉一把扼住她喉咙："齐知礼来过，不要以为我不知道！"

沈彩霞眼眶通红，眼里有一种带着浓烈哀伤的恨，大口喘着气竭力道："那夜是你放的火，你以为我不知道吗！"

许印泉愣了一下，手上的劲徒然松了。

沈彩霞挣开来，抚着胸口剧烈地咳嗽。

许印泉在咳嗽声中回过神来，喝道："荒谬！你哪听来的？胡说八道！"

　　沈彩霞喘着气坐到许印泉对面，昂着头睨他，嘴角因为心绪剧烈的起伏而抖动着："是！是我拿了那封信，是我把信给了齐知礼，那又怎么样呢！你害死我爹娘，我干的这点事，连报复都算不上！"

　　许印泉拍案而起，猛地抬手，掌心几乎就要拍到沈彩霞脸上的时候生生顿住，愤然地扭过头去。

　　沈彩霞一动不动，连躲都不曾躲："你抽屉里有我家地契，怎么解释？"

　　许印泉脸色都变了，沉默僵持了很久，终于软了姿态："彩霞，你知道我是真心爱你……"近乎是求饶了。

　　沈彩霞眼里蓄满液体，一眼不眨地盯着他，死死地盯着他。

　　许印泉起身去揽沈彩霞肩："彩霞，我爱你……"

　　沈彩霞任由他那么抱着，良久，终于抬起头："我知道。"眼里的恨和怨都褪了，又是平常的模样，垂着的手颤抖了许久，到底回应般抱住许印泉的腰："印泉啊，有件事我要和你讲。"

　　许印泉僵了一下，小心翼翼问："什么事？"

　　"来海城前，我去过医院，我们有了孩子了。"

　　许印泉愣了一下，转而巨大的喜悦侵吞了他："真的吗！太好了彩霞，太好了彩霞……"他抚着沈彩霞的背，脸上现出绝少见的发自内心的喜悦。

　　沈彩霞站起来，柔声道："我去开瓶葡萄酒，我们庆祝一下吧。"

　　"不不，你现在可不能喝酒了。"

　　"那喝杯果汁吧，我去倒。"

"我去吧。"

沈彩霞在他手臂上拍了一下："你喝多了，坐一会儿吧。"

窗帘还没来得及拉上，屋外是席卷一切的暗，两人坐着对饮。

许印泉说："彩霞，这伏特加酒劲太大，我好像喝太多了……但我心里可真是高兴啊！我好久没有这么高兴过了。"

沈彩霞隔着桌子去摸他手，眼前有叠影，她抓了好几下才抓住："印泉啊，你知不知道我有多爱你……我原本爱你爱到命都可以不要……印泉、印泉，你让我再多看你一眼……"沈彩霞在剧烈的腹痛中模模糊糊地看见对面的人嘴角渗出暗红的血液。

她知道完了，一切都完了，在她爱上许印泉……不不，应该更早，在那个大火的夜里，今日这一刻就已被注定。

华历2162年12月10日晚　22点30分

"图卢兹"号邮轮。

船舰划开水面，陆地一点点后退，邮轮上的每一个人，都清楚地知道这一次离开的意味。故此即便寒风刺骨，仍有人站在甲板上眺望来时的方向。

江雁宁的丫鬟装扮助她顺利躲过检查登船，眼下，她正和齐知礼并肩在甲板站着，看夜色中海城的灯火一点点黯淡消逝，甚至有一瞬间，彼此都疑心眼下这一切只是个梦境。

三个小时前，他们还在灯火温馨的家里双双给齐父敬茶，电话那头江父江母喜极而泣的声音还如在耳畔，甚至出门前齐父烫热的绍兴花雕也仍在口腔残留着一点余味。但此刻，目之所及的是在月光下泛着亮光翻滚的波浪，是起伏不定的邮船，是头顶点点星光；耳中所闻是凄冷的风声、湍急的水声、喧哗的人声……一切都全然变了样了，而这变样，只是个开端。

齐知礼喟叹："可惜打给阿姐的电话没接通。"

"不要紧，到下一个码头可以再打。"江雁宁说完仰头去看漫天繁星。

"你呢，一定也很遗憾订婚的时候，却没有一个家人在身旁吧？"齐知礼悄悄地去牵她手，"我有责任，是我没有早点……"

江雁宁拽着齐知礼的手贴到他面前，笑眯眯地看他："傻不傻，怎么没有家人在身旁，你就是啊……"

齐知礼由衷笑出来，把她搂紧怀里，侧了个身，挡在风吹来的方向。

江雁宁在他怀里嘟哝了一声："要不然你先放开我？我还想再看会儿星星。"

齐知礼把她试图探出来的头轻轻拍回去，忍笑道："你急什么，往后八十年我都能陪你看星星。"

"你才急什么，往后你能抱我八十年。"

是。往后，诗和远方都不是虚妄，万千星辰皆能依偎同赏，世间五味尽可毕生共享。

（全文完）

266

番外 ＿

（一）

"所以奶奶其实没有拿到大同大学的毕业证吗？"年轻男人吃了一惊，随即失笑，"她一直说她是大同理学院毕业的高才生。"

"伊骗侬。"老先生笑容恣意，仿佛很为太太的谎言得意，"伊是剑桥数学系毕业的。第二年开春，我们抵达目的地……"老先生陷入回忆里——

剑桥镇的一处民居，砖墙、屋顶有高耸的烟囱，是典型的当地建筑，窗户向外敞着，七月的天气，到了傍晚也不过十五摄氏度上下，窗外那条徐志摩甘心做水草的剑河里，有船夫撑着长蒿漾起阵阵涟漪。

石板砖上，一个穿着A字裙的黑发姑娘一路小跑，及膝、束腰、西装领让她看起来非常时髦而且青春洋溢。当地自上年六月份推行凭票供给制度起，莫说买漂亮衣物，就是普通新衣也变成了一种奢侈品。江雁宁来了近半年，添过三次衣服，齐知礼却从未置过新衣，江雁宁提起时，他总说自己在国内定制的衣服都是质料手工最上乘的，款式也还算新，没有必要再特地去买。

事实上因为当时走得太匆忙，齐父与古董商的债尚未了清，局势又紧张，他带出来的钱并不十分宽裕。

江雁宁进门的时候，齐知礼正把一盘菜端到桌上，甚是高兴："看看今天吃什么！"

他的未婚妻就凑过头来，眼里闪着垂涎的光："哇！狮子头！哪来的？"连肉都是稀奇货，别说家乡特色的狮子头了。

她的先生笑眯眯："你猜。"

江雁宁狐疑地看着他，终于找到蛛丝马迹，他的手背上还有没来得及洗去的面粉痕迹，她惊喜得跳起来抱住他："哇！你都会自己做狮子头啦！我们知礼怎么那么棒！"

齐知礼啼笑皆非，举着一双残留油渍的手，用肘部轻拍了一下他的太太："我身上油腻腻的，别弄脏你衣服。"

江雁宁靠在他胸前抬头和他对视一眼，手伸到他腰后解了围裙一把扯开："不脏不脏，我们知礼香香的，哪里脏！"她埋着头搂腰的手收得更紧了点。

齐知礼不解地举着手臂闻了闻自己，厨房待了那么久，连肥皂味都让油烟熏得一干二净："哪里香？"

江雁宁靠在他怀里没有抬头："你是不是还炖了鱼汤，你身上都是鱼肉香。"

两人坐在窗边，就着傍晚微凉的夜风吃饭。

齐知礼给未婚妻舀了一碗她爱喝的鱼汤，顺便问："学习还跟得上吗？"她四月去上了预科班，他则要等到十月才开学，于是全包了家务，还学会了做一点简单的菜色，没有人教，都是自己摸索，连今日的狮子头都是无师自通。

说到念书的话题，江雁宁有点气馁："题我是会做，但我英语说不好，老师授课的速度也有点跟不上。"

"Take the initiative to communicate with your classmates, learn to speak.你要多讲，积极去和同学们交流，英语要靠说的。"

"但我说起来太磕磕碰碰了，总觉得很尴尬呀。"

齐知礼看着她，脸色沉着："Speak English to me."

江雁宁挤着眉头嘟嘴，试图卖萌躲过这突如其来的英语测验。

齐知礼放下筷子，坐直了看对面的人。夕阳的光打在他脸色，这个曾经的富家小少爷脸上稚气已然退却，食指早沾了阳春水，却开始露出一种早先所没有的气势，镇定与沉稳也逐渐成了型，是个好看的令人心安的男子汉了。

"I love you."

"……"

"I love you."

"Me too."

（二）

时隔七年后，战事虽已平歇，但当地仍然执行着战时管理制度。

自抗战胜利之后，江雁宁与齐知礼便归心似箭，但读书又不能半途而废，一直拖了三年，眼见着这一年便可拿下博士学位，二人都甚是欢喜期待。

但比学位证书先收到的是一封国内的电报。

江家奶奶肺结核不治，已与世长辞。

江雁宁收到电报的那一刻愣住了，须臾后意识回笼，骤然号啕，哭得山崩地裂，满脸潮湿，站都站不住，瘫倒在地。

齐知礼蹲在她身前，眼眶潮红，伸手去搂她，紧紧按在怀中："我在，我在……"叠声地说。他不知如何安慰江雁宁，只觉得她哭得自己心都被拧成一团。

也不知多久江雁宁才安静下来，她消耗了太多气力，靠在墙上迷迷糊糊睡了过去，半梦半醒间，有人将她打横抱起来，她醒转过来，眼前是齐知礼的脸。江雁宁扭了扭头，把满是泪痕的脸埋进齐知礼胸前。

齐知礼将她放到床上，掖好被子，拧了热毛巾来替她擦脸："睡会儿吧，晚饭好了叫你。"

江雁宁拉住他。

"怎么了？"

她不说话。

齐知礼在床沿坐下来："好，我不走。"他隔着被子拍了拍江雁宁肩膀，"你睡会儿。"

江雁宁看着他，眼眶潮红，伸出手去握他："知礼，你不会离开我吧？"

"当然不会。"

"那等老了我先死好不好？"

齐知礼啼笑皆非："说什么胡话。"

江雁宁坐起来，在长久的沉默中捏着他的手指一根根摩挲："我太难受了。"她说，声音里带着哭腔。

齐知礼反手握住她掌心，余下的一只手抚她脸颊："我知道我知道……生而为人，难免别离……"他说不下去，总觉这安慰太过肤浅。

江雁宁抬着头看他，泫然道："所以知礼，你容我自私一点，将来老了让我先死好不好？"她眼泪喷涌而出，"我不能想象没有你的日子。"

齐知礼只觉喉咙口一阵干涩，强忍而下换了一副不满的神色："难道我就能吗？"

江雁宁破涕而笑："烦劳你辛苦一些，活得长长久久，带满堂子孙祭奠我。"

话还没说完，被齐知礼一把按进被窝："少胡说八道，快睡会儿。"

老先生笑了一声，似恼似怨，亦似无奈："怀信啊，原来你奶奶大半个世纪前就算计我了。"

"啊？"

"没什么，改日叫上你哥哥姐姐一起去看她吧。"

（三）

订婚八年后的某个融融春日。

齐宅已许久没有这样热闹了，门口悬着硕大红灯笼，窗户贴着鲜艳的喜字，一众老友纷纷登门贺喜，齐树新与齐知慧来来回回忙个不停。

福特轿车里，新郎双手握了又松，松了又握，深呼吸第一百零八次的时候，旁边的人看不下去了："你还能不能控制一下情绪了？"

齐知礼侧头看他："汪教授，你现在嘴上倒是厉害了，是谁当年结婚的时候据说失眠大半夜第二天早上差点睡过头？"

汪品夫瞪着谭为鸣，驾驶座上的人仿佛感受到后座的杀气，连连解释："不是我说的啊！不是我！"他说到这里忍不住笑出来，"这种大家都知道的事情根本轮不上我讲。"

汪品夫扶额："我们还是说些别的吧。"

齐知礼道："我没能参加你和苏小姐的婚礼真是抱歉，遗憾得很。"

"不要紧，早就说好，亦修认你和江雁宁做寄爷寄娘。还有……"

"嗯？"

"别苏小姐苏小姐的，该叫嫂子了。"

"是是。"

汽车驶到银河街，谭为鸣正要下车，新郎官忽然喝一声："慢！"

车上两人纷纷侧头看他。

"先让我再深呼吸一口。"

"……"

一众老街坊是早就翘首以盼了，见车子一停，哗啦啦地迎上来。

上回银河街住户围着看这人，还是八年前的冬天，彼时他要收街，瞧着真是纨绔子弟面目可憎；这回接了喜糖喜糕再看，哗，小伙子真是英俊倜傥，少见的神气。

鞭炮噼里啪啦地响起来，江凤平迎上来与妹夫握手，上上下下打量他，看得由衷地笑：妹妹眼光竟然这样好！他把人让进去："里面请。"

齐知礼一生未曾这样紧张，江先生与董女士此刻成了泰山泰水，江小姐也要成为自己的太太了。他光是这样想着，便要笑出来。

　　但笑容有一刹那定格，因为推开闺房，发现新娘竟然是凤冠霞帔，他低头打量了一下自己的西服："我们俩……"生生顿住。

　　江雁宁接上后半句："不太配啊！"被董心兰一把拍在嘴上："呸呸呸！"

　　齐知礼有点懵："不是说穿婚纱吗？"

　　"街坊们才不要看外国新娘。"她站起来，"怎么样，好看吗？"意图转一圈，却踩到裙摆，生生往前扑去。

　　齐知礼上前一步急急抱住她，董心兰撇开视线，默默往门口走去。

　　齐知礼压低声音在太太耳畔嗔了一句："你这也太急吼吼了吧。"

　　董心兰干咳一声："知礼，你换一下衣服吧。"她掩上门。

　　江家屋里喜酒席摆得满满当当，齐知礼穿着那一身鲜艳的状元服一桌桌地敬酒，敬到最后一桌，忽然有人拉住他，对方有些眼熟，但齐知礼一时想不起来。

　　那人伸手拍他臂膀，嘻嘻哈哈："那次小雁宁是骗我的吧？"

　　齐知礼有点摸不着头脑："啊？"转而想起了面前的人：那个在厂里挟持自己的人，王七贵！

　　时过境迁，他只觉啼笑皆非，挑了一下眉："您吃好喝好。"

　　福特轿车驶回齐宅，又是一阵鞭炮齐鸣。

　　观礼宾客等着瞧新娘已等了许久，这会儿见她下车，哗，视线齐刷刷聚上来，看得最仔细的莫过于大姑子齐知慧了，看了还不算，还要递眼神给自家兄弟，挑眉间笑意难藏。

红毯是早就铺好了，二人穿了喜庆的中国红拜了天地，礼便成了。稍后新婚夫妇换了轻便的礼服出来敬酒，也算是个中西合璧的仪式，热热闹闹自然不必去讲。

洞房花烛夜？有人说春宵一刻值千金，也有人讲，新婚夜是用来数礼金的。但江雁宁边摘头饰边发表见解："太累了太累了，我再也不结第二次了。"

齐知礼解纽扣的手一顿，嘴角抽了一下："你说什么？"

"我说'再也不想结第二次了'。"

"这是新婚夜该说的话吗？"

江雁宁的头发早已长长，这会儿披散着，显得格外沉静温柔，倒是很配这明月高悬的夜。她往前走了两步，搂住齐知礼的腰："我说，这辈子只结这一次。"

齐先生扬着头哼了一声："这还差不多——那你说，我们是不是，应该，嗯？"

"应该应该！"江雁宁放开他，一把扑往书桌旁，"应该赶紧数钱！"

"……"

楼下还在热闹着，秀春黄管家正在整理屋子，齐树新与齐知慧正在理账，新娘的哥哥与新郎的堂兄正在把酒话当年……

"这么说来，一直到你们结婚，奶奶才正式见到姑婆吗，您也是那回第一次见舅公？"年轻人问出我也好奇的问题。

"可不是。本来我与你奶奶打算在家乡留得更久一些的，但接了HK的教职，婚后住了两天便坐船赶往HK。"

"那其实您跟舅公，奶奶跟姑婆也不是太熟悉嘛。"

"傻孩子。"老先生笑起来，"爱人的家人就是自己的家人，情谊深浅哪是以时间来衡量的。那年你大伯出生，姑婆怕佣人照料不好你奶奶，飞来HK，也不过才见第二面，但彼此都是真心相待。你舅公也是，对你母亲兄妹三人视如己出——你还记得伊俩长啥样子哇？"

年轻男人陷入思索："舅公微微有些印象，高而慈祥；姑婆就想不起来了——但我记得我十岁的时候，她托人送过手表给我。"

老先生笑起来："是，阿姐最爱送人手表，因为她自己喜欢。"他抿一口茶，笑意渐渐退却，"那是千禧年吧，个辰光阿姐已经搬到檀香山要靠轮椅才可以出门了，吾打电话畀伊，伊讲，本来手表要等你成年才送，但伊话自己熬不过么多年，趁早送也算了了心愿，吾还叫伊不要讲胡话，结果……"他眼神都黯下来。

年轻男人看见祖父的表情，笑着嚷起来："果然如此，怪不得那个手表我母亲一直替我保管到成年才转交给我。"

老先生笑了一下："个么，侬欢喜哇？"

"当然！"他伸出手来，衬衣袖口轻轻往上捋了捋，赫然是一只精致的百达翡丽，"姑婆眼光再好没有！"

（四）

上个世纪末，一个春日，檀香山。

齐知慧叫来女儿，递过去一份文件："盼之，资料你看一看，这条街建于上世纪初，出自著名园林设计师之手，以当时最好的材料建造而成。"

五十岁的黎盼之抬首去看母亲："这可就是外公斥资的那条街？"

齐知慧点点头："国内飞速发展，银河街恐怕要拆，你看看能不能以古建筑的名义将它保下来。若有资料需求，可以致电昱梅，如今互联网时代，做事方便不少，你俩搭手，相信会有成效。"

是年初秋，黎盼之飞往母亲的家乡，谭昱梅等在机场，而后二人吃过一餐本帮菜，驱车赶往银河街。

这是两人记事后第二次见面，第一次是七年前怀信出生，齐家亲友尽数赴港，谭为鸣与太太子女自然也不会缺席。

谭昱梅当年在齐知礼资助下读完同济建筑专业，如今也是从业十余年，虽然没有令人如雷贯耳的大作品，但兢兢业业，笔下出品的图纸亦数量可观。自初次见面，二人便有相当多话题可聊，眼下更是就着银河街的由头切磋技艺。

黎盼之在谭昱梅家住足两个月，连昱梅丈夫都热情不已。她平素忙着完成母亲交代的工作，闲下来便陪着昱梅夫妇去看谭老爷子。哗，老先生年近八旬仍然耳聪目明，最爱下象棋，每每都要捉住盼之厮杀一番；老夫人七十出头，牌艺与厨艺都是一流，黎盼之女士几乎乐不思蜀。

谭老爷子不讲从前，他胖乎乎，神态自怡，半分看不出旧时代印记，但黎盼之辞别那一日，老爷子握着她手，激动得甚至颤颤巍巍："替我问候大小姐，叫她万万照顾好自己，万万……"老泪纵横。

这一年初冬，黎盼之离开第二日，银河街拆迁计划宣告取消。

（五）

茶喝了十日，故事亦讲到尾声。

厨房里，进去续水的的年轻男人透出头来："阿爷，我怎么找不到开水壶。"

老先生啼笑皆非："侬仔细看看。"

少顷，年轻男人端了水壶出来，细细往紫砂壶中注了水。老先生笑他："怀信，你要早一些摸清这屋里厢摆设，你晓得的，我是预备把这屋子留给你的。"

"阿爷，说什么呢，您安心住着，这房子我才不要。"

老先生也不避讳："我要是一走，这儿就要你打理了。"

对方笑着岔开话题："我不要，这儿才多大，不够您五个孙子孙女分的，您快自己住着。"

老先生笑起来："这都话里有话了，怕怀达、怀雅他们又怪我和你奶奶偏心是吧？但这屋子啊，还是得给。他们哪个不是洋派作风，这房子给他们，无非是添了不动产；给你，你一向用心，那就算得上祖宅了。"

年轻男人闻言四下环顾这近百年的大屋，脸上动容。

老先生又说："何况，这里江家人住得最久，你是孙辈里唯一姓江的，给你再合适不过。"

我与一慧听得迷糊，忍不住扭头去看年轻男人。

他注意到我俩视线，不由笑着解释："我随母亲姓江，我母亲随她的母亲。"

婚后第九年的春天。

铜锣湾小别墅。

一位三十多岁衣着清雅的女士，垂着头推开大门，坐在客厅里看文件的男士放下手中的东西迎上来，接过她手中外套："上一天课，累了吧？王妈今天炖了你爱喝的鱼汤。"

女人抬起头来勉强笑了一下："立中立华呢？"

男人进餐厅布碗筷："阿姐接过去了，明年礼拜天，让他们出出笼。"

"哦。"女人坐下来，接过男人递来的鱼汤碗，愣愣地捧在手里。

男人察觉出不对来，走过来在一旁坐下，握住她手："怎么了，工作不开心？"

女人摇摇头。

"饭菜不合心意？"

摇头。

"那我们小雁宁为什么不高兴？"男人看着她，轻轻伸手将她额前碎发夹到耳后。

江雁宁一把拍掉他手："你别动！我新烫的头发！"本想表示生气的，说着却自己噗嗤一声笑出来。

齐知礼跟着笑："好好好，不碰头发。"随即张开怀抱搂住她，轻轻拍着背，"难道是因为今天没出太阳不高兴了？"

江雁宁被他逗笑："比这事还大！"她把下巴架在齐知礼肩上哼哼，"立中立华要有弟弟妹妹了。"

齐知礼手上动作一顿，甚是懊恼自责，太太前两回生养混小子就吃了不少苦头，他实在不忍见她再受这种罪，早就想好了到此为止，谁晓得……人算不如天算。齐知礼揉揉她脑袋："你想怎么办，我都支持。"

是年冬日，小小姑娘呱呱坠地，齐知礼喂太太喝汤的时候顺便瞅着一旁的婴儿："为父本来不想要你，是你姆妈要……"

被江雁宁一把拍在头上。

他笑起来，欢欢喜喜地去抱孩子："雁宁，我们的女儿叫可萍好不好？"

江雁宁琢磨了一下："齐……可萍，挺适合女孩子的，不过，不该是'立'字辈吗？"

"'平安''平定'的'平'，坚韧不拔，能力卓群，江海皆可平，江可平。"

江可平长到二十岁，像个混世小魔女。

跟武馆的师傅练拳脚，去姑姑的工厂伪装工人，在学校仿照西方搞女权活动，还想上无线电视参加艺员培训班……

雁宁女士回家和先生诉苦："今天被她老师叫去学校，都是老同事，你说我尴尬哇。问我'江教授怎么把女儿培养得那么活力十足'？"

齐知礼笑坏："多好，他们也说了，这是'活力十足'。"末了又补一句，"像你。"

"……"

确实，小江小姐天不怕地不怕，长得娇俏明艳，行事却粗犷随意。第一次露出传说中的"娇羞"神态，是因为父亲一个多年不见的挚友登门，这位伯伯与太太同行，还带了小儿子一起。

照理说，父亲的朋友，母亲也该直呼其名的，可是母亲偏偏叫他："汪老师"。

父亲向她介绍，说这是汪伯伯那是苏阿姨，还有致修哥哥。小江姑娘抬头看他，只一眼，便觉太奇怪了——何以自己忍不住便要微笑？

父亲说，汪致修念书一级棒，植物学高才生，你好好学学人家的读书精神。言罢两双夫妻便出门会友饮茶。

汪致修不爱会客，留在屋里读书，小江姑娘捧着花盆去找他："你替我看看，为什么这花老也养不活。"

对方有多礼貌就有多敷衍，可是小江姑娘全然不放在心上，连去了五天，那颗不知道是什么的植物居然重新发了新芽，她由此更来了精神，每日跟着长辈欢天喜地去吃早茶，回来还给汪致修带虾饺叉烧小笼包，偏偏汪致修不为所动，吃归吃，但还是客套礼貌话少。

致修父母看不下去："难得来一次这里，你也出去逛逛，一天到晚躲在屋里像个书呆子一样做什么！"

小江姑娘于是拉他去听粤剧，来了兴致还跟着哼两句；带他去武馆看比赛，搂着他比划拳脚；又说虾饺还是现吃的好，拖着他二人一同出门饮早茶……汪致修口是心非，嘴上说不想去，真出了门竟笑意频频。

小江姑娘喝着茶问他："致修你喜欢虾饺吗？"

"还行。"

"烧麦呢？"

"还行。"

"叉烧呢？"

"还行。"

"我呢？"

"还……"汪致修抬头瞥了她一眼，"还行。"

小江姑娘还来不及好好高兴，半个月一到，汪伯伯他们就要回去了，临行前，她有点恹恹，汪致修倒好，脸上全无一丝不舍，笑容竟还比往日多一些，精神，精神得很哪！

小江姑娘虽然行事还同平素一样，但心里气哼哼。拜把子兄弟来找她比划拳脚，往日她觉得这兄弟一身腱子肉，厉害得很，这回再看，忽然觉得他四肢未免太发达了，还是像汪致修那样腿长腰细肤白更为雅致。

小魔女审美骤变，且长期地维持了下去，隔年又到夏天，汪家人忽然又登门，但这回来的只有一个。

汪致修带着礼物坐在客厅："我来这里读研究所，住处一寻好，即刻来探访伯父伯母。"

"后来？"江怀信看向老先生，"后来您和阿公可高兴了吧！"

老先生笑起来："老怀甚慰。"

"可苦了我了，从我上了中学后，他俩就一年到头待在外面，这会儿还在非洲热带雨林观察什么植物呢。"他叹，"儿子不如草木啊，不如草木！"

我们全都笑起来，这位年轻的江先生，嘴上这样叹，脸上却笑意盈盈，整个人轻快温柔，一定自爱中长大。

（六）

故事听完，我心满意足归家。临行前去辞别老先生。

甫一踏进门，就看见祖孙俩坐在桌前饮茶，屋里还悠悠地播着古琴曲。

老先生注意到我的小小行李袋："舒小姐要回去了哇？"

我笑："是，即时便走，叨扰多日了。"又忍不住添一句，"谢谢您自己的故事，再动人没有。"

江怀信忽然来了兴致："那我得抓住机会问你一个问题，这事我私下可不敢提出来质疑。"

"哦？讲讲看。"

"舒小姐就不怀疑阿爷故事的真实性吗？也许掺了不少水呢。许印娜——奶奶听起来对阿爷如此情深意长，我却从没有见过；还有他们出国时的金锭，现在也是毫无痕迹嘛；更紧要的是，阿爷居然忍得住订婚八年再结？根本说不过去啊。早可以在西洋披婚纱的嘛。"

老先生佯怒盯着他。

我忍住笑。

江怀信用手肘轻碰一下老先生，挑眉笑："阿爷，您老实讲，故事究竟真假，有没有水分？"

老先生饮一口茶，笑容舒展："你猜。"